面纱

THE PAINTED VEIL

［英］威廉·萨默塞特·毛姆 著
王晋华 译

江苏凤凰文艺出版社
JIANGSU PHOENIX LITERATURE AND ART PUBLISHING

别揭开这华丽的面纱，芸芸众生都管它叫生活……

——雪莱《别揭开这华丽的面纱》

目 录

CONTENTS

译本序

威廉·萨默塞特·毛姆是英国二十世纪伟大的文学家，他的文学生涯跨越了半个多世纪，影响了整整三代人。毛姆一生至少创作了四部重要的长篇小说：《尘网》《月亮和六便士》《刀锋》和《寻欢作乐》，以及一百五十多部短篇小说，三十多个剧本，还有不少游记和自传性质的作品。毛姆是二十世纪英国小说界为数不多的几个雅俗共赏的作家之一。他的著作虽然未受到学术评论界太多的关注，但是却流行世界，影响深远，引起不同国家、不同阶层读者的兴趣，而且这种兴趣经久不衰，大有与日俱增之势。

毛姆于1874年1月25日出生在巴黎。父亲是律师，当时在英国驻法使馆供职。毛姆在法国度过了他的童年，从小就受到法国文化的熏陶。毛姆不满十岁，父母就先后去世，1884年他被送回英国由伯父抚养。由于身材矮小和严重口吃，毛姆经常受到大孩子的欺凌，因而形成了孤僻、敏感、内向的性格，幼年的经历对他的世界观和文学创作也产生了深刻的影响。对于年幼的毛姆来说，英格兰是个灰暗、沉闷的陌生国家。毛姆的少年生活是凄苦的，他贫穷、寂寞，得不到至亲的关爱，口吃的毛病使他神经紧张，瘦弱的身体使他在同学中间低人一头。1891年，他赴德国海德堡大学学医。1897年，他因染上肺病，又被送往法国疗养，开始接触法国文学，特别是莫泊桑的作品。其早年的学医生涯及法国自然主义文学对他的影响都反映在他1897年出版的第一部作品《兰贝斯的莉莎》中。此后，他决心放弃行医，从事创作。

一战爆发后，40岁的毛姆作为特派人员往返于伦敦总部和欧洲大陆之间，为情报局在欧陆的其他情报人员穿针引线。这些经历为他后来创作的间谍小说提供了丰富素材。

1915年，毛姆与有夫之妇茜瑞·威尔卡姆生下一个女儿，次年两人成婚。但是婚后，毛姆仍与同性伴侣哈克斯顿生活在一起，后来两人携手游历了印度、缅甸、马来亚、中国以及南太平洋中的英属和法属岛屿，他还到过俄国及南北美洲，搜罗了大量奇闻轶事。1927年，茜瑞终于不堪冷落，与毛姆离婚。1930年后，毛姆定居法国南部的海滨胜地。在这段时间里，毛姆创作了大量的小说和剧本。

二战期间，毛姆远赴美国。1946年，毛姆回到法国里维埃拉，设立了索默斯特·毛姆奖，奖励优秀的年轻作家。鉴于他文学上的成就，1952年，牛津大学向毛姆颁发了名誉博士学位，随后毛姆又被女王授予显赫的“荣誉团骑士”称号。

1965年12月15日，毛姆在法国里维埃拉去世，享年91岁。

毛姆一贯主张写自己的亲身感受，从不写他不熟悉的人或事物。他说任何有理智、有头脑的作家都写自己的经历，因为唯有写自己的经历时他才最有权威性。作为一个多才多艺的短篇小说巧匠、优秀的长篇小说家、剧作家、评论家、散文作家和自传作者，毛姆的文学成就即是他漫长曲折、阅历深广的一生的忠实反映。在文学的创作方法及社会功用方面，毛姆与他同时代的高尔斯华绥、威尔斯等这些英国批判现实主义传统的继承者们有所不同，后者将小说作为揭露时弊、阐述思想的工具，并以此来达到实现社会改良的目的。毛姆更多的是接受了法国自然主义文学的影响，常常是以自然主义的创作方法表现人生。毛姆对于文学的社会批判功能并不十分感兴趣。他认为，作家在戏剧和小说中不应该灌输自己的思想，艺术的目的在于娱乐，当然也可以有教谕的作用，但是如果文学不能为人们提供愉悦和消遣，便不是真正的艺术。因此，毛姆更关心的不是内容的深化，而是情节的冲突。尤其是在他的短篇和剧本中，毛姆执意寻求人生的曲折离奇，擅长布疑阵，设悬念。他说他的基本题材就是“人与人关系中的个人戏剧”，这种戏剧性毛姆认为是文学想要愉悦读者所必须具备的。

1919年秋天，毛姆带着他的同性密友哈克斯顿曾经在中国游历四个多月。随后，他根据这一经历先后写出了三部作品：随笔集《在中国的屏风上》（1922），剧作《苏伊士之东》（1922）和长篇小说《面纱》（1925）。

毛姆在《面纱》的序言中言道创作这部小说的灵感来自但丁《神曲·炼狱》中的诗句。1894年，毛姆在伦敦一家医院实习期间曾去佛罗伦萨度假，房东的女儿教他读但丁用意大利口语写的《神曲》。其中《炼狱》（黄文捷诗歌体译文，人民文学出版社）第五首诗歌中最后有这样几句："请记住我，我就是那个皮娅/锡耶纳养育了我，而马雷马却把我毁掉/那个以前曾取出他的宝石戒指并给我带上的人/对此应当知晓。"房东的女儿向他解释说，皮娅（Pia，董桥译作"碧娅"，显然更传神）是锡耶纳的贵妇，她丈夫怀疑她红杏出墙，把她关进马雷马的一处有毒瘴的废宅中。她居然没有死，于是丈夫就把她从窗口扔下去。这段故事激发了毛姆的创作想象力，但直到好多年后他在中国香港听到一个类似的故事，又寻找到了合适的角色，才写出了《面纱》。《面纱》的书名出自雪莱的十四行诗："别揭开这幅彩幕（就是'彩色的面纱'），它被活人称为生活/虽然上面所绘的图景显得很不真实/只不过是以随随便便涂刷的彩色/来摹拟我们愿信以为真的一切东西。"（吴笛译文）

《面纱》的女主角吉蒂因为年龄已大，没有多相处便嫁给了一位向她求婚的在香港工作的细菌学家。吉蒂在香港有了外遇后，丈夫为了惩罚她，便带着她一起去了有霍乱肆虐的湄潭府，结果这位细菌学家不幸在救治病人时染上霍乱，死在那里。临终时，他对吉蒂说："死的却是那狗。"吉蒂不明白这句话的意思，韦丁顿解释说，那是高尔德·史密斯《挽歌》中的最后一句，大意是：一个好心人把狗领回来，起先相处融洽，后来狗却发疯了，将人咬伤。但人活过来了，死的却是狗。

毛姆在写这部小说时很不顺利，是他有生以来第一部写了好几年的小说。期间他又出了几次远门，直到1924年9月才完稿。当年11月开始在纽约的一本杂志上连载，12月起在伦敦的杂志上连载。次年4月在纽约和伦敦同时出版，首印八千册。小说在杂志上连载期间，香港有位和小说男主人公同姓的莱恩，要状告毛姆，毛姆花了两百五十英镑才平息了这场官司，并在小说正式出版时把主人公的姓改成费恩。同时香港助理布政司也认为其名誉受到诽谤，毛姆只得将故事发生的那个殖民地香港改为虚构的“清延”，后来的版本又改回香港。由于书刊的介绍和这场“侵权”官司，《面纱》出版后几乎成了畅销书，短短几年在伦敦就重印五次，印数高达两万三千册。之后又改编成舞台剧在伦敦上演，1934年首次改编成电影，由葛丽塔·嘉宝和赫伯特·马歇尔主演。第二次（1957年）改名为《第七宗罪》（*The Seventh Sin*），由依莲娜·派克（Eleanor Parker）主演。最近的一次改编非常成功，是中美合作拍摄，并由爱德华·诺顿和纳奥米·沃茨主演，2006年底搬上大银幕。

评论界对《面纱》贬褒不一，法国评论家认为是经典小说，而英国的《旁观者》杂志却认为“落入俗套、做作、不可信”，英国的著名传记作家林顿·斯特拉奇卧病在床时读了小说，评定为“二等一级”。如同毛姆其他许多小说的主题一样，《面纱》所揭示的也是：爱情、婚姻都是不真实的彩色面纱，揭开这层面纱，“将是一条通往宁静的路”。

小说出版后，有评论家认为小说中那位“矜持、保守、冷漠、自制”的沃尔特就是毛姆本人的写照，但毛姆自己说那是以他哥哥弗里德里克为模特的。晚年时，毛姆还跟他侄子罗宾说：“我曾在我写的一本书里描绘了你父亲的肖像，我想就是《面纱》那本书。”毛姆一辈子和他的这位兄长不和，据罗宾说：“他有许多理由厌恶我父亲——而理由之一是妒忌。”小说中借沃尔特的口对吉蒂说的话："我对你根本没抱幻想。我知道你愚蠢、轻佻、头脑空虚，然而我爱你。我知道你的企图、你的理想，你势利、庸俗，然而我爱你。我知道你是个二流货色，然而我爱你。"有评论者认为这其实说的是毛姆的太太茜瑞·威尔卡姆。毛姆和他太太结婚后就后悔了，他总觉得是茜瑞·威尔卡姆设下陷阱害得他娶她的。他们结婚后共同生活了十年，双方都感到这是不幸的十年。毛姆对茜瑞·威尔卡姆的恨伴随了他的一生，因此，在他笔下，是不可能找到感人的爱情和美满的婚姻的。

《面纱》常常会令读者想起霍桑的另一部作品《教长的黑纱》。霍桑通过该作品向人们讲述每个人都有隐藏起来的罪恶，只有正视它、勇敢地洗清自己的罪孽，才能获得精神的救赎和道德的升华。面纱就象征着三个主人公的潜在罪恶，对吉蒂来讲是浪漫的情欲；对查理来说是不负责任的肉欲；对沃尔特而言则是对妻子背叛行为的自杀性报复。在湄潭府，夫妻二人共同经历了炼狱一般的考验。瘟疫的横行和随时随地可能降临的死亡让他们看到生命的脆弱，在这里肉欲和仇恨是没有位置的。忙于治病的沃尔特和在修道院帮忙的吉蒂彼此看到了对方的可贵之处，他们的爱情可说是置之死地而后生。这时面纱渐渐消失，他们重新发现了生命和情感的可贵，特殊的人生经历给了他们一种全新的生命体验。面对死亡的威胁，夫妻二人的内心激荡着感恩之心，宽容之情；通过死神之考验，两人完成了彼此心灵的真正沟通与理解。正当他们要重新体验生活的美好时，沃尔特失去了生命，吉蒂失去了丈夫。沃尔特之死给她带来了巨大的震撼。她终于发现沃尔特虽然表面默默无闻，实则品行高尚。沃尔特带她走上赎罪的道路，她也由此得到精神上的重生，领悟了自己过去曾经忽视的东西。然而，克服内心本能的欲望并非易事。小说写到吉蒂在查理的家中落脚，当查理夫人外出办事只剩下他们二人时，她又一次抵御不住肉欲的诱惑而屈从于对方，她痛恨自己依然是一个性欲的奴隶。小说最后以吉蒂回到尽弃前嫌的父亲身边作为终结，可视作一个自省与回归的终点。

由于2006年公映的电影《面纱》有大量中国元素和中国演员参加，有必要再回顾一下将毛姆的小说《面纱》第三次搬上大银幕所经历的漫长过程。“我对毛姆的作品产生兴趣是从童年时观看由他同名小说拍摄的电影《名士殉情记》开始的，”编剧内斯万尼尔说，“于是我接连看了他的很多作品，最后我看到了《面纱》，对我来说，这本小说的魅力完全超越了毛姆的其他作品。”内斯万尼尔在同制片人萨拉·克莱顿（Sara Colleton）的交谈中说到了这本小说，克莱顿透露她正在努力争取小说的改编权，她回忆说：“我们一起谈论毛姆的小说是如何真诚地处理性爱与情爱，我们都知道应该拍成电影。”两人开始一起改编剧本，书中关于吉蒂决定嫁给沃尔特的背景故事最终变成了一段闪回。经过三年的努力，《面纱》的剧本终于完成。

在正式筹备拍摄之前，制片方积极地同中国广电总局取得联系。饰演沃尔特的男演员诺顿说：“就我所知，其他在中国拍摄的西方影片并未和中国广电总局磋商会晤过，《面纱》应该是长久以来第一部在中国拍摄的关于中国的西方电影。”获得各种许可的这一过程尽管漫长，可制片方最终还是如愿以偿。跟着就是选取拍摄地点。在十天时间内，剧组工作人员在中国走了八千多公里，力求找到依山傍水的古老村镇，而且还要靠近现代化设施，以便为演职人员和制片公司提供方便。最终，广西成为最佳地点。

起初，制片方曾打算在广西的山谷中建造影片中的湄潭府，但巨大的工作量让所有人都望而生畏。几经搜寻，终于发现了位于广西昭平县的黄姚古镇。黄姚有上千年的历史，素有“梦境家园”之称。制片方还酌情改动了剧本，将原著中的香港改为上海，而且片中伦敦的场景也是在上海拍摄的。

片名*The Painted Veil*在中国有三个译名，分别是“面纱”“爱在遥远的附近”“猜心”。我认为电影的结局优于小说的结局，影片中最后点出吉蒂在伦敦街上偶遇查理时，吉蒂终于战胜了自己，拒绝了查理的引诱，拉着儿子小沃尔特的手幸福地走向远方。经过湄潭府的炼狱之行、沃尔特之死、修道院的洗礼，还有韦丁顿与满族公主的爱情启发等，吉蒂最终明白了和谐的婚姻应是建立在平等、尊重的基础之上，爱情和责任应合二为一才可能促成最完美的婚姻。

阮一峰先生在评论电影《面纱》时说，这是一部非常抒情的爱情电影，配上广西优美的山水风光，使它更像一首平缓而忧伤的爱情诗。美国媒体将它评为2006年十大影片之一，并获得金球奖最佳配乐提名。片尾的法语插曲《在清澈的泉水边》（*A La Claire Fontaine*）非常好听。

在翻译《面纱》之前，我已译过毛姆的《月亮和六便士》《寻欢作乐》《刀锋》以及《毛姆短篇小说选》。比起他的其他几部主要作品来，毛姆的《面纱》似乎写得更为晓畅一些，也更好读懂：在写作技巧方面，《面纱》不像《寻欢作乐》那样繁复讲究，在情节编排上，不像《刀锋》那么复杂、有多条线索，场面描写也不如《刀锋》那么阔大，在深度上，似乎没有《月亮和六便士》剖析得那么深刻。因此，他的其他几部小说我都是在看完三四遍之后才动手翻译的，唯有毛姆的这部作品我是在看过一遍后便开始译了。可在翻译的过程中，我却慢慢体会到，在它简朴、明白、晓畅的文字背后还另有深意，因此，翻译起来感觉并不顺畅，常常需要停笔凝想，在译的中间再反复阅读原文，以求尽可能多地再现原文的神韵和意蕴。

王晋华

2018年5月

序

威廉·萨默塞特·毛姆

这部小说的创作源自但丁如下诗句：

Deb, quando tu sarai tornato al mondo,
E riposato della lunga via,
Seguito il terzo spirito al secondo,
Ricoiditi di me, che son la Pia:
Siena mi fè ; disfecemi Maremma:
Salsi colui, che, innanellata pria
Disposando m'avea con la sua gemma. [1]

1 意大利语，但丁《神曲·炼狱篇》第五首的皮娅（130—136）。

“喂，等你重返人间，消除了长途旅行的疲劳，”第三个精灵紧跟着第二个之后说道，“请记住我，我就是那个皮娅。锡耶那养育了我，而马雷马却把我毁掉：对于这一点，那个从前曾取出他的宝石戒指并给我戴上的人应当知道。”[1]

我曾在托马斯医学院就读，那年的复活节，学校放了六个礼拜的假。我往格莱斯顿旅行袋里装了几件衣服，口袋里揣了二十英镑，便去旅行了。那年我二十岁。我先是游览了热那亚和比萨，然后去了佛罗伦萨，在维亚劳拉街租了一间屋子，临窗可望见大教堂可爱的圆顶。这家房东是个寡妇，有个女儿和她一起生活，在经过一番讨价还价后，她同意我一天的吃住费用为四里拉。我担心她从我这里几乎挣不到什么钱，因为我的饭量很大，一顿能吃下几大碗通心粉。她在托斯卡纳山上有一处葡萄园，我记得这个葡萄园酿的基安蒂酒是我在意大利喝过的最好的葡萄酒。她的女儿每天都教我意大利语。在我看来，她的年龄似乎也不算小了，不过，最多也不会超过二十六岁。她曾遭遇过不幸。她的未婚夫，一个军官，在阿比西尼亚战死了，从那以后她便决定终身不嫁。可以想见，等她母亲（一位体态丰满、生性快乐、头发已灰白的女人，相信不到适当的时间，上帝是不会召她去天堂的）去世后，厄西莉亚会皈依宗教。不过，她对此却持一种乐观的态度，并盼望着这一天的到来。厄西莉亚特别爱笑。在吃午

1 毛姆当时在学习意大利语，他在这段意大利语原文的后面附着他的英语译文，这一段就是从他的英语译文翻译过来的。

饭和晚饭的时候，我们大家都是笑口常开，可一旦上起课来她就变得严肃了，当我不用心听或是犯下一些低级的错误时，她会用戒尺拍我的指关节。要不是这每每叫我想起我曾在书中读到过的那种老式的教书先生、从而一笑了之的话，她这样拿我当孩子似的对待是会让我生气的。

我每天都很勤奋。早晨起来，我会先翻译几页易卜生的戏剧，这有助于我掌握写作技巧和写作对话的窍门。然后，我会带着罗金斯的书，去观览佛罗伦萨的名胜古迹。像罗金斯书中所说的那样，我也对乔托设计的塔和吉贝尔蒂在佛罗伦萨洗礼堂铜门上雕刻的浮雕很是赞赏。我欣赏乌非兹美术馆里波提切利的作品，也以年轻人的轻狂对大师们不赞同的那些艺术家们的作品不屑一顾。在吃过午饭上完意大利语课后，我会再次出门去参观各个教堂，或者在亚诺河边一边漫步，一边遐想。吃了晚饭后，我会再次出来，希望能有艳遇降临到自己头上，可我太羞涩，太不会和女孩子打交道了，所以每一次都是空手而归。尽管为了方便，我的女房东给了我一把钥匙，可每当她听到我回来并插上了门之后，还是会如释重负地舒上一口气，因为她生怕我忘记关门。晚上回来后，我会继续研读教皇派和保皇派之间相互争斗的历史。我痛苦地意识到，一个浪漫主义时期的作家绝对不会像我这样生活的，尽管我怀疑他们中间的任何一个人会有我这样的本领，能用二十英镑在意大利过上六个星期。总之，我很喜欢在意大利度过的那一段勤奋而又平静的生活。

我已经读完了《地狱》篇（虽然有译文可供参考，遇到生词时，我还是会认真地去查阅词典），所以，厄西莉亚直接从《炼狱》开始教起。当学到我一开始所引的那段文字时，厄西莉亚告诉我，皮娅是锡耶纳的一位贵妇，她丈夫怀疑她有外遇，但因惧怕她家的势力，不敢直接将她处死，于是，他把她带到了他位于马雷马的城堡，他相信城堡中的毒气会毒死皮娅，可过了很长时间，她仍然活着，这让她的丈夫失去了耐心，最终从窗口把她扔了下去。我不知道厄西莉亚是从哪里听到的这些细节，但丁的诗里并没有叙述得这么详细，不过，这个故事不知怎么的，还是让我久久不能忘记。许多年来，我时不时地会想起它，我反复琢磨着这个故事，有时一想就是好几天。在我的脑海中总是萦绕着这一句话："锡耶纳养育了我，而马雷马却把我毁掉。"当然了，这只是我头脑中思考着的诸多主题中的一个，在很长一段时间里，我把它抛在了脑后。我当然认为这是一个现代故事，只是我一时还不能为它找到一个事件可能发生的适当背景。直到我在中国做了一段较长时间的旅行后，我才找到了这样的一个背景。

我想，这是我所写过的唯一一部以故事情节而不是以人物为发展契机的小说。至于情节和人物之间的关系，我们很难解释得清楚。你不可能凭空设想出一个人物，你想到他时，他一定是存在于某个环境中，做着什么事情；这样看来，人物和其行事的原则都是一并构思成功的。不过，在这个故事里，我却是先挑选出了一些人物，然后把他们放进了我逐渐编织起来的故事中间。这些人物的原型都是我在不同的地方结识，并且已相知许久的人。

这部小说曾给我带来了些一个作家容易遇到的那种麻烦。最开始，我是把故事的男女主人公命名为莱恩的。这是一个很普通的姓氏，可碰巧香港有姓莱恩的人，他们向法院提出诉讼，连载这部小说的杂志赔偿了人家250英镑，才算平息了这场官司，此后，我把主人公的姓氏改为费恩。这时，香港的助理布政司又跳了出来，认为损害到了他的名誉，并威胁说要诉求于法律。这令我感到很惊讶，因为在英格兰，我们可以把首相、坎特伯雷大主教或者上议院的大法官搬上舞台或是写进小说，这些大人物们也无动于衷。但这样一个普通人竟会认为自己被针对了，不过，为了避免招来不必要的麻烦，我还是把故事的发生地香港改为了殖民地清延[1]。但因在这件事情发生之前小说已经出版，所以不得不召回已经售出的小说。有一些懂行的评论者以各种理由拒绝送还这个版本的小说。现在，这版小说已经具有了一定的书志学价值，据我估计，流入市面上没有召回的大概有60本，它们都成了收藏家们高价购入的藏品。

1　本版中的清延已改回为香港。

一

她突然发出一声惊叫。

“你怎么啦？”他问。

尽管百叶窗都拉了下来，屋子里显得很暗，可他仍能看清她脸上蓦然出现的惊恐和慌乱神情。

“刚才有人推门了。”

“哦，说不定是你的女佣或哪个男仆吧。”

“他们从不在这个时间过来。他们知道午饭后我总要睡一会儿的。”

“那还能是谁呢？”

“沃尔特。”她小声地说，嘴唇在战栗。

她指了指他的鞋。他便起身去穿鞋，可由于紧张（她受到的惊吓也影响到了他），他的动作显得笨拙，何况鞋带又偏偏是系着的。她不耐烦地轻轻叹了口气，把鞋拔子递给他。她披上一件和服，光着脚来到梳妆台前，用梳子梳着乱了的短发，等他系好第二只鞋的鞋带。临了，她把他的外套递给他。

“我怎么出去？”

“你先等等。我出去看看，要是没事你再走。”

“不大可能是沃尔特。他在实验室要一直待到五点钟的。”

“那还能是谁呢？”

他们俩小声地交谈着。她全身都在发抖。他想到要是出现紧急情况，她一定会乱了方寸，突然生起她的气来。若是她家里不安全，为什么她非要说安全呢？她屏住呼吸，把手搭在他的肩上。他循着她的目光看去。他俩正对着通向阳台的门窗站着，那里的百叶窗都关得好好的。两人看到白瓷旋钮在缓缓地转动，可他们刚才并没有听到阳台那边有脚步声呀。他俩心惊肉跳地看着把手在静静地转动。一分钟过去了，没有任何声响。接着，鬼使神差地，他们看到另一个窗户上的白瓷把手也转了起来。吉蒂被吓得丢了魂似的，不由得就要张口大叫起来；他见此情形忙上前用手捂住了她的嘴，没让她喊出声来。

死一般的寂静。她依偎着他，双膝在发颤，他担心她就要晕过去了。他不耐烦地蹙了蹙眉，咬住牙关，把她抱到床边，让她坐下。她的脸色像纸一样苍白，尽管他晒得很黑，可此刻他的脸也煞白。他站在她身边，眼睛发愣似的盯着那个瓷把手。他俩谁也没有说话。接着，吉蒂开始哭了起来。

“看在上帝分上，不要哭，”他压低了声音，焦躁地说，“如果我们势必要倒霉，那就叫它来吧。无论如何，咱们得撑住。”

吉蒂在找手帕，他看出来，把她的包递给了她。

“你的遮阳帽呢？”

“我把它留在楼下了。”

“噢，天哪！”

“我说，你得镇静下来。我觉得百分之九十九不会是沃尔特。他怎么可能会在这个时候回来呢？他中午从来没有回来过，是吗？”

“从来没有。”

“我敢跟你打赌，肯定是你的女佣。”

她朝他微微地笑了笑。他圆润的嗓音里含着爱抚，缓减了她的紧张情绪，她握住他的手，温柔地按着它。他在等她镇定下来。

“哦，我们不能就这样一直待在这儿，”他说，“你能到阳台上去看看吗？”

“我怕自己连站也站不稳了。”

“家里有白兰地吗？”

她摇了摇头。这让他一下子蹙起了眉头，变得有些不耐烦，他一时也不知该怎么办好了。突然，她把他的手攥得更紧了。

“如果他正等在那里呢？”

他尽力挤出一个笑来，他的声音依然显得温柔有力，他对自己的说服力一向深信不疑。

“不太可能是你想的那样。拿出点勇气来，吉蒂。怎么可能会是你的丈夫呢？如果是他的话，回来看见大厅里有一顶陌生人的帽子，到楼上来又发现你的门从里面反锁了，他一定会大吵大闹的。这肯定是哪个仆人。只有中国人才会那样去旋转把手。”

她现在的心情的确平静了许多。

“不过，即便是女佣，也叫人心里怪腻歪的。”

“女佣，施些小恩小惠就可以笼络住，如果有必要，我也能叫她不敢开口。做个政府里的公务员，虽说权力没有多大，可堵住她的嘴还是绰绰有余。”

他说得很有道理。她站起身，朝他张开双臂，他将她搂在怀里，吻了她的嘴唇。那欢愉销魂的感觉让她不能自持。她崇拜这个男人。他松开手臂，她走到窗前，拉开窗栓，把百叶窗扒开了一点儿，看向外面。外面没有一个人影。她踮着脚，走到阳台上，朝丈夫的更衣间里，然后她自己的那个小起居室里望了望。两个屋子都是空的。随后，她回到卧室，走过来跟他说：

“没有人。”

“我觉得，刚才是我们的视力出现了错觉。”

“你可别笑话我，我刚才真的是吓坏了。到我的起居室坐吧。我去穿上长袜和鞋子。”

二

他照她说的做了，五分钟后，她也来到了起居室。他正抽着一支烟。

“能给我一杯白兰地苏打水吗？”

“好的，我按铃叫人送来。”

“我想，这虚惊一场没有把你吓着吧？”

他俩默默地等着，等男仆进来后，吉蒂吩咐他道：

“你给实验室打个电话，问问沃尔特先生在不在那里。那些人不认识你，听不出你的声音的。”

男仆拿起话筒，要了实验室的号码。电话接通后，他问费恩博士是否在上班。然后，男仆放下话筒告诉她：

“吃过午饭后，先生就离开实验室了。”

“问问男仆，见他回来过没有。”

“我不敢问。要是他回来了，而我却没见到他，这未免也太滑稽了。”

男仆拿来了酒，唐森便径自喝起来。临了，他问她要不要喝一点，她摇了摇头。

“要真是沃尔特，该怎么办？”她问。

“或许，他不会在意的。”

“你是说沃尔特？”

她的话音里显露出了她的不相信。

“他给我的印象非常腼腆怕羞。你知道，有些男人就是胆小怕事。他很清楚，事情败露对他没有任何好处。况且，我压根儿就不信是沃尔特，退一万步说，即便是他，我猜他也会忍气吞声，装着跟没有这回事一样。”

吉蒂想了一会儿。

“他发狂似的爱着我。”

“哦，那就更好办了。你能说服他的。”

他又向她露出他那富于魅力的笑容，这笑容每每叫她心魂颠倒，难以抵挡。笑意先是从清澈的蓝眼睛开始，然后慢慢拂过他的面颊，最终在他优美的唇间绽放开来，露出一口雪白整齐的牙齿。就是那种性感十足的笑容，使她的心融化了。

“我并不太在意这个家，”她突然不无欢快地说，“能跟你好，值了。”

“今天是我的错。”

“你怎么突然就来了？让我挺意外的。”

“我控制不了我自己。”

“噢，亲爱的。”

吉蒂又向他挨近了一点儿，她闪着亮光的黑色眸子热烈地盯着他的眼睛，强烈的欲望让她的粉唇微微张开着，他伸出手臂搂住了她，任她在自己的怀里缱绻，陶醉。

“你知道，任何时候，我都是你可以依靠的后盾。”他说。

“和你在一起，我非常快活。我希望，我也能让你像我一样快活。”

“你不再感到害怕了吧？”

“我恨沃尔特。”她说。

对她的话，他不知该如何作答，于是，他吻了她。两张脸贴在一起，他能感觉到她脸的柔嫩。

然而，他最终还是抬起她的手腕，看了看她腕上戴着的小金表。

“你知道我现在必须要做什么了？”

“逃走？”她笑着说。

他点了点头。有一刻的工夫，吉蒂更紧地依偎着他，不过，她却感觉出了他要走的意思，她松开了搂着他的手臂。

“你这样把你的工作置之脑后，害不害臊呢？你还是赶紧走吧。”

唐森不会放过任何能跟她打情骂俏的机会。

“你就这么急着赶我走吗？”他轻快地说。

“你知道，我舍不得让你走。”

她低低地回答道，话音深挚严肃。唐森开心地笑了起来。

“你不要再担心那个神秘来客了，我敢肯定就是女佣。如果有麻烦，我一定会帮你搞定的。”

“看来你在这方面很有经验了？”

唐森笑了，笑得既开心又得意。

“不是的。我只是自诩脑瓜子还算好使。”

三

吉蒂走到阳台上，目送他离开。唐森朝她挥了挥手。看着他时，她的心跳会加快；虽说已经四十一岁了，可他身体矫健，脚步轻盈，走起路来像个小伙子。

阳台现在笼罩在阴影里。爱的满足和愉悦充盈着她，让她一时间不想回到屋子里。他们的房子位于快乐谷地的山坡上，山顶风光更佳，只是过于昂贵，因此他们只能住在山的一侧。她的面前是蔚蓝的大海和拥挤忙碌的码头，可她心不在焉，几乎没有注意到这些。她的心里只想着她的情人。

当然，他们俩大白天在她家里做爱，确实愚蠢。但是，如果他想要她，她哪里还顾得了什么小心谨慎。唐森午后来她家已经不止两三次了，晌午大热的天没有人想到外面去，所以甚至连仆人们也没有看到他来。在香港，他们这种私下的来往并不容易。吉蒂讨厌这座中国城市。她和唐森惯常幽会的地儿是在域多利道旁的一间又小又脏的房子里，每次去那儿，她心里都感到紧张。那是家古玩店，在店里坐着的中国人一个劲儿盯着她看的样子让她很不舒服；每次都是那个满脸堆笑的老头儿（她很讨厌他那奉迎的笑）带她到店铺后面，登上一节昏暗的楼梯，进到一间脏乱不堪的屋子，那张紧贴着墙根摆放的大木床看着就叫她心悸。

“这儿脏死了，不是吗？”第一次与查理在这里会面时，她这样说。

“等你待上一会儿，就不觉得了。”查理答道。

当然啦，在他把她搂在怀里的那一刻，她就什么都不计较了。

噢，真遗憾。她有丈夫，不自由，他们俩都不自由！她并不喜欢唐森的妻子。吉蒂的思绪此时落到了多萝西·唐森的身上。叫多萝西这样的名字，有什么好！这个名字差不多让人一下子就能判断出她的年龄。她至少有三十八岁了。不过，查理从未提起过她。当然，他并不喜欢她，她叫他腻味透了。但查理是位地道的绅士，想到这里，吉蒂脸上露出满含爱意又带些嘲讽的笑：这正像他的为人，一个惹人疼爱的小傻瓜，他也许会做出对妻子不忠的事，可在嘴上从没说过她一句坏话。他的妻子是个高个子，比吉蒂还要高一些，不胖也不瘦，一头淡褐色的头发；她除了尚有一丝年轻的风韵外，再无其他可爱之处；虽说她五官端正，却并不漂亮，一双蓝色眸子里神情冷漠。她的肤色让你不想再看第二眼，脸上一点血色也没有。她的穿着——哦，倒是很符合香港助理布政司之妻的身份。吉蒂想着，默默地笑了，同时微微耸了耸肩。

当然啦，没有人否认多萝西·唐森说话的声音好听。而且，她也是一位很称职的母亲，查理总是这样夸她，她是吉蒂的母亲所说的那种贤妻良母。可是，吉蒂不喜欢她，不喜欢她那随意的举止，也不喜欢她对待上她家去喝茶或吃饭的客人的那种过分的客气，让人觉得她对你并无兴趣，她的那副做派好不恼人！吉蒂这样猜想，多萝西其实是太在乎她的孩子们，无暇顾及其他：她有两个儿子在英国上学，眼前这个六岁的小儿子明年也要送回英国读书。她的面庞就是一副面具。她脸上挂着热情的笑容，举止优雅得体，说的话都很合乎身份；然而，尽管如此，还是有种拒你于千里之外的感觉。

她在香港有几位闺蜜，她们都非常崇拜她。吉蒂想知道，在多萝西·唐森的眼里，自己是不是个庸俗的女人。想到这里，她的脸红了。不管怎么说，多萝西毕竟没有什么理由来摆架子。诚然，她的父亲曾做过殖民地香港的总督——在其任职期间自然是风光无限，一进房间，人人都要起立致敬，他的车子驶过时，人们会向他脱帽致意——可还有什么比一个卸任的殖民地总督更无足轻重的呢？多萝西·唐森的父亲现在住在伦敦伯爵宫路旁的一座小房子里，靠那点养老金度日。要是多萝西邀请吉蒂的母亲去她父亲家里做客，母亲一定是极不情愿的。吉蒂的父亲伯纳德·贾斯丁是英国王室顾问律师，不久的将来定会成为一名法官。他们一家一直住在南肯辛顿。

四

吉蒂结婚后便随丈夫来到香港，来港后她才发现自己的社会地位是由丈夫的职业所决定的，这让她很难接受。当然啦，大家对他们夫妇二人都很好，有两三个月的时间，每天晚上几乎都有人约他们俩出去吃饭。有一次受邀到总督府赴晚宴，总督大人甚至把她当新娘子来招待。然而，她很快就看出来了：作为一个细菌学家的妻子，没有人会真正把她当回事。这叫她很是气恼。

“这也太荒唐啦，”她跟丈夫沃尔特说，“哦，这里的人，几乎没有一个值得请到家里来坐上五分钟的。母亲绝不会想邀请他们中的任何一个人来家里吃饭。”

“你不必为这样的事情烦恼，”她的丈夫说，“你知道，这真的没什么。”

“当然没什么啦，这只能说明这些人有多蠢。想想从前在我们英国的家里常常来访的那些风光的客人，再看看这里的人，竟然不把我们放在眼里，真让人觉得可笑。”

“从社交的观点看，搞科学的人往往是不存在的。”他笑着说。

吉蒂刚嫁给他的时候，并不懂得这一点，现在，她知道了。

“我想，大英帝国东方航运公司代办处邀请我们出席的那场晚宴，还是让我蛮开心的。”为了不让自己显得那么势利，吉蒂特意笑着说。

或许是看出了妻子轻快举止下面隐藏的不满，他握住她的手，有些腼腆地摁着它。

“非常非常抱歉，吉蒂，亲爱的，不过，不要让这影响了你的情绪。”

“哦，我才不会为此而烦恼呢。”

五

那天下午转动把手的人不可能是沃尔特。一定是哪个仆人，他们毕竟翻不起什么大浪。中国仆人可能什么都知道，但他们能管得住自己的嘴。

回想起白瓷把手缓缓转动的那一幕，吉蒂还是有点感到后怕。他们俩再不能冒这样的风险了，还是去古玩店比较稳妥。看见她进到里面的人，谁也不会想到她是去幽会的，他俩在那儿绝对是安全的。店老板清楚查理的身份，他还没有蠢到背后说助理布政司坏话的程度。再说了，只要有查理对她的爱，其他的一切还真的重要吗?

吉蒂转身从阳台上走回了她的起居间。她坐到了沙发上，伸手去探一支烟，眼睛瞥见了放在一本书上的便条。她打开了它，上面用铅笔写着几行字:

亲爱的吉蒂:

这是你想要的书。我给你送来时遇见了费恩博士，他说他正巧要回家一趟，就顺便给你带回去了。

V.H.

吉蒂按了门铃，男仆进来了，她问是谁带回来了书和便条，是什么时间送回来的。

“是午饭后老爷自己拿回来的，夫人。”他回答说。

那在屋外转动把手的人就是沃尔特了。吉蒂马上给布政司办公室打电话找查理。她告诉他自己刚刚得知的消息。对方出现片刻的停顿。

“我该怎么办?”她问。

“我正在开会，现在不能跟你多说。你先稳住，不要慌。”

吉蒂放下了话筒。她知道他接电话时旁边还有人，她对他在这个时候还要管公事，变得有些不耐烦起来。

吉蒂再次坐回到桌旁，两只手撑着脸，试图理清楚目前的情况。当然啦，沃尔特也许会以为她当时正在睡觉：那么她把门反锁上、将百叶窗拉下来也都能说得通了。她极力回想着她和查理是否在屋子里有过交谈。当然，他俩没有大声地说过话。还有那顶遮阳帽。查理竟然把它留在了楼下，真是太不当心了。可为此责怪他也没有用，东西留在楼下大厅里是再自然不过的事，目前还没有任何迹象表明沃尔特看到了那顶帽子。或许，他正急着去赴一个与工作有关的约会，放下书和便条便匆匆忙忙地走了。可奇怪的是他竟会试着去推门，去转动窗户上的那两个把手。如果他认为她睡着了，再去打搅她可不像是他的作为。她太傻了，之前她怎么就没有想到这一点呢！

她不禁战栗了一下，之后，她的心里再一次感到了那夹杂着甜蜜的痛，这是她每每想起查理时会有的感受。不管怎么说，她觉得值了。查理说过他会做她的后盾，要是情况越变越糟，那么……只要他愿意，就让沃尔特大闹一场好了。她有查理，这就足够了。或许，让他知道了，反而是件好事。她从来就没有爱过沃尔特，因为她爱查理·唐森，她就越发不情愿屈就于沃尔特的亲昵。她不想再和他有任何的瓜葛。她觉得沃尔特拿不出什么证据来证明她出轨。如果他斥责她，她就否认，要是她实在抵赖不了，那么好吧，她就干脆跟他摊牌，他想怎么样就怎么样吧。

六

结婚还不到三个月，吉蒂便发现自己铸下了大错。不过，说起错来，她母亲犯的错要远远大于她的。

房间里有一张她母亲的照片，吉蒂心神不宁的目光落在了上面。她不知道她为什么会把照片摆在房间里，因为她并不喜欢她的母亲；还有一张她父亲的照片，放置在楼下的大钢琴上。那是他被任命为王室律师时拍摄的，照片中的父亲戴着假发，穿着长袍。可即便是这样的装束，也没有让父亲显得威风一些，他身材瘦小，眼神疲惫，上唇较长，嘴唇很薄，爱开玩笑的摄影师告诉他要显得高兴一些，可他努力了一番后只是让自己变得严肃了。贾斯丁太太认为这张照片赋予他一种公正、明断的表情（平时的他嘴角有些下撇，眼神忧郁，显得内敛而沮丧），所以从相片中选出了这一张。不过，她自己的照片倒是拍得光彩照人，她身穿天鹅绒长裙（她曾穿着这条裙子随丈夫受邀进宫），显得雍容华贵，长长的裙摆，戴在头上的翎羽，拿在手中的鲜花更加烘托出她曼妙的身姿。她五十岁了，可身板挺直，没有发胖；她胸部平坦，颧骨突出，鼻梁高高的。她有一头丰美柔顺的黑发，吉蒂总是怀疑母亲的头发即使不曾染过，也至少是特别地润饰过。她漂亮的黑眼睛很少有在什么东西上停留的时候，这是她一个最为显著的特征。当她跟你说话时，在她没有皱纹、略显淡漠面庞上的那双眼睛，会一直不停地扫射，让你心里感到不安。它们从你身体上的一个部位扫到另一个部位，再扫到屋子里的其他人，然后再落回到你身上。你觉得她在审视你，给你下定论，同时又在关注着她周围发生的一切，你会觉得，她嘴里说的跟她心里想的完全不一样。

七

贾斯丁太太是个掌控欲强，刻薄无情，野心勃勃而又吝啬愚蠢的女人。她是利物浦一个律师的女儿，家中还有四个姐妹。伯纳德·贾斯丁是在北部巡回法庭上认识她的。当时，年轻的他看似前途无量，父亲说此人将来定会有一番大作为。谁知道他却没有。他勤勉，刻苦，有能力，可偏偏没有向上爬的意愿。贾斯丁太太看不起他。但是，她又不得不恼恨地承认，唯有通过他，她才能过得风光一些。于是，她千方百计地逼迫丈夫走她认准的路。她毫不顾忌丈夫的感受，一味在他面前唠叨。她发现要想让丈夫做任何违背他心愿的事，只有让他的耳根得不到半点清静，等到他最后实在熬不下去了，便会妥协。而她也没闲着，尽力去结识那些可能有用的人。她对给丈夫介绍来案子的律师阿谀奉承，与他们的妻子处得很熟。她对法官和他们的妻子极尽谄媚之能事。对有希望高升的政治家们，只要可能，也去巴结。

在二十五年里，贾斯丁太太邀到家中来吃饭的客人，没有一个是因为投缘而请的，每隔一段时间，她便会大摆宴席。可她吝啬的本性和她的野心一样强烈。她舍不得花钱，自诩用一半的钱便能办出和别人同等规格的宴席。她家的晚宴延续时间长，花样繁多，却又节省得很，她向来认为客人们在用饭和谈话中间，不会留意他们喝的是什么。她用餐巾裹住带沫的摩泽尔葡萄酒瓶，自认为客人们会把它当香槟喝下。

伯纳德·贾斯丁的业务量还算说得过去。但在他后面做律师的人都已经远远超过了他，无奈之下，贾斯丁太太让他参加议会选举。参选的费用均是由当事人自筹，可是，在这里，贾斯丁太太的吝啬又一次战胜了她的野心，她不愿意拿出足够的钱施惠于支持她丈夫的选民。该参选人出的各种份子钱，也总是出得比别人少。贾斯丁先生落选了。尽管若是成了议员夫人，贾斯丁太太会感到荣耀得多，可她倒也能坚强地承受这一失败。因为丈夫的参选，贾斯丁太太结识了许多显要人物，社会地位的提升让她心里觉得美滋滋的。她知道，伯纳德永远当不了议员。她之所以叫他参选，是想让他获得其党内诸君的重视，他仅仅差了两三票而落选，这无疑能为他争得其所在党对他的感激。

可遗憾的是，伯纳德仍然是一位再普通不过的律师，他的许多后辈都已获得王室律师的头衔。他也应该这么去做，否则的话，他几乎无望当上一名法官。而且，从她这方面考虑，也理应如此：贾斯丁太太总觉得她老是跟比自己小十多岁的女人共赴晚宴，很丢面子。然而，在这一问题上，她遇到了丈夫的顽强抵抗，他的这种固执是她多年来不曾见过的。贾斯丁先生担心，做了王室律师后，他会没有案子可接。一鸟在手，胜于二鸟在林，他这样劝她。她却挖苦他，说他脑子里贫乏得只剩下用谚语来做托词了。他提醒她收入可能会减半，这是能说服她的最好的理由。可她就是不听，称他是懦夫，不让他有片刻的安静，最后，还是他屈服了。他申请担任王室律师，很快就获得了批准。

贾斯丁先生所担心的事发生了。高级律师的头衔并未能帮助到他的事业，很少有案子找上门来。可他总是把自己的失望感掩藏着，如果说他责备妻子，那也是在心里。他变得比以前更不爱说话了，不过，在家里他一向是沉默寡言的，所以没有人注意到他身上发生的变化。女儿们从来只把他当作家里的摇钱树，为了给她们提供衣食住行以及节假日的娱乐等，他理当像牛马一样地工作来养活她们。现在，知道是由于他的过错，使家里的收入减少了，于是，对他的冷漠中又加进去了恼火和鄙视。她们从未想过要问问自己，这个身材瘦小、顺从隐忍、每日早出晚归的男人，他自己的感受是怎么样的。在她们的眼里，他就是个陌生人，但是，因为他是她们的父亲，便理所当然地认为他应该爱她们，宠她们。

八

不过，贾斯丁太太的勇气却值得人钦佩。社交圈对她而言，就是她的世界，她硬是不让圈子里的任何人看出，希望受挫给她自尊心带来的伤害。她的生活方式没有任何改变。经过精心的筹划，她依然能像从前一样，常常举办像样的晚宴，碰到朋友时照旧是那副兴高采烈的样子。她要谈的花絮或是趣闻轶事都是信手拈来，多得说也说不完，在她出入的社交圈里就管这叫谈话了。如果在座的都是些谨言慎行的人，有她在便能活跃气氛，任何话题都难不倒她，若是谈话出现冷场，她定会说出恰当的话打破沉默。

现在看来，伯纳德·贾斯丁要做高级法院的法官是毫无希望了，不过，或许他还有望进入地方法院，最不济也能在殖民地谋个官职。或者，要是他被任命到威尔士的某个镇上做个刑事法官，她也能满足了。现在，她把希望都转移到女儿的身上。若能把女儿们嫁个好人家，她便有望弥补起她以前人生中所有的失望。她有两个女儿，大女儿叫吉蒂，二女儿叫多丽丝。二女儿长相平平，身材肥胖，鼻子长得还老长；因此，对二女儿贾斯丁太太没抱太大的希望，只想着让她找个有份体面工作、家境充裕的年轻人就行了。

但吉蒂却是个美人儿。在小的时候，她便是个美人胚子，一双黑色的大眼睛，又水灵又活泼，一头棕色的卷发微微泛着红色，一口白而整齐的牙齿，还有光润白嫩的肌肤。她的五官谈不上十全十美，因为她的下巴有些太方了，她的鼻子尽管没有多丽丝的长，可也算是比较大的。吉蒂的美丽主要在于她的年轻，所以贾斯丁太太想着在吉蒂步入青春季便把她嫁出去。在到了社交年龄，出现在社交界时，吉蒂已出落得貌若天仙，光彩照人：她的肌肤依然是她身上最美的部分，长睫毛下的黑亮眸子里的柔情蜜意，也能令你着迷心动。她性情欢愉，招人喜欢，而且也愿意去取悦别人。贾斯丁太太在吉蒂身上倾注了她全部的情感，当然也夹杂了不少狡诈和心计。她在做着美梦，一桩一般意义上的好婚姻已经不能满足她的胃口，她想让吉蒂嫁到名门望族去。

吉蒂从小就从别人口里听到，她将来会长成一个美人儿，她也知道母亲对她抱有厚望。这也正合她的心愿。她被母亲领进了社交界，母亲施展她的本领，让女儿尽可能多地参加一些高规格的舞会，这样便会有更多的机会遇到年轻才俊。吉蒂成了舞会上的宠儿。她漂亮，风趣，很快便有十多个男士爱上了她，可是没有一个合适的。吉蒂用她迷人的举止，友好地待他们，同时又让自己和他们保持着距离。每逢星期日的下午，位于南肯辛顿的贾斯丁家的客厅里便聚满了爱慕她的年轻人。贾斯丁太太在一旁观察着，脸上浮现出一抹赞许的笑容，看得出来，无须她亲自出马让吉蒂与他们保持距离，吉蒂自己就做得很好了：她愿意跟他们调情，看着他们彼此间争风吃醋，这让她很开心，可当他们无一例外地向她求婚时，她会委婉地一一拒绝他们。

步入青春季的第一年就这样过去了，没有完美的求爱者出现，第二年也是如此。不过，吉蒂还年轻，她可以等待。贾斯丁太太跟她的朋友们说，她认为在二十一岁之前就结了婚的姑娘会给自己留下遗憾的。可第三年，接着是第四年过去了，如意郎君仍然没有到来。她原来的两三个崇拜者再次向她提出了求婚，可他们仍然是分文未有；一两个比她小的男孩也向她求婚；还有一位退了休的、年已五十三岁的印度官员。吉蒂仍然常常去跳舞，在温布尔登和王宫里跳，在爱斯科赛马会和亨利街区跳，她在跳舞中间尽情地享受，只是依然没有地位和收入都能令她满意的人前来求婚。贾斯丁太太开始感到不安，她注意到吸引在吉蒂身边的男人大多都在四十岁以上，她提醒女儿时间不饶人，再过一两年她将不再那么漂亮年轻，比她年少的姑娘很快就一茬一茬地顶了上来。贾斯丁太太的这番话倒并没有跟她朋友圈里的人说，她只是告诫女儿，她很快便会成为剩女了。

吉蒂不以为然地耸耸肩。她觉得自己和从前一样漂亮，或许比以前还要漂亮，因为在这过去的四年里，她学会了如何打扮自己，况且，她还有的是时间。如若她想把自己嫁了，立刻就会有一打小伙子跳出来向她求婚。毫无疑问，她的意中人迟早会到来。不过，贾斯丁太太对形势的判断更明智一些：她一边对一再错失机会的漂亮女儿感到恼火，一边放低了择婿的标准。她开始将目光投向她以前不屑于理会的职业阶层，想从中找到一名前景颇好的年轻律师或是生意人。

吉蒂到了二十五岁，仍然没有嫁出去。贾斯丁太太对她没有了好脸色，常常不留情面地数落她。她问吉蒂，你还指望你的父亲再养活你多长时间。为了给你创造机会，他几乎花光了他不太充裕的所有的钱，可你连一次机会也没有把握住。只是贾斯丁太太从未这么想过：或许是她自己那过分的热情，吓跑了那些富贵人家的子弟。对他们的造访，她总是表现得太过殷勤。贾斯丁太太把吉蒂的失败归咎于她的愚蠢。现在，轮到了多丽丝。她的鼻子依旧很长，身材还是胖得不成样子，舞也跳得糟糕。在她青春季到来的第一年，她便与杰弗里·丹尼逊订了婚。他是一位富裕的外科医生的独生子，这位医生曾在战争期间被授予了准男爵的称号。杰弗里将会继承这一准男爵的称号，尽管这称号不是那么响亮，可它毕竟是个称号——何况，他还拥有一大笔财产。

吉蒂在一阵慌乱中间嫁给了沃尔特·费恩。

九

吉蒂认识沃尔特只有很短的时间，之前也从未怎么注意过他。要不是订婚后沃尔特告诉她他俩第一次见面是在几个朋友带他去的一场舞会上，对他俩第一次是在什么时间、什么地方见的面，她根本没有半点印象。当然，那时的吉蒂怎么可能注意到他呢，如果她跟他跳过舞，那也是因为她性情好，从不拒绝跟每个邀请她的人跳舞。在一两天以后的另一场舞会上，当他再次出现、上前跟她搭话时，她都想不起来他俩曾经见过面。在这之后，她发现她去哪儿跳舞，他就出现在哪里。

“你知道，我俩跳舞已经不下十多回了，现在，你该告诉我你的名字了吧。”吉蒂带着她那种惯常的调笑口吻说。

沃尔特显然觉得很意外。

“你是说你还不知道我的名字？我们俩是经人介绍认识的。”

“哦，人们说话总是含含糊糊的。要是你说不记得我的名字了，我也不会觉得奇怪的。”

他朝着她笑了。他一本正经的面庞上是一副严肃的神情，可他的笑容却很甜。

“我当然知道你的名字。”他停顿了一会儿后说，“对此你不觉得好奇吗？”

“和大多数女人一样的好奇。”

“你就从没想过向别人打听一下我的名字吗？”

吉蒂隐隐觉得有些好笑。她有些纳闷，这个男人凭什么认为她会对他的名字感兴趣。不过，她乐于给人快乐，她用她那灿烂的笑容望着他，显得那么迷人，那么友好，一双漂亮的眸子宛如森林深处的一汪清水。

“那么，你叫什么名字呢？”

“沃尔特·费恩。”

吉蒂不知道他为什么来跳舞，他的舞跳得并不好，而且似乎很少认识舞场上的人。她脑中曾闪现过这样的念头：他是爱上她了。但她很快便放弃了这个想法：她认识许多女孩，她们以为她们碰见的每个男人都爱上了自己，事后才发现她们自己有多么荒唐。不过，在这以后，她对沃尔特·费恩多了一点儿关注。毫无疑问，他的行为举止跟以前那些爱上她的男孩们都不一样。他们大多都率直地说出他们的爱，还想要亲吻她：有不少真的吻过她。可沃尔特从未在她面前谈过她，也很少谈及自己。他很少吭声，对此，她倒并不介意，因为她总有说不完的话题，而且，看见他被自己哪句风趣的话逗笑了，她也感觉挺不错的。尽管他显得很腼腆，说起话来还是有条有理的。他似乎是在东方工作，目前正在家休假。

一个星期天的下午，他出现在了南肯辛顿吉蒂的家里。当时在场的有十多个人，他坐了一会儿，觉得有些别扭，便离开了。事后，吉蒂的母亲问她那个人是谁。

"我也不太了解。是你让他来我们家的吗？"

"是的。我在巴德利家碰到他。他说他在好多舞会上见过你跳舞。我告诉他，我星期天总在家。"

"他叫沃尔特·费恩，在东方工作。"

"没错，他是个医生。他是不是爱上你了？"

"说真的，我不知道，母亲。"

"我本以为，到了现在，如果有男人爱上你，你能看得出来。"

"就是他爱我，我也不会嫁给他。"吉蒂满不在乎地说。

贾斯丁太太没再吭声。她的沉默里含着的都是不满。吉蒂的脸一下子红了：她知道只要能让她离开家，母亲早已不在乎她嫁的是谁了。

十

接下来的一个星期，吉蒂在三场舞会上都遇见了沃尔特，他现在已经不像以前那么腼腆，话也渐渐地多了起来。沃尔特是个医生，不过，他并不给人看病，他是位细菌学家（吉蒂对这种职业的概念极为模糊），在香港有份工作。到了秋天，他便要回那边去了。他讲了许多中国的情况。吉蒂早就养成了对别人谈到的事情显得饶有兴趣的习惯，不过，香港的生活听起来确实是蛮不错的，那里有俱乐部、网球场、赛马场、马球场，还有高尔夫球场。

“那儿的人爱跳舞吗？”

“唔，是的，我想是的。”

吉蒂不知道沃尔特告诉她这些事情是不是有什么企图。他似乎很喜欢跟她在一起，可他从不曾紧紧地握过她的手，不曾递给过她一个眼神或是一句亲热的话，以表示她不仅仅只是一位跟他认识、与他跳过舞的姑娘。之后的那个星期天，他又一次来造访。她的父亲碰巧在家，因为下雨没能去打高尔夫球，父亲跟沃尔特·费恩两个人聊了很长时间。事后吉蒂问父亲，他们到底谈了些什么。

“他在香港的时间似乎已经不短了。那里的首席法官是我的一个老朋友。这位年轻人看上去非常聪明。”

吉蒂知道，父亲通常很烦跟年轻人打交道，只是为了她的缘故，现在又加上了她的妹妹，这些年他才不得不应付一下他们。

“爸爸，你对那些追求我的年轻人可很少有过好感。”她说。

父亲慈祥、疲惫的目光落在她的身上。

“你有和他结婚的打算吗？”

“当然没有。”

“他爱你吗？”

“他从未表露过。”

“你喜欢他吗？”

“我想，我并不怎么喜欢他。我看见他就有点儿烦。”

沃尔特·费恩压根就不是吉蒂所喜欢的那一种。他个子矮小，长得又不壮实，毋宁说是很瘦；肤色有点黑，胡子倒是刮得干干净净的，他五官端正，面部特征明显。他的眼睛不大，几乎是黑色的，目光不是那么灵动，会长时间地盯住什么物体进行观察；眼神里充满好奇，可是却不叫人喜欢。他长着一个高高的清秀的鼻子，很好看的眉毛和嘴唇，按理说他应该是长得不错的。可奇怪的是，他却很难看。吉蒂想到他的时候，总会感到诧异：他的五官如果拆开一个一个地看，都是很美的。他的表情里总带着些嘲讽，现在，吉蒂比以前更了解他了，便觉得自己与他在一起时并不开心。他的性情一点也不快活。

到这一年行将结束时，他们已经见了很多次面，但他仍然不露声色，没有表态。确切地说，他和她在一起时，已不再觉得害羞，而是有些尴尬了。他的谈话还是那么不冷不热，叫人揣摩不透。吉蒂由此断定，他根本就没有爱上她。他喜欢她，愿意跟她攀谈，可一旦等他十一月份返回中国，便会把她忘得一干二净了。她想，在香港他也许一直跟某个医院的护士搞着对象呢，那姑娘是一个传教士的女儿，平庸，头脑迟钝，走路拖着脚，只知道干活，这样的妻子正好适合他。

这时传来了多丽丝和杰弗里·丹尼逊订婚的消息。多丽丝，刚满十八岁就有了一桩美好的姻缘，而她自己已经二十五岁了，还单着呢。设想一下，她嫁不出去了怎么办？今年唯一一位向她求婚的，是个二十岁的牛津在校生，她不能嫁给一个比自己小五岁的男孩。她已经搞砸了几次。去年她回绝了巴斯市的一位鳏夫，他是个爵士，有三个孩子。她真希望当时没有拒绝他。母亲现在的脾气大得吓人，而多丽丝以前总是为她做出牺牲，现在因为有望攀上富贵人家，得意的多丽丝岂肯放过这奚落她的机会。想到这里，吉蒂的心沉了下去。

十一

一天下午，吉蒂从哈罗德百货店出来正往家走，碰巧在布朗普顿路遇上了沃尔特·费恩。他停下来跟她说话。之后，很随意地问她，是否愿意和他去公园里转转。她当时也不怎么想回家，那时候，家已不是什么好待的地方。他们一边走，一边像往常那样随便地聊着，他问她夏天打算去哪里。

“哦，每年夏天，我们总是到乡下去。你知道的，父亲工作很忙，很累，他一休假我们全家就到最清静的地方去待着。”

吉蒂说的并不是实情，她想给父亲脸上贴金，她很清楚父亲一年所接的案子并不多，即使他真的累，也轮不到他选择度夏的地方。选择乡下，只是因为花钱少。

“你想在这儿坐坐吗？”沃尔特突然说道。

吉蒂循着他的目光，看到树下的草坪上有两把绿色的椅子。

“我们坐一会儿吧。”她说。

在他俩坐下后，沃尔特似乎突然变得有些异常，一副奇怪的心神不定的样子。吉蒂依然在高兴地说着话，心里想着他怎么会想起让她跟他到公园里散步，或许他要向她倾诉他对香港那个扁平足护士的爱慕之情吧。可是，突然间，沃尔特转过身来，打断了她讲了一半的话，此时，她才发现他压根就没有听她说话，他的脸白得像纸一样。

“我有话要跟你说。”

吉蒂扫了他一眼，看见他的眼睛里充满了痛苦和焦虑。他的声音发紧，低沉，有些战栗。在她还没弄清楚对方这不安的神情是为何故时，他又再次开口了。

“我想知道，你是否愿意嫁给我。”

“你让我有些不知所措了。”她感到诧异极了，茫然地望着他。

“你难道不知道我在深深地爱着你吗？”

“可你从未流露出来过呀。”

“我讲话非常笨拙。我总是很难表达出我想要说的意思，说出来的都是些言不由衷的话。”

吉蒂的心开始跳得快起来。此前，有许多人向她求过爱，可都是以温情脉脉或欢愉的神情，她也如是回答他们。从来没有人用这种突兀的、带些悲情色彩的方式跟她求婚。

“谢谢你。”她半信半疑地说。

“我第一次看见你，就爱上你了。之前，我也想跟你说，可怎么也张不开口。”

“我还是有点不太明白你的话。”她笑着说。

有这么个能笑一笑的机会，吉蒂觉得心里舒畅了一些，因为虽说是个阳光明媚的好天气，可他们周围的气氛却似乎显得有些凝重和不祥。他的眉头紧紧地锁着。

“哦，你明白我的意思。我不想失去这次机会。你们全家很快要去度假了，我到秋天的时候也该返回中国了。”

“我从未想到过你有这心思。”吉蒂一时不知道该说什么才好。

他没再吭声，闷闷地低头看着草地。他真是个怪人。不过，既然他已经表白，她觉得他的这种爱慕方式倒也特别，是自己以前从未见过的。虽说她受到了点惊吓，可也感到了一阵得意。他的淡漠和平静也似乎给她留下了印象。

“你必须给我时间，让我考虑考虑。”

他仍然一语不发，坐在那儿一动也不动。他是不是要她做出决定后才能离开？这也太荒唐了。她必须跟母亲商量一下。她刚才说话的时候，就应该站起来走；她之所以坐着没动，是等着他的回答，现在，不知怎么，她发现自己很难在这个时候站起来离开了。她并没有看着他，可他的相貌却似乎就在她眼前；她从未想过要嫁一个和自己差不多高的男人。当你坐在他身边时，你会发现他的五官有多俊秀，而他的表情又是多么冷峻。在你意识到他内心正翻腾着怎样狂热的情感时，你不禁会为他面上的冷峻感到诧异。

“我不了解你，我还一点儿也不了解你。”她声音发颤地说。

他看了她一眼，他的目光不由得吸引住了她。他眼睛里有一种她以前从未见过的柔情，不过，里面也夹杂着哀怜，像小狗挨鞭子时的那种样子，这又不免让她感到有点儿恼火。

“我觉得，我比我们刚认识时好多了。”他说。

“可是，你还是害羞，不是吗？”

这一定是她所经历过的最奇特的求爱方式了。就是现在回想起来，她都似乎觉得，他们当时都说了些匪夷所思的话。她一点儿也不爱他。她不知道自己为什么没有毫不犹豫地拒绝他。

“我很笨，”他说，“我早想告诉你，我爱你，远胜于爱世界的一切，可我就是张不开口。”

现在，另一件古怪的事情发生了，她居然莫名其妙地被这种古怪的求爱方式打动了。当然，他并非像他表现出来的那么冷漠，只是他不善辞令罢了。在那一刻，她比以往任何时候都要喜欢他。多丽丝准备在十一月份结婚。届时，沃尔特也会踏上回中国的旅程，如果她嫁给了他，她就能与他同行。在多丽丝的婚礼上给她当伴娘，那滋味一定不好受。能躲开当然好。还有，那时多丽丝已是一位已婚女子，而自己依然单着！人们都知道多丽丝还是花季少女，这会显得她年龄更大。那样她就真的会被晾起来了。这桩婚事并不如她的意，不过，它毕竟是桩婚姻，况且，去到中国，躲得远远的，她也会活得轻松一些。她害怕母亲喋喋不休的怪怨。唉，所有跟她一起出来社交的姑娘在老早以前就都嫁出去了，大多数还生了孩子，她厌恶了去看她们，听她们叨叨她们的婴孩。沃尔特·费恩为她提供了一种新的生活。吉蒂转向他，脸上浮现出令人销魂的笑容。

“如果我就这样鲁莽地答应你，你打算什么时候娶我呢？”

他突然高兴地吁了一口气，苍白的脸一下子变红了。

“现在，马上，越快越好。我们将去意大利度蜜月。八月，还有九月，两个月的时间。”

如果是这样，那她就不用再去乡下，住在租金一个星期五基尼的牧师小屋里，度过整个夏天。刹那间，她仿佛看到了刊登在《邮政早报》上的消息：婚礼将即刻举行，因为新娘不日将与新郎返回东方。她很了解她的母亲，母亲一定会不遗余力地为她大做宣传，至少在那几天，多丽丝会成为她的陪衬，等到多丽丝更为隆重的婚礼举行时，她已远在中国了。

吉蒂伸出了她的手。

“我想，我是喜欢你的。你得给我时间，让我渐渐地习惯和你在一起。”

“那么，你是同意了？”他打断了她的话说。

“我想是的。”

十二

那个时候的她对他了解很少。现在，虽说结婚两年了，她对他的了解也没有增进多少。起初，她被他的关爱所打动，他的激情虽然令她感到惊讶，倒也让她挺高兴的。他对她的体贴简直是无微不至，把她的冷暖时刻放在心上；只要是她开口，不管多琐碎的事，他都立马去办。他总是送给她各种小礼物。当她病了，没有人能比他对她更关心，更疼爱。对一些她觉得麻烦的事，他替她去做了，还会觉得是她帮了他，给了他为她效劳的机会。在她面前他总是彬彬有礼。她进到房间时，他会站起来，从轿车里下来时，他会伸手去扶她，如果在街上偶尔碰到她，他会向她脱帽致意，在她离开屋子时，他会起身为她去开门，在进她的卧室或化妆间之前，他总是先敲门。他对待她的方式，不同于吉蒂见过的大多数夫妻，倒像是把她当成了一同来乡间做客的客人。这能给她一种惬意感，可也不免让人觉得有点滑稽。如果他的言谈举止能随意一些，她跟他的相处也能自在点儿。他们夫妻间的性生活也未能拉近她与他的关系。在做爱时，他会变得激动，狂躁，甚至带点儿歇斯底里，而且像孩子一般的情绪化。

当她发现他有多么的情绪化时，她着实吃了一惊。她不知道他的这一自我控制力是出于腼腆，还是由于他长久的训练。在他满足了性的欲望，她躺到他的怀里时，这个平日里那么怯于说出什么荒唐话，那么害怕被人取笑的男人，竟然会说出许多孩子气的话，这多少让她有些瞧不起他。有一次，她嘲笑他说了世界上最不中听的荒唐话，惹恼了他。她感觉到他抱着她的手臂松了下来，在这样闷闷地坐了一阵子后，放下她，一声没吭，回到自己的屋子里去了。吉蒂并不想伤害他的感情，在事情过了一两天后，她对他说：

“你真是个小傻瓜，你说的那些话我怎么会在意呢。”

他有些不好意思地笑了笑。她不久便发现，他孤僻，不能跟大家融洽相处。他的自我意识太强了。在聚会上大家都唱起歌时，沃尔特绝不会跟着大家一块凑热闹。他坐在一旁，面带微笑，似乎跟大家一样高兴，可他那笑容是硬挤出来的，更像是嘲讽的讪笑，让人觉得他以为这些快乐的人们都是一群傻子。在那种要求每个人都参与的游戏中，吉蒂的情绪会高涨得像只云雀似的，而他却只会坐在一边。在去中国的途中，他们参加了一场化装舞会，所有人都穿上了奇装异服，可他说什么也不穿。他竟会认为化装舞会很无聊，这让她很是扫兴。

吉蒂生性活泼，她愿意和人聊一整天，每天都笑口常开。沃尔特的缄默令她感到不安。她跟他聊一些闲话，他有时连话茬也不接，这让她有些恼火。她的这些话固然不需要回答，可能回答一下总让人心里觉得舒服一些。如果天在下雨，她会说：“这雨下得跟瓢泼似的。”她希望他能附和上一句：“是的，这雨下得可真大啊。”可他呢，还是沉默着。有的时候，她真想使劲地摇晃摇晃他。

“我说这雨下得跟瓢泼似的。”她又说了一遍。

“我听到了。”他亲切地笑着回答。

这表明他并不是诚心想得罪她。他不说话，是因为他无话可说。但是，如果每个人都是有话要说时才开口，那么，过不了多久，人类便会丧失说话的能力了。

十三

当然，说到底，是他毫无魅力可言。这就是他无论到了哪里都不受欢迎的原因，刚来香港不久，她便发现了这一点。对他的工作，她现在仍然不甚了了。但她却清楚地知道，一个为政府工作的细菌学家根本算不上什么大人物。他似乎根本不想跟她谈工作上的事。因为吉蒂对什么都有去了解的兴趣，所以，最初她问过他工作上的事。他用一句玩笑话，便支开了她。

“我的工作技术性很强，非常枯燥，”他在另一个场合对她说，“而且薪水很低。”

他把什么都藏在心里。所有关于他的情况，他的祖辈、他的出生地、他所受的教育以及在认识她之前所过的生活，都是吉蒂平时一点一点地从他那里问出来的。奇怪的是，最让他恼火的，似乎就是被人家问问题。她天生好奇心强，有时会向他提出一连串的问题，而他在回答问题时，会变得口气越来越生硬，话语越来越不连贯。看得出来，他不愿意回答，不是因为他有什么东西要隐瞒，而只是出于他内向的性格。他厌恶谈到自己，这会令他害羞，不自在。他不知道如何才能让自己敞开心扉。他喜欢阅读，可他读的那些书在吉蒂看来，似乎都很乏味。他不做科学论文时，就在读有关中国的或是历史的书籍。他从来没有让自己放松过。她认为他没有这种能力。他喜欢打网球和玩桥牌。

她不知道他为什么会爱上她。她简直想象不出世上还会有哪个姑娘比她更不适合这个克制、冷漠、镇静的男人。但是，可以肯定的是，他疯狂地爱着她，愿意做一切能让她高兴的事。他就像她手中的提线木偶。每每想起他平日里显示给她看的那一面（也是她仅仅看到的那面），她便会有点儿鄙视他。她想，他那一贯的嘲讽做派，以及对她所喜欢的人和物所抱有的轻蔑态度，也许只是对他脆弱内心的掩饰。她觉得他脑子聪明，大家似乎也都这么认为，然而，除了偶尔和两三个他喜欢的人在一起，他显得饶有兴致以外，她再没见他和别人玩到一起过。确切地说，她并不是对他厌烦，只是变得对他漠不关心罢了。

十四

尽管吉蒂在一些茶会上已多次碰到过查理·唐森的妻子，

可查理·唐森却是在她来香港几个星期以后才第一次遇见。那次是吉蒂和丈夫去他家赴晚宴，他们彼此之间做了正式的介绍。开始时，吉蒂怀着戒备心理。查理·唐森是堂堂的助理布政司，她无心让他用一种屈尊降贵的做派来对待她，唐森太太尽管看上去很有教养，可言谈举止间仍透出一种优越感。接待他们的房间十分宽敞。这房间就和吉蒂在香港见过的任何一家的会客厅一样，都是居家风格，布置得舒适大方。来的人不少。他们夫妻俩是最后到的，进来时，身穿制服的中国仆人正端着托盘，为贵宾们递上鸡尾酒和橄榄酒。唐森太太迎上前来，在很随和地寒暄了几句后，看着一张名单，告诉沃尔特要引着哪位客人一道进餐。

此时,吉蒂看见一位个子很高、相貌英俊的男子朝他们走过来。

“这是我丈夫。”唐森太太说。

“很高兴我一会儿是坐在你身边。”他说。

他的话让吉蒂一下自在了许多，戒备感也顿时消失了。尽管他眼睛里充满笑意，可她还是注意到了他眼中闪过的惊艳神情。她完全明白这其中的含义，这让她兴奋得差点笑出来。

“我是吃不下今天的晚餐了，多萝西，”他说，“尽管这顿晚宴非常丰盛。”

“为什么呢？”

“事先应该有人告诉我。真的应该有个人事先提醒我一下。”

“提醒你什么？”

“居然没有一个人提过一个字。我怎么可能知道我将会遇见一个仪态万方的大美人呢？”

“哦，对你这话，我该如何作答呢？”

“你不需要回答。就让我一个人说好了。我要把这赞美的话一遍又一遍地重复。”

平心静气地听着唐森夫妇间这段对话，吉蒂心里在想，唐森太太是怎么跟丈夫谈论她的呢。唐森一定问过她的。唐森依然在用含笑的眼神看着吉蒂，此时他记起了和妻子几天前的那次谈话。

“她长得什么样？”当多萝西说她遇见了费恩医生的新婚妻子时，唐森这样问她。

“噢，一个蛮可爱的女孩。漂亮得像个演员。”

“她上过舞台吗？”

“唔，没有。我想没有。她父亲是个医生还是个律师来着。我想，我们得请这对新婚夫妇吃顿饭。”

“不着急，你说呢？”

在他们入席坐在一起时，唐森告诉吉蒂，自打他来到香港便与沃尔特认识了。

“我们常在一起打桥牌。沃尔特是俱乐部里最优秀的桥牌手。”

在回去的路上，吉蒂把这话告诉了沃尔特。

“你知道，这说明不了什么。”

“他打得怎么样？”

“还行吧。要是拿了好牌，他会打得很好，可一旦牌不顺，他就会输得一塌糊涂。”

“他玩得跟你一样棒吗？”

“我并不认为我玩得有多好。我只能说自己在二流牌手里算是不错的。唐森以为他是一流的桥牌手，但他不是。”

“你喜欢他吗？”

“我对他既谈不上喜欢，也谈不上讨厌。我认为他工作做得还可以，此外，大家都说他是个运动健将。不过，我对他却没有太大的兴趣。”

对沃尔特这种不冷不热的态度，吉蒂已经不是第一次感到恼火了。她问自己，为什么说话非要这么小心谨慎呢？对一个人，你可以喜欢，也可以不喜欢。她很喜欢查理·唐森，这是她事先没有想到的。他或许是香港这个地方最受欢迎的人了。据说香港的布政司很快要退休了，人们都希望唐森接替他。唐森打马球、网球和高尔夫球，还养着几匹赛马。他总是乐于帮助别人。他从不拿架子，身上没有一丁点儿的官僚习气。吉蒂不明白她以前为什么总是讨厌听到人们夸他，她原先想此人一定非常自负，看来是她错了：在他身上一点儿也没有那种让人指摘的自负性子。

那一晚吉蒂过得很快活。他们俩谈到伦敦的剧院、爱斯科赛马场和英格兰的旅游城市考斯，以及她所知道的有关家乡的一切，渐渐地她似乎觉得自己早就认识他了，也许就在莱那克斯花园的某间客厅里。吃过晚饭，男士们又陆续回到客厅里，唐森走了过来，再次坐在了吉蒂身边。虽说他没讲什么逗乐的话，却让她时不时地笑了出来，这一定是因为他那种特别的说话方式：在他深沉、圆润的嗓音里有一种抚慰人的声调，在他那友好、闪烁的蓝色眸子里有一种愉快的神情，使你能完全地放松下来。当然，他富于魅力，这才是让你乐于和他在一起的原因。

他是个大个子，吉蒂揣摩他至少有六英尺二英寸高，身体非常健康，身上没有一块赘肉。他穿着优雅得体，是整个客厅里穿得最好的。吉蒂喜欢潇洒、精干的男人。她把目光转到了沃尔特身上，觉得他真该好好地拾掇一下自己了。她留意到唐森袖口的链扣和马甲上的纽扣，她曾在卡地亚珠宝店看到过类似的单品。显然，唐森还有其他收入来源。他的脸膛晒得黧黑，却更加烘托出他健康的肤色。她也喜欢他留着的那一小撮稍带卷曲的胡子，修剪得很整齐，丝毫没有遮挡住他丰满红润的嘴唇。他乌黑的短发梳得光亮柔顺。当然，他身上最美的还是那双在浓眉下面的眼睛：湛蓝湛蓝的，充满温馨和笑意，让你觉得他一定是那种仁善甜美的性情。拥有这样一双蓝眼睛的人不会忍心去伤害任何人的。

吉蒂知道她让唐森动了心。就算他嘴上没跟她说什么情呀、爱呀的，他那双充满热烈爱慕之情的眼睛也已经暴露了他。他的平易给人一种惬意感，他的言谈举止又非常自如。受他的影响，吉蒂也完全没有了拘束感，他俩相互说着笑话，在谈笑中间，他会不时地插上一两句动听的奉承话，让她觉得心里美滋滋的。到了临别握手时，唐森有意识地用力按了按她的手，对此她自然是心领神会了。

“希望很快便能再见到你。”唐森看似很随意，可他的眼神却赋予了他的话一种意蕴，这她自然看得出来。

“香港这个地方很小，不是吗？”她说。

十五

谁会料到认识短短三个月的时间，他们的关系就已经发展到这一步了呢？他告诉她自从那天晚上以后，他就发狂似的爱着她。她是他见过的最漂亮的女人。他清楚地记得她那晚穿的衣服，她穿着她的结婚礼服，他说她清纯可爱得像山谷里的一朵铃兰。其实，在他未表白之前，她已知道他的心思，只是出于一时胆怯，选择了与他保持距离。他性子急，又难缠。她害怕让他吻，因为一想到被他搂在怀里，她的心跳就会加快。她以前还从未坠入过爱河。这恋爱的感觉真好。现在，既然她体味了这一情感，便对沃尔特对她怀有的那份痴爱蓦然产生了一种同情。现在的吉蒂和唐森可谓是处在热恋之中。她逗引他，嬉弄他，看见他脸上都是高兴的神情。开始时，她或许还有点儿怕他，可现在她的信心足了。她开他的玩笑，看着他反应过来后脸上慢慢绽开的笑容，真觉得开心。他开始觉得有些意外，很快就被逗乐了。她想，在不久的将来，他就会变得更富有人情味了。现在，既然已经领略了激情，她就想像一位竖琴师用指尖拨动琴弦那样，来轻柔地挑弄他的情感了。看着他被自己逗弄得惶惑无措的样子，她每每会开心地笑起来。

在查理成了她的情人后，她和沃尔特之间的关系就几近于变得荒唐了。看到沃尔特那副克制拘谨、满脸严肃的样子，她便禁不住要笑出来。因为她现在太幸福了，对沃尔特也很难摆出一副冷面孔。毕竟，要不是沃尔特，她也认识不了查理。在迈出最后一步前，她曾犹豫过，倒不是因为她不愿屈就于查理的激情，因为她的情感跟他的一样炽热，而是她自幼所受的教育和传统道德的力量使得她不敢轻举妄动。事后，她才惊讶地发现（那层窗户纸的捅破纯属偶然，他俩谁也没有去使力，直到机会自己找上门来）她与从前的自己并没有什么不同。她原先想着这会让她的身心产生难以想象的变化，她会觉得自己像是变成了另外一个人；

当她看到镜中的她和昨日的自己竟然毫无二致时，她不免感到一阵惶惑。

“你生气了吗？”他问她。

“我崇拜你。”她小声地说。

“浪费掉了那么多青春时光，你不觉得自己很傻吗？”

“是很傻。”

十六

这一令吉蒂销魂的幸福感使她恢复了往日的美丽。结婚前夕，吉蒂的清纯和美貌已开始消褪，人看上去也无精打采的。嚼舌的人说，吉蒂这朵花儿就要开败了。可是，二十五岁的大姑娘和同样年龄的少妇完全是两回事。若说那时的吉蒂像是一朵花瓣边缘已经发黄的花骨朵儿，那么，现在的她突然间便成了一朵婀娜绽放的玫瑰。她明亮的眸子里注入新的意蕴。她光润的肌肤（她最引以为自豪、最用心呵护的）闪着光泽；不应该说她的皮肤白嫩得像桃子和花儿一样，倒是应该说桃子和花儿鲜嫩得像她的肌肤一样。她又做回了十八岁的少女。她变得楚楚可爱，光彩照人。大家不可能不注意到她的这一变化，她的女性朋友悄悄地问她是不是怀了身孕。以前说她相貌不错可就是鼻子有点长的人们现在也不得不承认，他们是看走了眼。查理第一次见到她时说她是绝色美人，人们都说这一称号她当之无愧。

他们俩巧妙地进行着幽会。他告诉她说，他很有背景

（“我，可不想大出风头。”她轻声打断他说），不会受到任何影响，可为她考虑，他俩一点儿也大意不得，必须把风险降到最低。他们俩单独会面，不能太过频繁，次数连他想要的一半也达不到，因为他首先得为她着想。他们只能有时约在古玩店，有时是趁午饭后院子里没人，来到她的家里。不过，在其他场合，她也经常能见到他。那时，他就像对待其他人一样，很有礼貌地乐呵呵地跟她聊天，这叫她觉得很有趣，因为在人们听着他以他那惯有的幽默跟她打趣调笑时，谁会想到几个小时前他还把她热烈地搂在怀里呢？

吉蒂崇拜他。在他身穿白马裤、脚蹬长筒靴打马球时，她觉得他简直帅极了。打网球时穿上网球服，他看上去就像是个小伙子。他理应为自己感到骄傲，这是她生平见过的最好的身材。这些年为了保持体形，他费尽了心思。他从不吃面包、马铃薯和黄油，经常进行锻炼，对双手也是呵护有加，每周都要做一次指甲护理。他是个很棒的运动员，去年还得过一次当地的网球冠军。毋庸置疑，他是她见过的最出色的舞者，哪位女子不曾梦想过要跟他跳舞呢？谁都不认为他已经四十岁了。她跟他说，鬼才相信呢。

“我觉得，这都是人们瞎说的，你的实际年龄只有二十五岁。”

听了这话，他得意地笑起来。

“噢，亲爱的，我有一个十五岁的儿子，已经是个中年男子了。再过上两三年，我就成胖老头了。”

“你就是老了，也能迷倒女人。”

吉蒂喜欢他那两道又黑又浓的眉毛。她想，他的那双蓝眼睛之所以那么迷人，或许和他的眉毛有很大的关系。

他多才多艺，弹得一手好钢琴，连拉格泰姆爵士风格也不在话下。他能用他那圆润浑厚的嗓音和他那少有的幽默感，唱带有喜剧色彩的歌曲。她不相信天下还有他做不了的事情。他工作也干得十分出色，当他告诉她他解决了一个棘手的问题，得到了总督大人的特别夸赞时，吉蒂也会跟着他一起高兴。

“我这可不是自吹自擂，”他笑着说，眼神里充满了对她的爱，“我们部门里没有一个人能做得比我更好。”

噢，吉蒂多么希望自己是他的妻子，而不是沃尔特的！

十七

当然，现在还不能肯定沃尔特就一定知道了真相，如果没有，那最好还是保持现状。不过，要是他知道了，哎，也许这对大家来说倒是件好事。起初，尽管不太满意，可她至少还忍得了与查理偷偷摸摸的私会。可随着时间的推移，她的情感变得越来越强烈，现在，她迫不及待地想要扫除阻碍他们在一起的障碍了。唐森经常不无懊恼地跟她说，是他的职位迫使他不得不处处小心，他诅咒束缚了他与吉蒂的那些关系和纽带。若他们两人都是自由身，那该有多好啊！吉蒂明白他话里的意思，没有人愿意有绯闻，在你做出足以改变人生道路的决定之前，一定要三思而后行。然而，要是造化硬把自由塞到他们手中，啊，那一切就都变得简单了！

在这一变故中，似乎没有人会受太大的痛苦。吉蒂非常清楚查理和他妻子的关系并不怎么样。他妻子是个情感冷漠的女人，这些年来他们俩之间早已没有了爱情。是习惯，是诸事上的便利，还有孩子们，把他们俩维系在一起。她这边处理起来要比查理那边棘手一些：因为沃尔特深爱着她，不过，他毕竟还有工作可沉浸在其中，此外，男人总有他的俱乐部可以去消遣；起初他肯定会沮丧，可很快就会没事的；何况，他完全可以再找一个呀。查理跟她说，他怎么也弄不明白，她这么一朵鲜花为什么愿意让自己插在沃尔特·费恩这堆牛粪上。

想到这里，吉蒂脸上几乎出现了笑容，她奇怪自己在片刻之前，还那么担心被沃尔特发现他俩的私情。当然啦，看到门把手那样缓缓地转动，确实怪瘆人的。但说到底，即便他知道了，又能怎么样呢。他们已经做好了应对的准备，如果他俩最希望发生的事就这样降临到他们头上，查理只会跟她一样，觉得如释重负。

沃尔特是位绅士，这一点她发自内心地承认，而且，他还爱着她，因此，他会做出正确的选择，同意跟她离婚。他们俩的结合从一开始就是个错误，好在意识到这一点还为时不晚。她已打定主意，想好了要跟他说的话，以及该用什么态度来对待他。她会面带笑容，表现得友好而坚定。他们之间没有必要吵架，以后她也会高兴见到他的。她真心希望，他们共同生活的这两年会成为他弥足珍贵的记忆。

“多萝西·唐森根本不会介意跟查理离婚的，”吉蒂心里想，“现在，最小的这个男孩也准备回英格兰了，她跟着一块回去，或许会更好。她在香港确实没有什么事情可做了。在英格兰，她能和孩子们一起度过假期。而且，她的父母也都在英格兰。”

一切都变得如此简单，可以做到没有丑闻，彼此间也没有怨恨。然后，她和查理就可以结婚了。吉蒂长长地舒了一口气。他们俩会非常幸福的。即便费点儿周折，受点气，为了他俩的幸福也是值得的。未来生活的图景就这样一幕幕杂乱地浮现在她的脑海中，他们的生活会过得充满乐趣，他们会一起去旅游，住进新房子，他的职位得到提升，她成为他的有力帮手。他为她感到骄傲，而她则视他为偶像。

然而，在这些如梦如幻般的憧憬中，依旧有一股忧虑的暗流。那情形有点儿滑稽可笑：就好像是管弦乐队正演奏着一曲田园牧歌，管乐器、弦乐器在合拍齐奏，负责低音的鼓乐器却轻轻敲击出阴沉不祥的节奏来。沃尔特早晚要回到家里，一想到要见他，她的心就怦怦乱跳。他下午离家外出时，竟然没有跟她打招呼，这让她觉得好生奇怪。她不断地安慰自己，她当然不怕他，谅他也翻不起什么大浪，可这仍然缓解不了她内心的不安。她把要跟他说的话又在心里重复了一遍。大闹一场又有什么好处呢？她心里也挺抱歉的，老天知道她并不想给沃尔特造成痛苦，可她真的不爱他，她又有什么办法呢？装出一副你恩我爱的样子，有意义吗？彼此坦诚相待才好。她希望他不会太难过，但既然在结婚这件事上他们犯了错，承认这个错误或许是最明智的做法。她会永远对他心存感激的。

她在心里念叨着这些话，尽管如此，一阵突如其来的恐惧还是让她的手心里渗出汗来。意识到自己在担心后，她不禁有些生他的气。如果他想闹事，那他可就得当心了；如果那样的话，他的结局也一定好不到哪里去。她会告诉他，她从来也没有在乎过他，自从他们结婚以后，她没有哪天不是在后悔中度过。他毫无情趣可言。噢，他叫她厌烦透了，厌烦透了，厌烦透了！他以为自己比任何人都强，这也太可笑了；他丝毫没有幽默感；她讨厌他的高傲，他的冷漠，连同他的自制力。当你只关心自己而对其他任何人和事都没有兴趣的时候，做到克己慎独也就容易了。对沃尔特，她有一种本能的排斥心理。她不愿意让他吻她。他凭什么这么自以为是呢？舞跳得那么糟糕，在晚会上，他只会扫大家的兴，既不会弹奏，也不会唱歌，他不会打马球，网球打得也很一般。桥牌呢？可谁会在乎那玩意儿呢？

吉蒂这样想着，越想越生气。他有胆量，就让他来责备她吧。所发生的一切都是他自己的错。谢天谢地，他最终还是知道真相了。她恨他，但愿永远不要再见到他。是的，她心里庆幸着，这一切就要结束了。为什么他就不能离她远一点呢？他一味地纠缠她，终于让她嫁给了他，现在，她受够了。

“我受够了，”她大声地重复道，气得声音都在发颤，“受够了！受够了！”

吉蒂听到了小车在花园门前停下的声音。沃尔特正走上楼来。

十八

沃尔特进到屋子里。吉蒂的心狂跳着，两只手在发抖。幸好此时她是斜倚在沙发上，手里拿着一本打开的书，像是正在阅读。他在门槛那里停下了，他们的目光相遇了。她的心沉了下去，突然觉得有一股寒气袭遍全身，她打了一个寒噤。她此刻的感觉就仿佛是听到有人在她的坟头上踏步。沃尔特的脸像死人一样苍白，他这脸色此前她只见过一回，就是坐在公园里他向她求婚的时候。他黑色的眸子显得异常的大，眼神迟滞，叫人难以捉摸。他全知道了。

“你回来挺早。”吉蒂说了一句。

她的双唇在发颤，几乎连话也说不清楚了。她被吓坏了，她觉得自己就要晕过去了。

“我想，跟往常回来的时间差不多。”

他的声音听起来很奇怪。在最后一个词语上抬高了声音，大概本来是想显得随意一些，可一听就是装出来的。她不知道他是否看出她的四肢在发抖。她极力抑制着自己，才没让自己叫出来。沃尔特垂下了眼睛。

“我过来是想去换衣服。”

他离开了屋子。她觉得全身一下子瘫软下来。有那么两三分钟，她的身体动也动不了，末了，她硬撑着让自己从沙发上坐起来，像是大病初愈身体仍然很虚弱似的，她摇摇晃晃地站起来，也不顾两条腿是否能支撑住她的身体，硬是扶着桌椅，一步步地挪到了阳台上，然后，用一只手扶着墙，去到她的卧室，换上一件喝茶时穿的衣服。她回到起居室时，沃尔特正站在桌子旁边，看着一份简报上的图片。吉蒂硬着头皮走了进去。

“我们现在下楼吗？晚饭已经好了。”

“我让你久等了吗？”

糟糕的是，她怎么也控制不了她嘴唇的战栗。

他打算什么时候摊牌呢？

他们俩坐了下来，有一会儿，两人谁也没有吭声。后来，他开了口，看似极其平常的一句话，却让人觉得有些诡异。

“皇后号船今天没到港，”他说，“我想是风暴让它耽搁了。”

“它应该今天到吗？”

“是的。”

她看了他一眼，他的眼睛却一直盯着吃饭的盘子。他又说到一件事，同样的琐屑，是关于即将举行的网球赛，讲得很详尽。他的声音平时总是抑扬顿挫，挺悦耳的，可今天说话用的都是一个调子，仿佛是从遥远的地方传来的。这不禁让人觉得反常。说话时，他的目光依然落在盘子上、桌上，或者墙上的画上。他不愿意和她的目光相遇，她知道他受不了跟她对视。

“我们上楼去好吗？”在吃完晚饭后，他说。

“好吧。”

她站起来，他为她打开了房门。在她经过时，他垂下了眼睛。到了起居室，沃尔特再次拿起那张上面有插图的报纸。

“这是张新《简报》吗？我以前好像没见过。”

“不知道，我没注意。”

那份报纸在那儿已经放了两个星期，她知道他已经一遍遍地看过许多回了。他拿着报纸坐下来。她也坐在了沙发上，拿起一本书。要在往常，晚上没有外人时，他们俩会一起打打库恩坎牌或佩兴斯牌。而此时的他却靠在扶手椅里，似乎在专注地看着报上的一个插图，再没有翻到别的版面。她试着阅读，可书上的字在她眼前变得模模糊糊，让她看不清楚。她的头开始剧烈地疼痛起来。

他到底什么时候才摊牌呢？

他们就这样默不作声地坐了一个钟头。吉蒂不再装着看书，把小说放在膝头，眼睛看着前面。她一动也不敢动，生怕弄出一点儿响声。沃尔特依然是靠着椅背，静静地坐着，用他那双目光迟滞的大眼睛盯着插图。他的静坐和一语不发显得诡谲而瘆人，让吉蒂觉得像是有猛兽就要腾空跃起，扑上前来。

他突然站起，吉蒂吓了一跳。她把手紧紧地攥着，感觉自己的脸一下子变得煞白。现在，他要摊牌了！

"我还有些工作要做，"他的声音显得异常呆板机械，眼睛还在回避着她，"如果你不介意的话，我就去书房了。等我干完活，你应该已经睡了。"

"我今晚确实有点累了。"

"嗯，晚安。"

"晚安。"

他离开了起居间。

十九

第二天早晨一起来，吉蒂便给唐森的办公室打了电话。

"是我，有事吗？"

"我想见你。"

"亲爱的，我正在忙。我有公务在身。"

"这事非常重要。我能现在去你的办公室吗？"

"呃，不行，如果我是你，我不会这么做。"

"那么，你到我这边来。"

"我走不开。今天下午怎么样？你不觉得我现在最好还是少去你们家吗？"

“我必须立刻见到你。”

电话那边出现片刻的停顿，她担心电话已经挂断了。

“你在听吗？”她焦急地问。

“在听，让我想想。发生什么事啦？”

“我没法在电话里跟你说清楚。”

他在又沉默了一会儿后说：

“哦，那好，一点钟的时候，我能腾出十分钟。你去古玩店吧，我也尽快赶过去。”

“是那家古玩店吗？”她有些沮丧地问。

“对，我们又不能在香港饭店的休息室里见面。”他回答道。

从他的声音里，吉蒂听出了些许的不耐烦。

“好的。我去古玩店。”

二十

吉蒂坐了一辆黄包车，在域多利道下车，穿过一条坡形的狭窄巷子，到了古玩店。她在店外滞留了一会儿，像是饶有兴致地看着橱窗里陈列的小物件。一个站在门口招呼顾客的男孩，一眼就认出了她，跟她会心地笑了笑，和店里的人说了句中文，那位胖脸盘、穿黑大褂的小个子店主便迎了出来。吉蒂很快走了进去。

“唐先生还没有到。你先上楼去等好吗？”

她走到店铺后面，踏上一节光线暗淡、摇摇晃晃的楼梯。那个中国男孩跟着她上来，为她打开了通到卧室的那扇门。屋子里不通风，充斥着一股刺鼻的鸦片味儿。她坐在一个檀木箱子上。

不一会儿，吉蒂听到了沉重的脚步声和楼梯的咯吱咯吱响声。唐森进到屋里，随手关紧了他身后的门。他脸上的阴霾一见到她便消散了，迷人的笑容又浮现在他的面庞上。他将她一把搂在怀里，吻起她的嘴唇。

“现在，告诉我出什么事情了。”

“一看见你，我就感觉好多了。”她笑着说。

唐森坐到了床上，点起一支烟。

“你今天的脸色看上去很憔悴。”

“这并不奇怪，”她回答说，“我昨夜一宿没合眼。”

他看了看她。他的笑容仍挂在脸上，但却显得有些做作，不太自然。她觉得，他的眼神里带着忧虑。

“沃尔特知道了。”她说。

在他说话前，有个短暂的停顿。

“他是怎么跟你讲的？”

“他什么也没说。”

“噢！”他眼睛盯着她，“那你是怎么看出他知道了。”

“种种迹象。他的表情。吃晚饭时他说话的样子。”

“他有跟你发火吗？”

“没有。恰恰相反，他表现得极为礼貌。在我们结婚以后，他昨晚是第一次睡觉前没有吻我，没有道晚安。”

她垂下了眼睛。她不能肯定查理是否明白她的意思。沃尔特通常总是把她搂在怀里，将他的嘴唇紧紧地贴在她的唇上吻她，直到这吻带给他的激情让他的全身都软了下来。

“你认为，他为什么完全不提这件事呢？”

“不知道。”

出现了片刻的沉寂。吉蒂仍静静地坐在檀木箱子上，焦急地望着唐森。唐森的脸上再度笼罩上阴霾，眉头紧锁着，嘴角也撇向了一边。可很快他就抬起头来，眼中满是狡黠和得意的神情。

“我在想，他是否还会提及这件事。”

她没有说话，因为她不明白他的意思。

“毕竟，碰上这种事，睁一只眼、闭一只眼的人，远不止他一个。就是大闹一场，他能得到什么呢？他要想闹的话，那天他就会径直冲进你的房间里去了。”唐森的眼睛里闪着亮光，嘴角也出现了笑容。“我们两个刚才表现得像一对傻瓜。”

“我真希望你看到他昨晚的脸色。”

“我料想他定会很痛苦。这当然会让他感到震惊，这种事摊在任何男人头上都不好受。沃尔特的样子看上去就很蠢。在我的印象中，他不是那种愿意把家丑外扬的人。”

“我觉得也是，”她若有所思地说，“他十分敏感，爱面子，这我以前就知道。”

“对我们而言，这很好。明智的做法是把你自己放在别人的位置上，问自己如果你是他的话会怎么做。男人在这种处境下，唯有一个办法可以保全颜面，那就是装着什么也不知道。我愿意跟你打赌，什么赌注都行，他会照着这个法子做的。”

唐森越说兴致越高。他的蓝眼睛闪着愉快的光，他再度成了那个高兴快活的自己。他的勇气和自信也感染了吉蒂。

“上帝知道，我并不想说他的任何坏话。可是说到底，一个细菌学家能有多大的能耐。现在的情况是，西蒙斯一旦回国，我就会做布政司，站在我这一边，只会对沃尔特有利。和我们每个人一样，他要考虑他的饭碗：你想想，殖民地政府会养一个弄出丑闻的人吗？相信我，闭上嘴巴，他的一切利益都还在；若是他非要大闹一场，他会赔得精光。”

吉蒂不安地扭动着身体。她知道沃尔特是个多么腼腆的人，她深信，他怕张扬，怕引起公众注意的心理会影响到他。但是，她不相信他会受物质利益的左右。或许，她对他了解得还不够，但查理对他可算得上是一无所知。

“你想到过沃尔特疯狂地爱着我吗？”

他没有回答，只是用那调皮的眼神望着她笑。她喜欢他这迷人的表情，也懂得它的含义。

“哦，你想说什么呢？我知道你又要说我的什么不好了。”

“唔，你知道的，女人常常以为，男人们疯狂地爱着她们，而实际上并非像她们想得那样。”

她第一次笑出声来。他满满的自信打动了她。

“你揭我们女人的短。”

“我猜想，你最近可能没顾上跟你丈夫亲热。或许，他不像以前那么爱你了。”

“不管怎么说，我绝不会心存幻想说你疯狂地爱着我。”她反唇相讥道。

“这你可说错了。”

啊，听他这么说，真让她开心！她就知道他会这么说的，她相信他真心爱她，这让她心里暖洋洋的。他说这话时，已从床边站起来，跟她坐在了檀木箱上。他伸出手臂，搂住了她的腰。

“不要再傻想着这件事了，”他说，“我向你保证，不会有任何事的。我敢肯定，他会装着跟什么也没有发生过一样。你也知道，这种事情很难证实的。你说他爱你，或许，他还不想完全失去你。我发誓，如果你是我的妻子，我也会像他一样那么做的。”

她把身子更紧地贴着他。渐渐地，她瘫软在他的怀里。她对他的强烈的爱几乎叫她感到窒息。他最后的话点醒了她，或许，沃尔特爱她极深，深到愿意忍受任何羞辱，只要她还让他继续爱她。她能够理解这种想法，因为她对查理也情深至此。一种对查理的爱的自豪感油然而生，与此同时，她又为沃尔特会有如此奴性的爱，不免生出些许的蔑视。

她充满爱意地搂住了查理的脖子。

“你真了不起。我刚进到这里时，浑身抖得像一片临风的叶子，你一来，就把一切都搞定了。”

他用手捧住她的脸，吻着她的嘴唇。

“亲爱的。”

“你给了我极大的安慰。”她长吁了口气说。

“你完全没有必要紧张。你知道的，我会永远站在你这边。我不会丢下你不管的。”

她的担心都消除了，不过，有一瞬间，她竟莫名地感到了一丝遗憾：她给未来所构建的蓝图全都成了泡影。现在，既然一切危险都已经过去，她倒几乎希望沃尔特坚持跟她离婚了。

“我知道，我可以依靠你。”她说。

“我也是这么希望的。”

“你是不是该回去吃午饭了？”

“噢，去他的午饭。”

他更紧地把她搂在了怀里，让她动弹不得。他吻到了她的唇上。

“噢，查理，你放我下来。”

“绝不。”

她笑了起来，那是一种得意的幸福的笑。他的眼睛里充满欲望。他将她抱起来，紧紧贴在他的胸前，反锁上了门。

二十一

整个下午，吉蒂都在想着查理对沃尔特的评论。晚上，他们要外出赴宴。沃尔特从俱乐部回来时，吉蒂正在更衣打扮。

沃尔特敲了敲更衣间的门。

“进来吧。”

沃尔特并没有推门进来。

“我也要去换身衣服。你还要多久？”

“十分钟。”

他没再说什么，就去了自己的房间。他的声音跟昨晚的一样，是那种极力克制的语调。现在，吉蒂自信多了。她比他早换完衣服，待他下楼时，她已经坐在了汽车里面。

“让你久等了。”他说。

“没关系的。”她说话时，脸上露出微笑。

在车开往山下的路上，她又说了点儿什么，可他的回答都很简短。她耸了耸肩，懒得再去理他：如果他想生气，那就随他去吧，她并不在乎。他俩就这样默不作声地到了目的地。那是一个盛大的晚宴。人头攒动，桌上的美味菜肴数不胜数。吉蒂跟邻座的人兴高采烈地聊天时，眼睛不时地观察着沃尔特。发现他面色煞白，脸紧紧地绷着。

“你的丈夫看上去很憔悴。我原以为，他受得住炎热的天气。是不是他最近工作太累了？”

“他工作总是那么拼命。”

“我想，你们很快就会去度假了？”

“嗯，是的，我想跟去年一样，再去趟日本，”她说，“大夫说，如果我不想让自己的身体垮掉的话，就得找个地方避避暑。”

以往，他们参加宴会时，沃尔特总会时不时地朝她这边看看，跟她笑一笑。今天，他压根没有向她这边看一眼。她留意到，他刚才上车时就有意回避她的目光，下车时，虽说还像平时一样扶着她，可他仍旧躲避着她的目光。此刻，他正跟坐在他两旁的女士交谈，他的脸上没有丝毫笑容，一双眼睛眨也不眨地盯着对方，硕大的黑眼睛衬着苍白的肤色，显得怪怪的。他的脸绷得紧紧的，神情十分严肃。

“跟他聊天，真是令人愉快啊！”吉蒂不无嘲讽地想。

一想到那几位不幸的女士在试着跟这样一个冷峻面孔的人聊天，她就不免觉得好笑。

毫无疑问，沃尔特已经知道了真相，而且，他正在生她的气。可他为什么不说出来呢？莫非真的是因为爱她太深，担心她会离开他，所以尽管生气，受到羞辱也默默忍受？若真是这样，吉蒂会更加看不起他，尽管也无甚恶意：毕竟，他是她的丈夫，为她提供衣食住行；只要他不干涉自己，随她做喜欢的事，她便会对他好。从另一方面看，或许他的沉默只是因为他天生胆小怕事。查理不是说了吗，没有人比沃尔特更害怕弄出丑闻了。不是逼不得已，沃尔特绝不会在大庭广众下讲话。他曾告诉过她，有一次他要被法庭传唤去提供专家证词，为此事他整整一个星期没睡好觉。他的腼腆是一种病态。

还有一点也需要考虑进去：男人都是爱面子的，只要这事还无人知晓，也许沃尔特巴不得装着什么也不知道呢。接着，她又想到，查理说沃尔特知道他要保住饭碗得靠谁，会不会也有几分道理。查理是当地最受欢迎的人物，不久将升任布政司。因此他对沃尔特来说是有用的，如果沃尔特揭穿了这件事，他无疑会弄得自己也不愉快。一想到情人能力如此之大，意志如此坚定，她便心花怒放；依偎在他那强有力的怀抱中，她能获得无与伦比的安全感。男人们真是奇怪：要不是发生了这件事，她怎么也不会想到沃尔特能卑贱到这一步；或许，他严肃的外表只是个面具，掩盖着他卑劣、狡诈的本性。她越是这样想，便越觉得查理的话有道理。她又朝丈夫那边扫了一眼，目光里没有一丝温情。

在他两边的女士都跟她们另一边坐着的客人去聊了，剩下沃尔特孤零零的一个人。他直勾勾地望着前面，完全忘记了在场的人，他的眼睛里充满悲伤和绝望。吉蒂不由得心头一震。

二十二

第二天，她午饭后正躺着打盹，突然被一阵敲门声惊醒。

“是谁呀？”她不耐烦地问。

她并不习惯在这个时间被人打扰。

“是我。”

她听出了是丈夫的声音，很快从床上坐了起来。

“进来吧。”

“是我吵醒你了吧？”他进来的时候问。

“确实如此。”她用一种很自然的语调跟他说，这两天她跟他说话都是这个调子。

“你能到隔壁屋里来一下吗？我想跟你谈件事。”

吉蒂的心猛然急跳了几下。

“我穿件衣服就来。”

他先走了出去。她光脚穿上拖鞋，披了一件和服，在镜子前照了照自己，见自己面色苍白，便随手涂了点口红。她在门口停了停，勉强镇定了一下，然后，显出一副坦然的样子走了进去。

“在这个时间，你是怎么设法从实验室里溜出来的？”她问，“我很少在这个时候见到你。”

“你能坐下吗？”

他没有看她，说话时神情很严肃。她暗自庆幸他请她坐下：因为她的双膝已经有些发抖；无法继续跟他调侃，于是她选择了沉默。他也坐了下来，点起一支烟，他的眼睛不安地四下望着，似乎不知道该如何开口才好。

突然，他把目光转向了她，由于回避了她的眼睛那么久，此时他的直视让她心里发毛，差点儿就失声喊了出来。

“你听说过湄潭府吗？”他问，“最近的报纸上对它的报道很多。”

她惊讶地望着他，末了，迟疑地说：“就是那个在闹霍乱的地方吗？昨晚阿巴斯先生还提到它来着。”

“是的，那个地方在闹瘟疫。我认为，这是多年来最严重的一次。那里原先有个教会医生。三天前，他染上霍乱死了。那里还有个法国修道院，里面的几个修女，还有一个海关人员，仍在那里坚守着帮助救人。其他人都撤离了。”

他的眼睛依然盯着她，她无法避开他的目光。她试图读懂他的表情，可她太紧张了，只从中辨识出一种异样的专注神情。他怎么能这样直勾勾地看着她，甚至连眼皮也不眨一下。

“那些法国修女们做着她们力所能及的一切。她们把孤儿院临时改成了一所医院，可那里的人们还是在不断地死去。我已经提出申请，去那里负责救治工作。”

“你？”

她不由得喊了一声。此时，她首先想到的是，他走了她就自由了，可以毫无阻碍地跟查理见面了。但这一想法令她感到吃惊，她觉得自己的脸变红了。他为什么要这么老盯着她看呢？窘迫之下，她把目光转向了别处。

“非这样不可吗？”她支支吾吾地问。

“那里连一个外国医生也没有。”

“可你不是医生，你是个细菌学家。”

“你知道，我是个医学博士，在从事细菌研究之前，我在医院里做过大量的医务工作。而且，作为细菌学家，反而是个有利条件。这对我的研究工作来说，是个千载难逢的机会。”

他说这话的语气几近粗鲁。她瞥了他一眼，却见他的眸子里流露出嘲弄的神情，不禁让她感到诧异。她无法理解他的这种表情。

“可这不是非常危险吗？”

“非常危险。”

他笑着说，脸上一副嘲讽的神情。吉蒂用手扶住了前额。这简直是自杀。是地地道道的自杀。太可怕了！她没有想到他会采取这样的行动。她不能让他这么做。这太残酷了。她是不爱他，可这能怪她吗？他竟然因为她要去送了自己的性命，这是她无法承受的。眼泪顺着她的面颊淌了下来。

“你哭什么？”他冷冰冰地说。

“不是上面非让你去的吧，对吗？”

“不是，我是自愿要去的。”

“请你不要去好吗，沃尔特？要是发生了什么事，那可怎么办？万一你死了呢？”

他脸上依然是一副无动于衷的表情，可眼睛里却闪过一丝笑意。他没有回答。

“这个湄潭府在什么地方？”停顿片刻后，她问道。

“湄潭府？它在西江的一条支流边上。我们应该是沿着西江溯流而上，然后，再换乘轿子到那里。”

“我们？”

“是的，我和你。”

她迅速看了他一眼，以为自己听错了。然而，他眼中的笑意此时已扩展到唇边。他的一双黑眼睛直愣愣地盯着她。

“你是要我跟你一起去吗？”

“我原以为你会愿意的。”

她的呼吸开始变得急促，身体一阵战栗。

“可那地方显然不适合女人待着。那个传教士几个星期前就把他的妻子和孩子送走了，还有牧师会会长和他的妻子也到了香港。我在茶会上见过他的夫人。哦，我记起来了，她说他们是刚刚从一个闹霍乱的地方撤出来。”

“可有五个法国修女仍然待在那里。”

一阵惊恐攫住了她。

“你这是什么意思，让我去那里，简直是疯了。你知道我的身体有多弱。海华德医生一再叮嘱我要到外面去避暑，我怎么受得了湄潭府的酷热呢。更别说霍乱了，我会吓出病来的。这不是自讨苦吃吗？没有道理让我去。我会死在那儿的。”

他还是一言不发。她用绝望的眼神看着他，就快要哭出来了。他的脸色铁青，让她感到恐惧。从他的表情里，她看出了仇恨。莫非他想要让她死？想到这里，她不由得大声喊了起来：“这也太荒唐了！如果你觉得你应该去，那是你自己的事。可你真的不该指望我也跟你去。我厌恶疾病，尤其是像霍乱这样的病。我不愿装出很勇敢的样子，我并不介意告诉你，我没有那个勇气。在我到日本避暑之前，我哪儿也不去。”

“我本以为，在我去承担这项危险的工作时，你愿意陪我一起去的。”

他现在是在公开地嘲笑她了。她一时被弄糊涂了。她不知道他到底是认真的，还只是吓唬吓唬她而已。

“我觉得，没有人会因为我拒绝去一个我根本帮不上忙的危险地方，就责怪我。”

“你会非常有用的。你能给予我快乐和安慰。”

她的脸变得更白了。

“我听不懂你说的话。”

“我说的意思再明白不过了。”

“我不去，沃尔特，这太没有道理啦。”

“那么，我也不去了。我这就撤回我的申请。”

二十三

吉蒂茫然无助地望着他。他的话太出乎她的意料了，她有些摸不着头绪。

“你究竟在说什么？”她嗫嚅地说。

连她自己都觉得这话是在搪塞，她看见沃尔特冷峻的脸上出现的轻蔑和不屑。

“我觉得，你未免也把我看得太傻了。”

她一时不知道该如何作答。她在犹豫，是该气愤地为自己申辩呢，还是撕破脸皮，严厉地谴责他呢。他似乎看出了她的心思。

“我已经掌握了所有必要的证据。”

吉蒂开始哭了起来。她没觉得痛彻心扉，只是眼泪不住地流，她也没去擦拭：在哭的时候，她给予了自己镇定下来的时间。可是，她的脑海里仍是一片空白。沃尔特无关痛痒地看着她，他的平静令她不安。沃尔特渐渐失去了耐心。

“你知道，哭是帮不上什么忙的。”

他的声音听去冷漠而严厉，却激起了她内心的愤怒，让她恢复了勇气。

“我并不在乎。我想，你不会反对我跟你离婚吧。对一个男人来说，这算不了什么。”

“我可以问一下，我为什么要没事找事，自寻烦恼地跟你离婚呢？”

“反正这也不会影响到你什么。我希望你能做个堂堂正正的绅士，这个要求不算过分吧？”

“可是，我对你的幸福是看得很重的。”

她坐直身子，擦掉了脸上的眼泪。

“你说这话是什么意思？”她问。

“你想让唐森娶你，必须得先做到：把他作为离婚诉讼案中的通奸者告上法庭；而只要他变得声名狼藉，他的妻子才会不得不跟他离婚。”

“你在说些什么呀！”她喊起来。

“你真是个蠢女人。”

他的语调里满是鄙夷不屑，这让她恼羞成怒，满脸通红。或许恼怒的成分更大一些，因为平日里她从他那里听到的都是甜言蜜语和恭维奉承讨她欢心的话。她早已习惯于对他颐指气使，任意摆布。

“你想要知道真相，那么我就告诉你。唐森早就迫不及待地想娶我呢。多萝西·唐森会心甘情愿跟他离婚的。一旦我们都自由了，我们就马上结婚。”

“这是他对你说的，还是你想当然得出的结论？”

沃尔特的眼神里充满了嘲讽。这让吉蒂很不自在。她不太确定，查理是否亲口这么说过。

“这话他已对我说过无数遍了。”

“他在撒谎。你知道，这是骗人的鬼话。”

“他全身心地爱着我。我们俩都热烈地爱着对方。既然你都知道了，我也不打算隐瞒了。我为什么要隐瞒呢？我们两情相悦，已经一年了，我为此而感到骄傲。他对我而言，就是我的一切。我很高兴你终于知道这件事了。我们早就厌倦了躲躲藏藏、提心吊胆的日子。我嫁给你就是一个错误，我绝对不应该嫁给你，我就是个大傻瓜。我从来没有喜欢过你。我们俩之间没有任何共同之处。我讨厌你喜欢的那些人，也腻歪透了你感兴趣的那些东西。谢天谢地，这一切总算要结束了。”

他在那里静静地注视着她。他聚精会神地听着，脸上没有任何变化，看不出她的话是否对他有影响。

“你知道我为什么嫁给你吗？”

“因为你想在你妹妹多丽丝之前嫁出去。”

他说的没错，意识到他早就知道这一点，倒让她觉得挺有趣的。说来也怪，就在她又气又怕的这一刻，他的这句话却勾起了她对他的同情。此时，他的脸上出现了一丝笑容。

“我对你没有抱任何幻想，”他说，“我知道你愚蠢，轻浮，脑袋里空空如也，但是，我爱你。我知道你的想法都很粗俗，平庸，但是，我爱你。我知道你只是个二流货色。但是，我爱你。想起来真是可笑，以前的我是多么极力地去让自己喜欢你喜欢的东西，多么急切地对你掩盖起我并非无知和粗俗、并非愚蠢和爱嚼舌的事实。我知道，真正的智慧会把你吓跑，因此我处处表现得像你认识的那些男人们一样愚蠢。我知道，你跟我结婚只是为了摆脱你当时尴尬的处境。我太爱你了，所以这些我都不在乎。大多数人在他们的爱得不到回报时，会觉得委屈。他们会生气，心存怨恨。我和他们不一样。我从没奢望你爱我，我觉得你有理由不爱我，因为连我自己都觉得我不讨人喜欢。能够给我爱你的机会，我已经心存感激。有时我做了什么事让你高兴了，或是看到你眸子里闪烁着温情，我都会欣喜若狂。我尽力不让我的爱叨扰到你，我知道那会造成不好的后果，我总是留意着在第一时间发现你对我情感的不耐烦。对于大多数丈夫认为是他们的理所当然的那些权利，我都乐意当作是对我的恩赐接受下来。”

自幼听惯了阿谀奉承的吉蒂，以前哪里听到过这样的话。此时，她心中燃起的狂烈怒火驱散了她的恐惧，她觉得自己快要窒息了，只觉得太阳穴处青筋暴突，怦怦直跳。虚荣心受到伤害，在一个女人心中激起的报复心理，远远胜过一只被夺走其幼崽的母狮。吉蒂本来就有些太方正的下巴，此刻更是向前突了出来，宛如一只可憎的类人猿，漂亮的眼睛由于充满恨意而变得越发黑亮。但她却遏制住了心里的怒火，没有发作。

“如果一个男人身上没有让一个女人能爱上他的东西，那是他自己的错。”

“那是显然的。”

他讥讽的语调更是刺恼了她。可她觉得此刻还是保持镇静，才会更加有效。

“我的文化程度不高，脑子也不聪明。我就是个极普通极平常的年轻女子。从小到大，我身边的人喜欢的，也就是我喜欢的。我喜欢跳舞，打网球，去剧院，我喜欢爱运动的男人。没错，我就是讨厌你，对你喜欢的东西我没有一丁点儿兴趣。它们对我毫无意义。你带我到威尼斯那些个长得没有尽头的画廊里观览，我倒是觉得我在桑威奇打打网球会快活得多。”

“这些我都知道。”

“如果我一直没能做到你期望的那样，我很抱歉。不幸的是，我一碰到你的身体，就感觉恶心。你不能由此便责怪我吧。”

“不能。”

如果沃尔特因此而大发雷霆，吉蒂就能相对容易地应对这一局面了。她还能还以颜色，绝不退让。可他的自控力太强了，她现在比以往任何时候都更加恨他。

“我觉得你简直就不像一个男人。当你知道我和查理就在卧室里，你为什么不马上冲进来呢？你至少应该试着去揍他。你没有，你是害怕吗？”

不过话刚出口，她的脸就红了，因为她感到了羞耻。沃尔特没有回答，可在他的眼睛里，她看到了鄙夷。一丝笑容浮现在他的嘴角。

“或许，像以前的哲人一样，我怕脏了我的手。”

吉蒂想不出应对的话，只能耸了耸肩。他的眼睛依然逼视着她。

“我想该说的我都说了，要是你仍然拒绝去湄潭府，我将撤回我的申请。”

“为什么你不同意跟我离婚呢？”

他终于把目光从她的身上移开了。他靠回到椅背上，点起一支烟。直到烟抽完也没说一句话。末了，他把烟蒂扔掉，微微地笑了笑。他再一次看着她说：

“如果唐森太太能向我保证，她将与她的丈夫离婚；如果唐森能给我写下一个书面承诺，答应在两个离婚协议签订后的一周内娶你，我就同意和你离婚。”

他说这话时的声调和样子，让她感到有些不安。可她的自尊心驱使她欣然接受了他提出的条件。

“你还挺大度的，沃尔特。”

令她惊诧的是，他突然纵声大笑。她气得脸都红了。

“你笑什么？我看不出有任何好笑的地方。”

“请原谅。我敢说，我的幽默感和别人的不太一样。”

她蹙着眉头瞧着他，她想说一些刻薄，能刺伤他的话，却一句也想不出来。沃尔特看了看手表。

“若是你想赶在唐森下班前见到他，那么最好抓紧时间。一旦你决定跟我一起去湄潭府了，我们后天就得出发。”

“你是想让我今天去跟他谈。”

“人们都说，时间像是白驹过隙。”

她的心跳开始加快。此刻，她心里感到的不像是焦虑，可到底是什么，她也说不清楚。她希望再能多给她点时间，好让查理能有个心理准备。不过，她对查理是很有信心的，他对她的爱就像她对他一样深挚，如果有必要，查理是愿意和他妻子离婚的，但凡对此有一丝的怀疑，都会是一种背叛行为。她转过身，神情严肃地面对着沃尔特。

“我想，你根本不懂得什么是爱情。你完全想象不到我和查理之间是如何不顾一切地相爱着。为了这份无比珍贵的爱情，我们会毫不犹豫地做出任何牺牲。”

他没有吭声，只是略微欠了欠身，目送着她迈着缓慢而又有节奏的步子，走出了房间。

二十四

吉蒂给查理传过去一封短信，上面写着“请见我，有急事”，她让一个中国男孩送进查理的办公室，中国男孩请她稍等，很快便带回话来，说唐森先生五分钟后见她。不知怎么，吉蒂变得紧张起来。当她被带进办公室，查理上前来跟她握手，可等男孩一离开，门一关上，屋子里只剩下他们两个人时，他那彬彬有礼的举止立马消失了。

“亲爱的，不是我说你，你怎么能在工作时间来这里？我有太多的工作要做，我不想让别人说我们的闲话。”

她用她那双美丽的眼睛深情地看着他，想笑一笑，可她的嘴唇僵得怎么也笑不出来。

“如果不是有急事，我不会来。”

他笑着拉住了她的胳膊。

“好了，既然来了，就坐吧。”

这是间狭长的屋子，屋顶很高，墙壁上涂了两道赤褐色图案。房间里仅有一张大办公桌，一把唐森坐的转椅和为客人准备的皮质沙发椅。唐森坐在办公桌前，吉蒂坐在这沙发椅里，只觉得浑身不自在。她以前从没见他戴过眼镜，她不知道他还需要用这玩意儿。唐森注意到她的眼睛总停留在他的眼镜上，便把它摘了下来。

“我只是在读文件材料的时候才戴它。”他说。

吉蒂的眼泪一下子涌了出来，不知怎么，她开始哭了起来。她并非刻意装样子给他看，而是她本能的一种欲望，想博得他的同情。查理不知所措地望着她。

“发生什么事了？噢，亲爱的，不要哭好吗？”

吉蒂拿出手帕，想让自己止住啜泣。唐森按了按铃，男孩来到门口时，他走了过去。

“如果有人找我，就说我出去了。”

“好的，先生。”

男孩走时关上了身后的门。查理坐到沙发椅的扶手上，用胳膊搂住了吉蒂的肩膀。

“现在，我的小宝贝，告诉我发生了什么事。”

“沃尔特要跟我离婚。”她说。

她感觉搂着她的手臂松开了。他的身体变得僵硬起来。屋子里出现了片刻的安静，唐森从沙发椅旁站起来，重新坐回到他的转椅上。

“你说得详细点好吗？”他说。

她迅速地看了他一眼，因为他的声音变得有些生硬，脸色也隐隐发红。

“他刚刚跟我谈过了。我是从家里直接过来找你的。他说，他已经掌握了他需要的一切证据。”

“你自己没有承认吧？你没有透露出半点口风吧？”

她的心沉了下去。

“没有。”她回答道。

“你确定你没说漏嘴？”他目光锐利地盯着她。

“我确定。”她又一次说了谎。

唐森靠回到椅背上，目光呆滞地看着对面墙上挂着的中国地图。吉蒂焦急地看着他。他听到消息的反应让她有点意外。她原本以为他会高兴地把她抱在怀里，告诉她他是多么感激她，因为他们从此可以在一起了。不过，当然啦，男人们做事总是有点让人捉摸不透。她小声啜泣着，现在，她不再是为了赢得同情，而似乎是出自她的本能。

“我们惹上大麻烦了，”他终于开口道，“可我们不能先乱了方寸，这没有任何好处。要知道，哭解决不了任何问题。”

她听出他声音里的不耐烦，便抹去了眼泪。

“这不能怪我，查理，我也是身不由己。”

“你当然也是没办法，只能怪我们运气不好。也怪我太大意了。当务之急是看看我们如何能从这种不利的局面中摆脱出来。我想，你和我一样都不希望离婚吧？”

听到这话，吉蒂倒吸了一口凉气。她拿探询的目光打量着他，发现他根本没有为她着想。

“我不知道他手里能有什么证据。我不知道他怎么能证明我们俩当时都在那个房间里。我们处处小心，事事谨慎。我敢肯定，古玩店的老板不会出卖我们。即便沃尔特看见我们进过古玩店，我俩一起逛逛古玩店，也说明不了什么。”

唐森应该是在自言自语，而不是在跟吉蒂说话。

“指控一些事情很容易，可要证明它们就难了。我的律师常常跟我这么说。我们只能这样应对，那就是绝不承认，若是他威胁说要告上法庭，我们就跟他说见鬼去吧，我们将和他斗到底。”

“我可不想上法庭，查理。”

“为什么不呢？恐怕你非去不可。上帝知道，我不想搞得满城风雨，可这事我们无法平息。”

“我们干吗非要否认呢？”

“看你这话问的。说到底，这件事毕竟不只牵涉到你，也牵涉到我。不过，说实话，我觉得你不必太担心，我们也许能够搞定你的丈夫。我会尽快找到一个最妥善的解决办法。”

话说到这里，他仿佛想到了什么，他转向她，脸上现出迷人的笑容，刚才还是生硬、刻板的语调现在却变得甜蜜、亲切起来。

“我知道，你现在的心情非常烦乱，我可怜的宝贝。这太糟糕了。”他伸出一只手，握住了她的，“尽管我们陷入了窘境，但我们会摆脱的。这也不是……”他停了下来，吉蒂怀疑他就要说出这也不是他第一次摆脱这样的困境了。“最重要的是保持头脑冷静。你知道，我是不会让你失望的。”

“我没有害怕。他做什么，我全都不在乎。”

他仍然在笑着，可是这笑容却变得有些勉强了。

“如果事情发展到最坏的那步，我就不得不禀报给总督大人了。他会大骂我一顿，骂我个狗血喷头，不过，他是个好人，是个见过世面的人。他会把这件事摆平的。身边的人出了绯闻，对他毕竟也不是什么好事。”

“总督大人能做什么呢？”吉蒂问。

“他可以给沃尔特施加压力。如果不能在事关前程的问题上打动沃尔特，那么，可以通过威胁他可能会丢掉饭碗，来给他施压。”

吉蒂听得心里有些发凉。她似乎怎么也不能让查理明白，现在的情况有多严重。他不以为然的态度让她变得有些不耐烦。她后悔来他的办公室见他，这里的环境让她感到拘谨。如果是躺在他的怀里，用她的手臂搂着他的脖子，那样来倾诉她想要讲的话，说服他便会容易得多了。

“你不了解沃尔特。”她说。

“我知道，每个男人都得为他自己的切身利益考虑。”

她全身心地爱着查理，可他的回答却让她感到不安。他那么聪明，怎么会说出这样愚蠢的话。

“我觉得，你根本没有意识到沃尔特有多生气。你没见到他的那副脸色，还有他的眼神。”

唐森有一会儿没有说话，只是看着她微微地笑着。吉蒂知道他在想什么：沃尔特只是区区一个细菌学家，他的一个下属；沃尔特岂敢鲁莽行事，招来殖民地高官对他的嫉恨和厌恶。

“查理，咱们不要自欺欺人了好吗？”她恳切地说，“沃尔特一旦拿定主意要起诉，任凭你或是其他任何人再说什么，都无济于事。”

他的脸上再一次笼罩上了愁云。

“他想要把我作为共同被告，告上法庭吗？”

“一开始是这样的。最终我劝说他同意了跟我离婚。”

“哦，那还不至于太糟。”他的神情变得舒缓，眼睛里也有了亮光。“在我看来，这是个不错的解决办法。一个男人这么做，毕竟能够挽回点颜面。”

“可他是有条件的。”

他探寻似的目光望着她，似乎在思考。

“尽管我不是个很有钱的人，不过，我还是会尽力满足他的要求的。”

吉蒂不作声了。查理说的话句句出乎她的意料，这让她很难再开口说出自己的想法。她本想着是在他那充满爱意的臂抱里，自己通红的脸庞紧贴在他的胸前，一下子把她的心声全都倾吐出来。

“他同意跟我离婚，可条件是你的妻子要向他保证她也会和你离婚。”

“还有别的条件吗？”

吉蒂的声音变得越来越低。

“还有——这话很难说出口，查理，听起来很荒唐——就是你要承诺在两份离婚协议生效的一周之内，和我结婚。”

二十五

唐森沉默了片刻。随后，他再次握住了吉蒂的手，轻轻地摩挲着。

“亲爱的，你要知道，”他说，“不管发生什么事，我们都不能把多萝西搅进来。”

她茫然不解地望着他。

“可我不明白，我们怎么能不牵涉到她呢？”

“哦，在这个世界上，我们不能只想着自己。要知道，许多事情其实也一样重要，这世上我现在最想做的事就是跟你结婚了。可这是不可能的。我了解多萝西，她无论如何也不会和我离婚的。”

吉蒂这下彻底慌了。她又哭了起来。他起身坐到她身边，用一只胳膊搂住了她的腰。

“别再让自己烦恼，亲爱的。我们必须保持冷静。”

“我原以为你爱我……”

“我当然爱你啦，”他温柔地说，“对这一点，你现在更不该有任何怀疑了。”

“如果她不跟你离婚，沃尔特会把你告上法庭的。”

他过了好一会儿才答话。他的声调显得乏味枯燥。

“当然，这会毁掉我的前程，不过，这对你恐怕也不会有什么好处。事情要是真的到了无法挽回的地步，我就把一切向多萝西坦白，她无疑会痛苦，会难过，可最终她一定会原谅我。”他突然有了个主意，“或许，把这些都向多萝西坦白，会是个不错的办法。如果她去找你的丈夫，肯定能说服他不要声张的。”

“你的意思是说你不愿意跟她离婚？”

“哦，我得为我的几个孩子着想，不是吗？我当然也不想让她伤心。这些年我们一直相处得很好。对我而言，她的确是个好妻子。”

“那你以前为什么说她对你毫不重要？”

“我从来没有这么说过。我说过我不爱她。我们好多年没有睡在一起了，除了偶尔的几次，比如说圣诞节，或是她回英国之前或是刚从英国回来之后，多萝西不是爱做这种事情的女人。不过，我们一直是很好的朋友。我不妨告诉你，我对她的依赖远远超出任何人的想象。”

“你不觉得，要是那个时候你不招惹我更好吗？”

她很诧异，明明自己心里慌得要命，却还能如此平静地跟他说话。

“你是这些年来我见过的最可爱的女人。我那时爱你爱得发狂，你不能因为这个而责怪我吧。”

“可你说过，你不会让我失望的。”

“噢，上帝作证，我不会让你失望的。我们现在的处境很糟糕，我会想尽一切办法，让你摆脱困境。”

“除了我们刚才提到的那个最自然不过的办法[1]。”

1　指唐森跟多萝西离婚的这个办法。

他站起来，坐回到自己的转椅上。

“亲爱的，你要理智点。我们必须面对现实。我不想伤害你的感情，可是我必须得跟你说实话。我非常在乎我的前程和事业。将来很可能有一天，我会当上总督。能当上殖民地的总督，那是个多美的差使啊。如果我们不能把这件事压下去，我连半点机会也没有。到那时，我也许还能留在政府，不过，这个污点会一直伴着我的仕途。要是我被迫辞职，就得到中国我还有些人脉的地方去做生意。无论是哪种情形，我都会与多萝西相伴终生的。”

“那你当初为什么要跟我说，这世界上你最想要的人是我呢？”

唐森的脸上现出急躁的神情。

“噢，亲爱的，你把一个男人在热恋着你时说的那些情话，都逐字逐句地当真，是不是有点太过分了？”

“这不是你当时的真心话吗？”

“在那一刻，是的。”

“如果沃尔特跟我离婚了，我会是什么样的命运？”

“如果理真的不在我们这一边，我们也只好认了。只要不弄得满城风雨就好，如今人们对官员的绯闻很爱品头论足。”

吉蒂第一次想到了母亲，她不由得打了个寒噤。她再一次盯着唐森。她的痛苦里现在掺杂进了怨恨，如芒刺在背。

“我敢说，你压根儿没有想到我要受的苦，更别说去体恤了。”她说。

“我们这样相互埋怨，根本解决不了任何问题。”

她绝望地大声哭起来。这叫她很难过，她竟会那么无私地爱着他，可又如此地恨他。他不可能明白他对她有多重要。

“噢，查理，你难道真的不知道我有多爱你吗？”

“可是，亲爱的，我也爱你呀。只是我们不是生活在与世隔绝的小岛上，我们只能从我们所处的社会环境出发，去尽力争取最好的结果。你真的要理智点了。”

“我怎么能理智得了？对我来说，我们的爱情就是一切，你就是我全部的生命。但在你看来，这份爱只是一个小小的插曲，这让我怎么受得了？”

“它当然不是一个插曲。但是，你知道，你要我跟我相伴多年的妻子离婚，还要让我娶你，毁掉我的事业，你这要的是不是太多了点。”

“如果换作是我，我心甘情愿付出一切。”

“我们两人的处境完全不同。”

“唯一的不同，那就是你并不爱我。”

“一个男人可以深爱着一个女人，可并不见得就希望与她共度一生。”

她飞快地扫了他一眼，一种绝望感攫住了她的心。大滴的泪珠顺着她的脸颊淌了下来。

“噢，这也太残忍了！你怎么能这么狠心？”

她开始歇斯底里地号哭起来。他不安地朝门那边看了看。

“亲爱的，你要控制一下自己的情绪。”

“你不知道我有多爱你，”她喘着气说，“没有你，我活不下去。你对我就没有一丁点儿的同情和怜悯了吗？”

她哽咽得说不下去了，索性又大哭起来。

“我不想让你不高兴，上帝知道，我不愿意伤害你的感情，可我也必须告诉你实际的情况。”

“你把我的生活全给毁了。为什么你那个时候不能放过我？

我有得罪过你吗？”

“如果责怪我能让你好受一点儿，你就把错都推到我身上好了。”

吉蒂蓦然间怒火中烧。

“是我当初主动朝你投怀送抱的吗？是我当初硬逼你答应我，否则就搞得你鸡犬不宁的吗？”

“我并没有这么说。不过，如果你没有明确地表示你的意图的话，我岂能主动找你暗通款曲。”

天啊，真是羞耻啊！她心里清楚，他说的都是实情。此刻他脸上的表情焦急而忧虑，手也在不安地绞扭着。时不时地，他朝她瞥上一眼，里面都是恼怒的神情。

“你的丈夫会原谅你吗？”过了一会儿，他问。

“我从不求他。”

他下意识地攥紧了他的拳头。她看到他压下了已到他嘴边的气话。

“你为什么不去找他，求他原谅你？如果他真像你说的那么爱你，他一定会原谅你的。”

“你实在是太不了解他了！”

二十六

吉蒂擦去眼泪，尽力让自己平静下来。

“查理，如果你抛弃了我，我会死的。”

她现在不得不求助于他的同情心了。她本该一开始就这么跟他说的。若他知道她所面临的生死抉择，他的大度、他的正义感和他的男子汉气概就会一下子被激发出来，他会什么也不顾，只为她的安危着想了。啊，她是多么渴望依偎在他那温暖有力的怀抱中!

“沃尔特想让我去湄潭府。”

“噢，那地方正在闹霍乱，是五十年来最严重的一次。那不是一个女人该去的地方。你不能去那里。”

“如果你不管我了，我就一定得去。”

“你说什么？我怎么听不明白。”

“沃尔特要去接替刚死去的教会医生,他想让我跟他一起去。”

“什么时候？”

“就现在。马上。”

唐森往后挪了挪椅子，用困惑的眼神看着她。

“或许是我太笨，我还没弄懂你的意思。他要你跟他去湄潭府，那跟离婚有什么关系？”

“他让我选择。要么我去湄潭府，要么就闹上法庭。”

“哦，我明白了。”唐森的声调发生了微妙的变化。“我觉得他挺英勇的，不是吗？”

“英勇？”

“哦，他去那个地方就是在赌自己的运气。这种事我连想也不敢想。当然啦，在他归来时，他会得到圣迈克尔和圣乔治勋爵授予的称号。”

“可是，我呢，查理？”她喊道，声音里充满了痛苦。

“哦，他在这种情况下让你去，你怎么好拒绝他呢？”

“去就意味着死。毫无疑问，我会死在那儿的。”

“噢，不会的，这未免有点太夸张了。要真是如此，沃尔特也不会让你去的。你的风险并不比他大。事实上，你只要多加小心，就不会有什么危险。记得我刚来香港时，这里也闹过一次霍乱，我现在不还是好好的吗？重要的是不要食用任何没有煮熟的东西，一切生冷的食物，比如水果和沙拉等，都不要去碰，喝水时一定要先煮开。”他说着说着，渐渐恢复了自信，话也多了起来，他不再那么苦着脸，甚至变得轻松，愉快起来。“毕竟，这是他的工作，不是吗？他对虫子细菌感兴趣。你想想，这对他来说，正是一次难得的机会。”

“可是我怎么办呢，查理？”她又说了一遍，语调里充满的不再是痛苦，而是惊愕。

“哦，要想理解一个男人，最好的方法就是进行换位思考。在他看来，你一直就像是个捣蛋的小丫头，带你去那里是想让你变得乖顺点。我总在想，他根本就不想跟你离婚。在我的印象里，他不是那种类型的男人。不过，他做出了一个在他自己看来是非常大度的决定，而你却拒绝了他，把他给惹恼了。我并不想责怪你，可是鉴于我们的处境，我真觉得你该再好好考虑一下。”

“难道你不知道我去了会死吗？难道你不知道他之所以让我去，就是想变相杀死我？”

“噢，亲爱的，你别说这种傻话。我们现在的处境已经很糟糕了，真的没必要再危言耸听了。”

“你是打定主意不管我了。”噢，她心里的痛苦，她的恐惧，真是难以言表！她差点儿就尖叫起来。“你不能看着我去死。如果你对我没有丝毫的爱恋和同情，那你至少还应该有一个普通人的良心吧。”

“我觉得，你这样说我也未免太苛刻了。在我看来，你丈夫表现得很是宽宏大量。只要你给他机会，他就愿意原谅你。他想带着你离开，现在这个机会来了，能让你躲开这个是非之地，几个月后你们又会和好如初。我不会闭着眼睛说湄潭府是个疗养胜地，我知道中国的哪个城市都好不到哪里去，可是也没必要对它的危害渲染夸大。实际上，这是一种最不可取的做法。我相信，在一场瘟疫中，被吓死的人并不见得比感染致死的人少。”

“可我现在已经吓坏了。沃尔特告诉我时，我差点就晕了过去。”

“在最初的那一刻，我相信谁听了也会吓一跳的。可是，等你随后冷静下来，也就没事了。这种经历并不是每个人都能有的。”

“我本想，我本想着……”

她感到痛不欲生，身体摇摇欲坠。唐森一言不发，脸色再度变得阴沉。她以前可没见过他的这种脸色。吉蒂现在已经停止了哭泣。她擦干眼泪，变得平静下来，她的声音虽低，却很平稳。

“你希望我去吗？”

“没有第二种选择了，不是吗？”

“真的没有吗？”

“我觉得我应该提前告诉你才对，即便你丈夫起诉要离婚，法院判你们离婚，我也不会娶你。”

不知过了多长时间，他才听到她的回答。她慢慢站起身。

“我丈夫从没想过要上法庭解决。”

“那么，你为什么要这样来吓我呢？”他问。

她冷冷地看着他。

“他知道，你肯定会让我失望的。”

她沉默了。突然间，她仿佛隐约窥探到了沃尔特脑中的想法，就像你在初学外语时读着一页你最初怎么也弄不懂意思的文字，直到一个词，或是一个句子，让你受到启发，你混沌的头脑中蓦然闪过一道亮光，让你豁然开朗。就像是一片漆黑、不祥的景色刹那间被一道闪电照亮，很快又被夜色吞没。她为自己的顿悟惊出一身冷汗。

“查理，沃尔特之所以拿这个来威胁你，是因为他知道你会因此而退缩。奇怪的是，他对你的判断竟然如此准确。让我的幻想在残酷的现实面前彻底破灭，这正像是他一贯的作为。”

查理低头看着面前的一张吸墨纸。他微微蹙着眉，嘴角撇着。他没有吭声。

“他早就看出你爱慕虚荣，懦弱，自私自利。他要让我用自己的眼睛看清楚你的本质。他知道，遇到危险，你会跑得比兔子还快。他也知道，我以为你一直爱着我，不过是在自欺欺人。因为他十分清楚，你只爱你自己。他知道你会为了自身的毫发无损，会眼睛也不眨一下地牺牲掉我。”

“如果这样斥责我能令你满意的话，我想我也不该抱怨。女人们总是头发长见识短，通常情况下，她们总要把错推到男方身上，却不知道另外一方也不是无可指摘。”

她没有理会他的插话。

“现在，我知道了他所知道的一切。我终于知道，你冷漠无情，狠心，知道你自私到了极点；我终于知道，你胆小懦弱，连只兔子都不如；我终于知道，你是个骗子，说谎大王；我终于知道，你卑鄙无耻。然而，可悲的是——”突然间，她的脸上因为痛苦无助而变形，“可悲的是，尽管如此，我仍一往情深地爱着你。”

“吉蒂。”

她冷笑了一声。他呼唤她的名字多动听，多温柔，又是多么亲切自然，可惜听上去却已经无关痛痒了。

“你这个蠢货。”她说。

他本能地退了回去，脸色绯红，像是受到了冒犯似的。他弄不懂她了。她看了他一眼，神情中不乏讪笑的成分。

“你开始讨厌我了，是吗？哦，讨厌我吧。反正对我来说，现在一切都无所谓了。”

她边说边戴上手套。

“你想好怎么做了吗？”他问。

“不必担心，你不会有事的，你会安然无恙的。”

“看在上帝分上，别这样好吗，吉蒂，”他说道，嗓音低沉，满含着焦虑，“你必须明白，与你有关的一切也都与我关联。我迫切地想知道事情的进展。你打算怎样跟你丈夫说呢？”

“我准备跟他说，我愿意跟他一起去湄潭府。”

“或许，在你同意之后，他也就不再坚持让你去了。”

话刚出口，吉蒂便用一种奇怪的眼神望着他，让他不知该如何是好。

“你不害怕了吗？”他问她。

“没有。”她说，“是你让我鼓起了勇气。深入霍乱疫区是一个人一生难得的经历，如果我死了——哦，那就死了吧。”

“我一直是在尽我所能地对你好。”

她又看向他。泪水再一次浸湿了她的眼眶，她内心百感交集，几乎忍不住要投身到他的怀抱，把自己的嘴唇紧紧地压在他的唇上。可这一切都已无济于事了。

“如果你想知道，我就告诉你，”她极力控制住自己声音的战栗，“这一走，我的心已经死了，剩下的只有恐惧。我不知道在沃尔特那颗黑暗扭曲的心里，到底装着些什么，可我一直在因为害怕而发抖。我想，也许死对我来说，是一种解脱。”

她觉得只要再多待片刻，她就会控制不住自己的情绪了。她急速地走到门口，在他还没来得及从椅子上站起来时，她已经走出了屋子。唐森长长地舒了一口气。他急需一杯白兰地苏打水来提提神。

二十七

吉蒂回来时，沃尔特在家。她本想直接上楼去自己的房间，可沃尔特正在大厅，向一个男仆吩咐着什么事。她已经落到如此可怜的地步，所以对眼前等着她的这场羞辱，倒也觉得无所谓了。她走到沃尔特面前，停下脚步。

“我跟你一起去那个地方。”她说。

“哦，好的。”

“你要我在什么时候准备好？”

“明天晚上。”

她不知道自己从哪里来的勇气，也许是他的冷漠像把利剑一样刺伤了她。她说了一句连自己都感到惊讶的话。

“我想，我只带上几件夏天的衣服，还有我的寿衣就够了，是吗？”

她注意观察着他脸上的表情，她知道她的这句风凉话惹恼了他。

“你需要带的东西，我已经告诉女佣去准备了。”

她点了点头，上楼回到卧室，脸色像死人一样的苍白。

二十八

他们终于快要到达目的地了。他们坐着轿子，沿着一望无际的稻田间那条狭窄的堤道，日复一日地赶路。每天拂晓时动身，直到中午的酷热迫使他们进到路边的小店里歇息，然后再继续上路，赶在日落前到达一个小镇里过夜。吉蒂的轿子走在最前面，沃尔特的紧随其后，他们身后是一列散漫的苦役，背负着他们的行李、日用品和研究设备。吉蒂一路上无心看景。只有抬轿人偶尔的话语声和他们不时唱上的一段粗犷小曲，打破他们漫长旅程中的寂寥。吉蒂痛苦的脑海里，一直浮现着自己和查理在办公室的那场谈话。回想着他们俩之间的交谈，她不无遗憾地发现，他们的谈话现在看起来是多么的乏味，最后更是不欢而散。她的肺腑之言没有讲出来，也没有用上那温柔缠绵的语调。要是她让他看到了她对他的一片痴心，她内心燃烧着的激情和她的无助，他就绝不会那样的冷漠无情，对她撒手不管的。只是她被弄了个措手不及。他的神情举止连同他的话语都明确无误地告诉她，他根本不在乎她时，她几乎不能相信自己的眼睛和耳朵。这就是当时她为什么都没来得及痛哭一场的原因，她当时已经彻底蒙了。自那以后，她整天以泪洗面，悲痛不已。

晚上在客栈过夜时，她和沃尔特同住一间上等客房，她知道沃尔特就躺在离她几米远的行军床里，她用牙咬着枕头，不让自己哭出来。可到了白天，有了轿子的遮帘挡着，她就索性放任自己痛哭起来。撕心裂肺的痛苦让她恨不得高声喊叫，她以前从不知道一个人会遭受这么多的苦难，她不住地问自己，她到底做了什么，要得到这样的报应。她不明白查理为什么不爱她了：或许是因为她的过错，可是她已经做了所能做的一切，来讨他的欢心。他们一直相处得很好，两人在一起时总是欢声笑语不断，他们不仅是情人，也是朋友。她真的弄不明白了，她早已肝肠寸断。她跟自己说，她恨他，鄙视他，可是，如果再也见不到他，她真的不知道自己还怎么活下去。如果沃尔特是为了惩罚她而带她来湄潭府，那他真的失算了，因为她的心已经死了，哪里还在乎前面等着她的是什么命运？她活着已没有任何意义。她才二十七岁，在这个年龄死去，也未免太可惜了。

二十九

汽船载着他们逆西江而上。在船上，沃尔特一直都在看书，只是吃饭时，他才勉为其难地跟她聊上几句，所说的也都是芝麻大点的事，好像她就是他旅途中偶尔遇到的一位陌生女子。吉蒂猜想，他开口只是出于礼貌，可越是这样，就越发显得隔开他俩的鸿沟变得越加显豁。

在那天她蓦然顿悟的一刻，她告诉查理：沃尔特之所以让她来找他，让她在离婚和赴疫区之间做出选择，就是为了使她看清他有多么自私和懦弱。结果正如沃尔特所料。玩这样的计谋正与他嘲讽的幽默性格相符。沃尔特很清楚事情的结果。在她到家之前，他已经吩咐女佣帮她打点行装。进到家时，她看到了他眼中流露出的某种蔑视——对她以及对她的情人的憎厌神情。或许，他私下会说，要是他处在唐森的那种境况下，他会不惜做出任何牺牲，世界上没有任何东西能够阻挡他去满足哪怕只是她的一个极小的欲望。可是，既然他已帮她擦亮了眼睛，为什么还要让她去赴险呢？他明知道这会吓坏了她。一开始，她以为他是在逗她玩，直到他们真正启程，哦，不，更晚一点，直到他们上了岸坐上轿子、走在乡间的路上时，她还想着他会哈哈一笑，然后对她说她不必去了。她一点也猜不透他是怎么想的。他不可能真的希望她死。他曾经是那么爱她。既然她现在已经懂得爱情是怎么一回事了，她便能记起沃尔特对她的千百种爱慕的表现了。用一句法国谚语来说，他一直都是为她欢喜，为她愁。他不可能现在就已经不爱她了。难道经受过无情的伤害，你就不再爱了吗？她让沃尔特受的苦还不及查理带给她的苦难，可只要查理给她一个示好的信号，尽管她已认清了他的真面目，她还会不顾一切地投入到他的怀抱。尽管他牺牲了她的利益，毫不顾及以往的情意，尽管他对她毫无怜悯之心，她仍然爱他。

起初，她觉得，假以时日，沃尔特迟早会原谅她的。她过高地估计了她对他的驾驭能力，以至于不愿相信她的这一能力已经永远地失去。用再多的水也未必能浇灭心中的爱火。只要他还爱她，他早晚会听命于她的，而她觉得他一定还爱着她的。可是现在，她不再那么确信了。夜里，当他坐在客栈的直背硬木椅上看书时，防风灯的光映照在他的脸上，此时，她便能从容地观察他了。她躺在临时搭成的地铺上，整个人都在阴影中。他的五官端正，棱角分明，使他的面部显得很严肃。你很难想象在这样的一张脸上偶尔也会绽放出甜蜜的笑容。他气定神闲地读书，仿佛她远在千里之外一样；她看着他的手一张一张地翻着书页，看着他的眼一行一行地向下移动。他心里并没有在想着她。待摆好饭桌，饭菜端上来时，他才合上书本，朝她这边看上一眼（他并不知道照在他脸上的灯光把他的表情烘托得格外分明），看到他的眼神，她会不由得受惊，因为那眼神里全是一种本能的厌恶。是的，这令她十分惊诧。他对她的爱难道真的完全消失了吗？他真的打算置她于死地吗？这也太荒唐了。这简直是疯子的举动。当她想到沃尔特也许真是有点儿精神失常时，她浑身不禁一阵战栗。

三十

在静静地走了一段时间后，轿夫们突然说起话来，其中的一个朝她转过身子，跟她说了几句中文，并且用手指着什么，想引起她的注意。吉蒂朝他指的方向看，只见在小山顶上立着一道牌坊。现在她已经知道那是一种纪念性的建筑，是为某位可供祈福的贤者或是贞节的寡妇所建，自从上岸以后，她已经见过了不少。不过，在夕阳和晚霞的映衬下，这座牌坊巍然耸立，看上去显得格外奇丽壮观，与先前见到的各类牌坊全然不同。可不知怎么，它让她感到了略微的不安，这道牌坊似乎有一种她无法言说的意蕴：是象征着她隐约辨识出的一种威胁，还是对她的嘲讽呢？他们正在经过一片竹林，竹子的枝干奇怪地探向了路边，好像是要阻留她似的；尽管夏日的傍晚一丝风也没有，可那细嫩的绿色窄叶片却在轻微地颤动。这让她觉得仿佛有人藏在林子里窥视着她。现在，他们来到了山脚下，那里也是稻田的尽头。轿夫们大步流星地往山上走。山坡上布满了绿草丛生的小土包，一个紧挨着一个，起起伏伏的，乍一看，像是退潮之后海滩上形成的沙波。她也知道了这些土包是什么，因为此前他们每走过一个人口众多的城市，无论是进城前还是出城后，都会经过这样的地方。这是坟地。现在她明白轿夫们为什么要让她看山顶上的那座拱门了：这意味着他们抵达目的地了。

在穿过拱门后，轿夫们停了一下，换换肩膀，其中一个掏出一条很脏的破毛巾擦着脸上的汗。下山的路弯弯曲曲。路两旁散落着一些破旧不堪的房屋。夜幕逐渐降临。突然间，轿夫们激动地议论起什么，并疾步（吉蒂感到了轿子的摇晃）贴近到了墙根底下。很快她便知道是什么让轿夫们如此慌乱了，因为在他们站在那里窃窃私语的当儿，有四个农民抬着一副新打的棺材，默默地快速经过了他们，棺材没有上漆，新木在临到来的夜色中透着熠熠的白光。吉蒂觉得她急跳的心脏在敲击着她的肋骨。抬棺木的人走远了，可轿夫们仍然呆立在原地，好像是他们一时鼓不起勇气再继续前行。直待后面的人吆喝起来，他们才又抬起轿子。现在，他们变得沉默了。

他们又向前走了几分钟，随后拐了一个大弯，来到一扇宽敞的大门前。轿子被放到地上，她到达了新的家。

三十一

这是一座平房，吉蒂走到客厅里，坐了下来，看着苦役们一个个地搬进家什。沃尔特在院子里，正告诉他们东西该往什么地方摆放。吉蒂觉得非常疲惫。此时，突然听到一个陌生的声音，让她惊了一跳。

“我能进来吗？”

她感到窘迫不已，脸色又红又白。她的身心都极度乏累，现在见陌生人，不由得让她有些紧张。狭长低矮的屋子里，只点着一盏有罩子的灯。一个男子从暗色中走出，上前来跟她握手。

“我叫韦丁顿。是这儿的副专员。”

“哦，我知道的，你负责海关这一块。我听人说起过，你在这里任职。”

就着昏暗的灯光，她依稀看出他是个又矮又瘦的男人，个子跟她差不多高，秃顶，一张不大的脸，没有胡子。

“我就住在山下，你们从这条道上来，很难注意到我的房子。我想你们一定很累，不愿再去我那里吃饭了，所以，我就备了晚餐让他们送到这里，我也不请自来了。”

“你想得可真周到。”

“你会发现，这里的厨师还蛮不错的，我把威森的男仆都给你们留下了。”

“威森是以前这里的那个传教士吗？”

“是的。一个好人。如果你愿意的话，我明天带你去他的墓地看一看。”

“你真好。”吉蒂笑着说。

这时候，沃尔特进来了。韦丁顿刚才在院子里已经跟他打过照面，现在，他对沃尔特说：

“我刚才已征得你夫人的同意，和你们一块吃饭。自从威森死后，我就没有什么可以说话的人了，虽说有修女们在，可我的法语很糟，而且，跟她们可聊的话题也很少。”

“我已吩咐男仆拿些酒水过来。”沃尔特说。

仆人端来了威士忌和苏打水，吉蒂发觉韦丁顿一点也不见外，随手拿起酒水豪饮。他说话的方式和时而发出的笑声都表明，他来时已经有些醉意了。

“祝好运。”他说，随后，转向了沃尔特，“你在这里的工作并不太重。人们像苍蝇一样大批大批地死去。这里的地方长官已经急昏了头，军队的指挥余团长忙着管束士兵，防止他们趁火打劫。如果再没有什么得力的措施，我们恐怕都会没命的。我极力劝那些修女们离开，可她们就是不听。她们都鬼迷了心窍，想做殉道者。”

他说得很轻松，从他的声音里，隐约能听出他是在调笑打趣，让人忍俊不禁。

“你为什么不走呢？”沃尔特问。

“哦，我的手下已经损失了一半，剩下的也随时都可能丧命。总得有人留下来维持秩序吧。”

“你打疫苗了吗？”

“打了。是威森帮忙打的。他也给自己打了，可没有起作用，可怜的人儿。”他转向吉蒂，一张有趣的小脸上笑出了皱纹，“我想，只要做好防御措施，感染的危险也不是很大。牛奶和水一定要煮开后再喝，不要吃新鲜水果和生蔬菜。你们带来留声机唱片了吗？”

“没有。”吉蒂说。

“呃，真遗憾，我想着也许你们能带一些来。我很久没有听过新唱片了，我那几张旧的早就已经听腻了。”

男仆进来问，是否现在开饭。

“今晚你们不穿正装了，是吗？”韦丁顿问，“我的男仆上个星期死了，现在的这一个笨得很，所以晚上过来也没穿正装。”

“我离开一下，去脱掉我的帽子。”吉蒂说。

吉蒂的屋子就在他们坐着的房间隔壁。她屋子里几乎没有家具。一个女佣正跪在离灯不远的地板上，整理着她的东西。

三十二

餐厅不大，大部分空间都被一个硕大的餐桌给占据了。墙上挂着有关《圣经》故事的版画，还有相应的说明文字。

“传教士们一般都有一个大餐桌，”韦丁顿解释说，“他们每个孩子的饭量逐年都在增加，需要摆上更多的饭菜，在结婚的时候，他们就给将来要出生的小宝宝们买下大餐桌，这样以后就有足够的空间了。”

从天花板上吊下一盏硕大的石蜡灯，因此吉蒂能看清韦丁顿的相貌。他的秃顶一开始让她误以为他年岁已经不小了，可现在看来他应该还不到四十岁。宽大的前额让他的脸显得越发小，面色红润，没有皱纹；他的脸丑得像只猴子，可却又不乏迷人之处；这是一张颇为生动的脸。他的鼻子和嘴几乎跟小孩的一样大，他的一双小眼睛蓝得发亮，眉毛清秀舒朗。从容貌上看，他就像是个有趣的大男孩。他不停地喝着酒，显然是喝得有点过头了。不过，就算喝多了，他也并不讨人厌，还是一副得意扬扬的神情，像是一个从熟睡的牧羊人身边偷走酒袋子的森林之神萨梯。

他谈起香港，说他在那里有许多朋友，他想知道他们的情况。一年前，他还去那里赌过马，接着就对那些赛马和它们的主人侃侃而谈。

“顺便问一句，唐森还好吗？”他突然问，“他是不是快要当上香港的布政司了？”

吉蒂觉得自己的脸红了，好在她的丈夫并没有往她这边看。

“很有这种可能。”沃尔特说。

“他是那种升官的料。”

“你认识他？”沃尔特问。

“是的，我跟他很熟。从国内出来时，我们曾一起旅行过。”

这时，河对岸传来了铿锵的锣鼓声和噼里啪啦的鞭炮声。就在西江的另一边，偌大的城市处在恐惧之中；残酷的、突如其来的死神正在那弯弯曲曲的街巷里肆虐。可韦丁顿却安然地开始聊起伦敦。他谈到那里的剧院，眼下正在上演的剧目，还描述了他上次休假回去看过的戏剧。当他回忆起一个丑角的搞笑场面时会忍不住大笑，想起一个音乐喜剧女明星的美貌时，又会不住地赞叹。他喜滋滋地夸耀自己的一个堂兄弟娶了一个当红的女明星，他曾跟她一起吃过一顿饭，她还给了他一张她的照片。等他们到海关吃饭时，就让他们一睹玉照的风采。

沃尔特用冷漠嘲讽的眼神看着他的客人，可客人的风趣显然还是有些打动了他。他努力做出饶有兴味的样子，听着这些他一点也不了解的话题（吉蒂知道他在装样子）。他的嘴角一直挂着淡淡的笑意。然而，不知怎么，吉蒂心里却充满了畏惧。外面不远，就是那座瘟疫肆虐的城市，置身于这个不久前刚刚过世的传教士的房子里，他们仿佛与繁华的世界完全隔绝。他们是三个彼此间素昧平生的孤独灵魂。

晚饭吃完了，吉蒂从桌子前站了起来。

“很抱歉，我要跟你们道声晚安了，你不介意吧？”

“我也该走了，我想沃尔特医生也想休息了。”韦丁顿说，“我们明天一早就得出门。”

他跟吉蒂握了握手。他的脚步十分稳当，眼睛里闪着亮光。

“我明天来接你，”他跟沃尔特说，“先带你去见地方长官和余团长，然后，我们一起去修道院。说真的，你可以大显一番身手。我可以告诉你，你的工作不会太累的。”

三十三

整个晚上，吉蒂都被一些奇奇怪怪的梦折磨着。梦中她好像又坐进了轿子，轿夫们甩着大步，她能感觉到轿子在来回地摇晃。她进到了城市里面，城市很大，可却显得灰蒙蒙的，人群都向她围拢过来，用好奇的眼神望着她。街道很窄，弯弯曲曲的，开着的店铺里陈列着奇奇怪怪的商品，在她经过的时候，所有的车子都停了下来，买东西和卖东西的人也站着不动了。后来，她来到山顶上的拱门这里，它那壮观的身影刹那间仿佛有了诡谲的生命；它那奇异的轮廓好像是印度神挥舞的手臂，从拱门下经过时，她仿佛听到了阵阵的嘲笑声。正巧这时查理·唐森向她走来，把她从轿子里抱下来搂在怀里，对她说这一切都是他的错，他也没想着要那样对她，他爱她，没有她他活不下去。他亲吻起她的嘴唇，她高兴得哭起来，问他为什么要那么残酷地待她，可尽管这样问着，她也知道这一切都不重要了。后来，突然响起一声嘶哑的呐喊，他们两个分开了，有一群穿着破烂的蓝衣服的苦役抬着一口棺材，从他们中间急匆匆地走过。

她一下子被惊醒了。

他们这栋平房坐落在陡峭的半山腰，从屋里的窗户，她能看到下面那条狭窄湍急的河流，以及河对岸的城市。天刚破晓，河面上升起的白色雾气笼罩着在河边停靠的帆船。这样的船有几百条，它们静静地、神秘地泊在雾霭中间，你会觉得这些船上的船工们是中了魔咒，不是睡眠，而是一种奇怪可怕的东西降住了他们，使他们变得如此静谧和鸦雀无声。

一会儿太阳出来了，照在了薄雾上，使雾像雪这精灵一样反射着白光。尽管河面上的雾气已经稀薄得让你能够依稀辨识出一排排密密麻麻停靠着的木船，以及像森林一样稠密的船桅，可在船的前面却只能看见一堵光亮的雾墙。紧接着突然一座壮丽、威严的城堡从这白色的云团中显现出来。它像是用魔杖凭空点化出的，而不是靠普照万物的太阳给显现出来。它耸立在河对岸，俨然一个残酷、野蛮种族的要塞。可建造起这座城堡的魔术师效率高得惊人，很快在这城堡上面又建起了雉堞。少顷，成片成片的绿色和黄色的屋顶从雾气中显现出来，还有太阳黄色的光束闪烁在其间。它们似乎无边无际，你很难看出它们的形状，即便它们的组合有规则可循，也不是你所能辨识出来的，虽然看似随意和夸张，却具有难以想象的富丽堂皇。这哪里还像是个要塞或庙宇，它简直就是一座凡人无法进入的众神之王的神奇宫殿。它是那么缥缈、奇幻、空灵，不可能出自人类之手，它应该是梦中才有的奇境。

泪水顺着吉蒂的面颊淌下来，她凝神注视着眼前的奇景，双手紧紧抱在胸前，由于感到窒息，嘴唇微微张开着。她从未觉得自己的心灵这样无拘无束过，她的肉身仿佛成了一具支撑在双脚上的躯壳，而灵魂却得到了净化，变得无比纯洁。她化为了纯粹的精神。美就在她眼前。她汲取着它，就像信徒们在口中咀嚼着圣饼。

三十四

沃尔特早晨走得很早，中午回家吃饭只待半个小时，下午直到晚饭准备好了才能回来，吉蒂常常是自己一个人在家。有好几天她连家门都没有出过。天气太热了，大部分时间她都是倚在靠窗户的长椅上，看书来打发时光。中午时分，刺眼的阳光剥去了那座神奇宫殿的神秘感，现在，它不过就是城墙上的一个寺庙，破旧而且俗气。可因为她曾在一瞬间于自己的想象中见过它的美好，它便永远地沾上了一些神秘的色彩，不再是一座普普通通的庙宇了。在拂晓或黄昏，甚至在夜晚，她仍然时不时能捕捉到它些许的美。那座巨大的城堡其实也只是城墙的一部分，她的目光常常落在那黝黑高耸的城墙壁上。在城墙垛口的后面就是正在闹瘟疫的那座城市。

她隐约知道那边正在发生的可怕事情，但却不是从沃尔特口中了解到的。沃尔特很少跟她说话，每当她问起那边的情况时，他就连讽带刺地回答上一两句，冷冰冰的言语让她的脊背发凉，她只能从韦丁顿和女佣那里获得消息。每天都有上百个人死去，只要感染上，就很难再救活。人们从废弃的寺庙中搬出佛像，摆放在街上，在它们面前献上贡品，做祭祀，可也没能阻止瘟疫的蔓延。人们死得太快了，甚至很难被及时地埋葬。有些人全家老少都死了，连一个处理后事的人都没有。军队指挥官是一位铁腕人物，城里没有发生骚乱，没有人纵火，全是由于他的果敢。他命令士兵去埋葬那些没有人管的尸体，还亲自开枪打死了一个军官，因为他不愿意进到一个有霍乱病人的屋子。

想起这些，吉蒂有时会怕得胸口发闷，四肢发软。虽说只要你防御措施得当，感染的风险并不大，可她已被吓破了胆。她脑子里疯狂地转着逃跑念头。逃离这儿，只要能逃离这儿，哪怕只是她一个人，哪怕什么东西也不带，只要能去到一个安全的地方。她曾想过去求求韦丁顿，告诉他所发生的一切，让他发发慈悲，帮她回到香港。她也曾想过跪在丈夫面前，承认自己吓得丢了魂，即便他恨她，他也许会看在她可怜的分上同情她，放她一马。

可这些又有什么用呢？就算她离开了，她能去哪里呢？她不能去她母亲那里，她母亲已经跟她说得很清楚，嫁出去的姑娘，泼出去的水；况且，她也不想回娘家。她想去找查理，可他不会要她。她知道，如果她突然出现在他面前，他会说出怎样的话。她脑海中又浮现出他那恼怒的神情和迷人眼睛后面所透出的冷漠和精明的光。他不会跟她说什么好听的话的。她握紧了拳头，她本该像他羞辱她那样，去狠狠地羞辱他。有的时候，她会被一种疯狂的情绪左右，她恨不得让沃尔特跟她离了婚，即使毁了自己也无所谓，只要也能毁掉查理。查理说过的那些羞辱她的话，只要一回想起来，她都会满脸臊红，羞愧不已。

三十五

第一次单独跟韦丁顿在一起时，吉蒂就绕着弯子和他提到了查理。韦丁顿曾在他们刚到的那晚说起过他。她装作查理只是她丈夫的一个熟人。

“我从没喜欢过这个人，”韦丁顿说，“我觉得这个人挺讨厌的。”

“那你一定是太挑剔了，”吉蒂表现出一副轻松自如的样子，开玩笑地说，“我想，他在香港无疑是最受人们欢迎的男士了。”

“我知道。他很擅长交际，很会笼络人心。他让每一个遇到他的人都觉得，自己和他一见如故、相见恨晚。他总是乐于为别人做一些他不费吹灰之力便能办到的事情，即便他不帮你，他也会设法让你觉得，这是因为事情远远超出了他的能力。”

“这确实是一种迷人的品质。”

“迷人，具有魅力，确实不假，但只有这个，别的什么也没有，就会有点让人讨厌了。我想，相比之下，跟一个真诚而不是表面上一味去讨好的人交往，会感觉更轻松一些。我认识唐森已经好多年了，曾有那么一两次，我瞥见了被戳穿伪善面具的他——你知道，我只是海关这边的一个下属官员，根本无足轻重——他心里根本没有别人，只有他自己。”

吉蒂闲适地靠在长椅上，眼含笑意望着他，不停地转动着她手指上的结婚戒指。

“他当然会一路高升的。他熟知官场之道。我相信，在我有生之年，我将会称他为总督大人，在他进入房间时，起立致敬。”

“大多人都认为他应该高升。人们似乎觉得他是个很有才华的人。”

“才华？一派胡言！他非常愚蠢。他看上去精明能干，让你觉得他是凭着出色的才能和智慧，工作卓有成效。其实才不是呢。他是笨鸟先飞，全靠勤奋，跟普通的欧亚混血儿没有什么区别。”

“那为什么大家都夸他聪明呢？”

“世上有许多蠢人，当一个职位还算高的人放下架子，拍着他们的肩膀，跟他们说他可以为他们做任何事情，他们便很可能以为他是最聪明的了。自然啦，这里还有他的夫人。她倒是个能干的女人，她脑子聪明，考虑事情周全，常给丈夫出谋划策。只要查理·唐森有她做后盾，他便永远不会干下蠢事，而对政府公职人员来说，要想仕途畅通，这是必不可少的。官场上不需要聪明人，聪明人总是有自己的想法，而想法多了会造成麻烦，他们想要的是有个人魅力、办事圆滑、永不鲁莽、不犯大错的人。噢，是的，查理将会青云直上。”

“我想知道，你为什么不喜欢他？”

“我没有不喜欢他。”

“但你更喜欢他的妻子，是吗？”吉蒂笑着问。

“我是一个比较传统的人，我喜欢有教养的女人。”

“我希望她的穿着也像她的教养那么好。”

“她穿得不好吗？我倒没有注意过。”

“我常听人们说，他们是一对非常恩爱的夫妻。”吉蒂透过她那双长着长睫毛的眼睛望着他。

“查理对他太太情深义重。我承认这算是他的一个优点。我认为，这是他身上最值得称道的地方了。”

“酸溜溜的表扬。”

“他时常会跟别的女人调情，可都只是玩玩而已。他很有心计，绝不会让他和她们之间的关系发展到对他造成不便。当然啦，他的情感本来就不热烈，他只是一个爱慕虚荣的人。他喜欢有女人崇拜他。他现在胖了，而且是四十岁的人啦，他在刻意节制自己的饮食；他刚来香港的时候，可是个美男子。我常常听他的妻子拿他和爱慕他的女人开玩笑。”

“看来，他的妻子并不把他与别的女人调情当回事了？”

“哦，是的，因为她知道这种事不会长久。她说，她愿意跟爱上查理的那些可怜女子交朋友，只是这些女人都太普通了。她还说，爱上他丈夫的都是些庸俗女子，这让她都觉得脸上不是那么光彩。”

三十六

韦丁顿离开后，吉蒂翻来覆去地想着他随口说出的这些话。这些话让人很不舒服，她不得不克制自己，免得显露出她内心受到了多大的触动。想到他的话都是实情，都能在自己身上得到印证，那种滋味真不好受。她知道查理愚蠢，爱虚荣，乐于让人奉承；她记得，他讲给她听那些能表明他的小聪明的故事时脸上流露出的得意神情。他为自己玩的那些小把戏而沾沾自喜。她付出自己全副身心，去热烈地爱这么一个人——就因为他有一双迷人的眼睛和一副好身材——多么不值啊！她希望自己能鄙视他，如果她仅仅是恨他，那只能说明她还在爱着他。她早该认清楚他，那个薄情寡义之徒。沃尔特一直看不起他。噢，要是她能彻底忘掉他，再不去想他，该有多好！她对唐森意乱情迷，却只是被他妻子当作笑话。也许多萝西本想跟她交朋友，但又觉得她是个二流货色。想到这里，吉蒂苦涩地笑了笑：要是她母亲得知她的女儿被人如此评价，该多么气愤啊！

然而到了晚上，吉蒂又梦见了查理。她感觉到他的手臂紧紧地搂着她，狂吻着她的嘴唇，激情似火。即便他年过四十，身材发福，那又有什么关系呢？因为他有了顾虑，她越发对他充满了温柔的爱意；因为他孩子般的虚荣心，她反倒会更加爱他，怜惜他，安抚他。当她从梦中醒来时，泪水正从她的眼眶中流出来。

她不知道自己为什么会在梦中哭得如此悲伤。

三十七

吉蒂每天都见到韦丁顿，因为他每天下班后便溜达着上山，来费恩家里闲坐。所以，一周后他们早已熟悉，犹如故人。有一次，吉蒂告诉他，要是没有他，她真不知道自己该怎么办了，他笑着回答道：

“你知道吗，我和你是这里唯一能安静、平和地行走在这坚实大地上的人。修女们行走在天堂里，你的丈夫——则是在黑暗里行走。”

她看似不经意地笑了笑，心里却在想他这话会不会意有所指。她感到他那双蓝色的小眼睛看起来虽然欢悦，友善，却是带着审视的目光，留意着她脸上的表情变化。她早已发现他很精明，谙熟人情世故，她有种感觉，沃尔特和自己之间的关系已经引起他的好奇。让他蒙在鼓里，看着他那困惑不解的神情，她觉得蛮有趣的。她喜欢他，她知道他同情和关心她。他不是那种聪明和才能出众的人，但却能用他那诙谐的冷幽默一针见血地说出自己对事物的看法。他笑起来的时候，光秃秃的脑袋下那张孩子似的生动脸庞便会蹙在一起，让他讲的话显得更加滑稽。多年来他一直在偏远地区任职，很少有机会跟同一肤色的人们聊天，因此也造就了他那无拘无束的性格。他肚子里装满了时髦的话题和古怪的故事，他的坦诚给人以惬意感。他笑对人生，显得玩世不恭，他对香港居民的讥讽很是尖刻，他也嘲笑湄潭府的中国官员和搅乱整个城市的霍乱。无论是悲惨故事还是英雄事迹，他都能讲出荒唐可笑的意味来。他在中国已经生活了二十年，有着许多关于自己冒险经历的趣闻轶事。你从他讲的这些故事中能得出一个结论：这个世界就是一个怪诞，离奇，可笑的地方。

尽管他否认自己是个汉学家（他嘲讽那些汉学家们行事狂热，疯得像狂乱逃窜的野兔），但他能说一口流利的汉语。他很少读书，所知道的东西都是在聊天中获得的。然而，他却能给吉蒂讲中国小说和中国历史中的故事，虽然仍是他那惯用的轻快、调笑的口吻，却给人愉悦和温馨感。在吉蒂看来，他似乎在不知不觉中已经跟中国人一样，认为欧洲乃是蛮夷之邦，欧洲人都过着愚蠢透顶的生活。在中国，这种观点很流行，但凡明白事理的人都认为这一看法说中了要害。这一点很耐人寻味：此前，在谈到中国人时，吉蒂听到的尽是些中国人堕落，肮脏，令人不齿的事情。而现在，就好像遮蔽中国的帘幕被迅速掀起了一角，她窥到了一个丰富多彩、意义隽永的世界。

韦丁顿坐在那里，一边谈笑着，一边喝着酒。

“你不觉得你喝酒喝得有点太多了吗？”吉蒂贸然地问了一句。

“这是我生活中的一大乐趣，”他说，“再则，它还能预防霍乱。”

他每次离开时，往往都已经喝过了头，可他却仍能做到不失礼。醉酒的他变得有些闹腾，却并不讨人厌。

一天晚上，沃尔特回来得比往常早，就请韦丁顿留下来一起用餐。随后发生了一件令人惊诧的事。在他们喝完汤，吃过鱼后，端上来一盘鸡肉，与此同时，男仆把一盘新鲜的沙拉递给了吉蒂。

“天哪，你不是要吃这盘沙拉吧。”韦丁顿看到吉蒂吃了一口后，他大声地说。

“是的，我们每晚都吃的。”

“我太太喜欢吃沙拉。”沃尔特说。

盛沙拉的盘子端到了韦丁顿这边，他摇了摇头。

“非常感谢，只是我还不想现在就自杀。”

沃尔特不太自然地笑了笑，自己吃了起来。韦丁顿没再说什么，事实上，他顿时变得出奇的安静，晚饭一吃完，他就走了。

他们每晚都吃沙拉，这确实是事实。在他们来到这里的第二天，这儿的厨师，带着中国人特有的漫不经心，给他们送进来一盘沙拉，吉蒂想也没想，就吃了几口。沃尔特很快俯过身子说：

“你不该吃这种东西。他们把它端上来，简直是疯了。”

“为什么不能吃？”吉蒂直视着他问。

“吃这些东西总是不卫生的，现在吃就更危险了。你会没命的。”

“我原本以为，这正是你希望的。”吉蒂说。

她开始镇定自若地吃起来。她也不知道自己从哪里来的这股勇气。她拿嘲讽的眼光看着沃尔特。她觉得他的脸变白了，可当沙拉递到他面前时，他也吃了不少。厨师看见他俩并不拒绝，于是，每天给他们端上来一些，而他俩也就每天都吃，争相去叩着死亡的门扉。冒这样大的风险，真是太荒唐了。对死亡充满恐惧的吉蒂之所以这样，不仅仅是为了对沃尔特进行恶意的报复，也是为了以此来蔑视自己内心的恐惧和绝望。

三十八

第二天下午，韦丁顿又来到他们家，坐下后，他问吉蒂，是否愿意跟他出去走走。自从搬来以后，她还没迈出过院门，因此她很高兴地答应了。

“这儿可以散步的地方不多，”韦丁顿说，“我们就去山顶转转吧。”

“哦，好的，就到牌坊那里去。我在阳台上常常看到它。”

一个男仆为他们打开了沉重的院门，他们出来后走上一条浮尘弥漫的巷子。在走了几步后，吉蒂突然害怕地抓住了韦丁顿的胳膊，惊叫了一声。

“你看那儿！”

“怎么了？”

在院墙的墙根底下，仰面躺着一个男子，两条腿直挺挺地伸着，两只胳膊耷拉在头顶，身上穿着打满补丁的蓝色衣服，头发乱蓬蓬的，是个乞丐。

“他像是已经死了。”吉蒂惊恐地说。

“是的，的确死了。我们走，你最好不要往那边看了。等我们回来，我就让人把他抬走。”

可吉蒂却浑身抖得连步子也迈不开了。

“我之前还从没见过死人。”

“那么，你最好还是赶紧习惯这儿的环境。在你离开这个倒霉的地方之前，你还会见到许多次这样的场景的。”

他让她的手扶着自己的胳膊，就这样默默地走了一会儿。

“他是死于霍乱吗？”她终于说话了。

“我想是的。”

他们沿着山路，一直上到了山顶上的牌坊前。牌坊雕刻着各种各样的图案，奇幻般的、嘲讽似的耸立着，犹如这周围乡村的一个地标式建筑。他俩在牌坊的基座上坐下来，俯瞰着广阔的平原。山坡上布满了覆着青草的坟丘，它们不是有序排列的，而是杂乱地拥在一起，让人觉得这些死者在地下也一定是摩肩擦背地挤挨着。一条窄窄的堤道蜿蜒在绿色的稻田中间。一个男孩正骑着一头水牛，缓缓地走在回家的路上。三个戴着宽檐草帽的农夫背着很重的东西，步履蹒跚地走着。经过一天的酷热，在这里吹着一丝傍晚清凉的风，让你觉得很舒爽，展现在眼前的寥廓乡野也给痛苦忧郁的心灵一丝安宁和慰藉。可吉蒂的脑子里还是没能忘记那个死去的乞丐。

“在你周围的人们不断地死去时，你怎么还能谈笑自如，尽兴地喝酒呢？”吉蒂突然问。

韦丁顿没有马上回答。他转过身来望着她，把手放在了她的手臂上。

“你应当明白，这里并不适合女人待着，”他颇为严肃地说，“你为什么不走呢？”

她透过长长的眼睫毛瞟了他一眼，唇边浮现出一抹笑意。

“我以为，越是这种情况，妻子就越应该留在丈夫身边。”

“当他们发电报告诉我，你也将跟费恩一起来时，我感到很惊讶。不过，后来我转念一想，也许你是个护士，可以帮忙做白天的工作。我本以为你是那种整天板着脸数落病人的护士，让病人在医院里也不能好过。在我进到你家，看到正在屋里休息的你时，我惊呆了。当时你脸色那么苍白，显得那么憔悴和疲惫。”

“你不能指望我在经过了九天的颠簸劳顿之后，还容光焕发吧。”

“你现在看起来脸色也不好，依然显得憔悴疲惫。恕我冒昧地说一句，你现在非常的不快活。”

吉蒂的脸不由得红了，可她却哈哈一笑，尽力装出快乐的样子。

“很抱歉你不喜欢我这副表情。我天生沮丧样，那是因为我的鼻子有点长。从十二岁起，我就知道自己的这个缺陷。可没想到暗怀着这样的忧伤，也许会生出一种迷人的风韵：你想象不到有多少可爱的小伙子曾试着来安慰我。”

韦丁顿那双明亮的蓝眼睛一直在看着她，她知道她说的话他一个字也不信。不过，他只要不再追根问底也就行了。

“我知道你们结婚的时间不长，我想，你和你丈夫一定都疯狂地爱着对方。我不相信他会希望你到这里来，或许是你怎么也不肯一个人留在香港吧。”

“这个解释很合理。”她轻快地说。

“是的，但这不是正确的解释。”

吉蒂等着他说下去，虽然对他准备要说的话有些担心——因为她心里清楚他有多精明，而且，他总是会毫不犹豫地说出自己的想法——可还是很想听听他会怎么评价自己。

“我认为，你一点儿也不爱你的丈夫。你讨厌他，如果你说你恨他，我丝毫不会感到奇怪。不过，我也敢肯定，你害怕你的丈夫。”

有好一会儿，她把脸转向了别处。她不想让韦丁顿看出他的话触动了她。

“我怀疑，你并不是非常喜欢我的丈夫。”她冷静地回了他一句。

“我尊重他。他有头脑，有个性；我可以告诉你，能把这两点集于一身的，并不多见。我觉得你对他在这里干的工作并不了解，因为我知道他不会跟你说些什么。如果真有一个人能单枪匹马制止这场可怕瘟疫的话，那此人非你丈夫莫属。他医治染上霍乱的病人，清洁这座城市，努力把饮用水搞得洁净。他什么地方都敢去，什么危险的活儿都敢做。他每天至少有二十次是擦着鬼门关过来的。他得到余团长的绝对信任，余团长把军队的支配权都交给了他。他甚至让年老的地方长官都鼓起了一点勇气，让他真的想做点什么事了。修道院里的修女们非常信赖他，认为他是个英雄。”

“你也这样认为吗？”

“说到底，这毕竟不是他的本职工作，对吧？他是一位细菌学家，他没有必要，也没有义务来这里。我并不认为，他远道而来是因为受到内心的召唤，同情那些正在死去的中国人。你丈夫和威森不同。威森胸怀博大，以人类为念。尽管他是个传教士，但无论是基督教徒、佛教徒，还是儒教徒，他都一样对待，因为他们都首先是人。你丈夫来这里，不是因为他不忍心看着数十万的中国人正在因霍乱而死去，也不是出于对科学研究的兴趣。那他究竟为什么要来呢？”

“你最好还是去问他吧。”

“看到你俩在一起的情形，我觉得挺有趣的。我有时候想，当你们单独在一起时会是什么样。我在的时候，你们两个都在演戏，可演得实在是太糟了。像你俩这样的演技，在巡演剧团里恐怕连一个星期三十先令的工钱也挣不到。”

“我不明白你在说什么。”吉蒂笑着说，装出一副不经意的样子，连她自己都知道瞒不过他。

“你是一个非常漂亮的女人。可有趣的是，你丈夫从来都不正眼看你。当他跟你说话时，那声音好像是从别人嘴里发出来的。”

“难道你认为他不爱我？”吉蒂的声音低沉沙哑，把她方才轻佻的做派突然间抛在了一边。

“我不知道。我不知道是因为他太厌恶你，以至于挨近你就会起鸡皮疙瘩，还是出于某种原因他不愿把心中充溢着的爱表达出来。我问过自己，你们两个到这里来，是不是想要自杀殉情。”

吉蒂想起那次韦丁顿看见她和沃尔特吃沙拉时脸上现出的诧异神情，以及他眼里流露出的审视的目光。

“我觉得，你对那几片生菜叶子也有点太大惊小怪了，”她满不在乎地说着，随后站了起来，“我们回去吧，我想你也一定想喝上一杯威士忌苏打水了。”

“不管怎么说，你不是那种勇敢的女子。你被瘟疫吓得要死。你确定你不想离开吗？”

“这与你有关系吗？”

“我可以帮你。”

“你是不是也被我忧伤的表情给打动了？你瞧瞧我的侧面，看看我的鼻子是不是有点太长了。”

他若有所思地凝视着她，明亮的眼睛闪烁着狡黠和嘲讽的光，可与此同时，又含着一种特别友好善良的情意，如同河边的树木映在水中的倒影那般清晰可见。突然，吉蒂泪如泉涌。

“你必须得留下吗？”

“是的。”

他们穿过了富丽堂皇的牌坊，径直朝山下走去。快到院子时，又看到了那个死去的乞丐。他去挽她的胳膊，她挣脱了出来，静静地站在那里。

“这很可怕，是吗？”

“你指什么？死亡吗？”

“是的。死亡让世间的其他一切事物都似乎显得微不足道了。他已经不成人样了。你看着他，几乎很难相信，他原本是个活生生的人。更无法想象，就在二三十年前，他还是一个活泼的男孩，会常常扯着风筝，飞快地冲下山坡。”

吉蒂再也控制不住自己的感情，哭了出来。

三十九

几天后，韦丁顿和吉蒂坐在一起，手里拿着一大杯威士忌苏打水，跟她聊起了修道院。

“那个女修道院的院长是一个很了不起的女人，”他说，“那些修女们告诉我，她出身于法国很有名望的家族之一，但她们没有跟我说是哪一个，她们说院长不希望别人议论此事。”

“如果你有兴趣，为什么不直接去问她？”吉蒂笑着说。

“要是你了解她，就会觉得问她这样的问题太不合适了。”

“如果此人能让你敬畏，那她一定是个非常出众的女子。”

“她让我捎来一个口信，要我转告你，你也许不愿意冒险进到瘟疫的中心区域，可要是你不介意的话，她很乐意带你看看她们的修道院。”

“非常感谢她的好意。我万万没想到，她还知道这儿有我这么一个人。”

“我跟她提起过你。我现在一个星期要去两三次修道院，看看有什么能帮上忙的；我敢说，你丈夫跟她们也说起过你。你会发现她们对你丈夫非常地崇拜。”

“你是天主教徒吗？”

他眼里闪烁着狡黠的光，一张生动的小脸笑出了许多皱纹。

“你为什么要笑我呢？”吉蒂问。

“入了天主教，有什么好？不，我不是天主教徒。我称自己是英国国教的成员，我以为，这是对不太相信任何事物的一种委婉说法……十年前，女修道院院长来这里时，带了七个修女，现在死得只剩下了三个。你瞧，即使在没有疫情的时候，湄潭府也不是一个太安全的地方。她们生活在城市中心最贫困的地区，她们辛苦地做活，从没有过节假日。”

“那么，现在修道院里就只有院长和三个修女了？”

“哦，那倒也不是，又来了新的。现在是六个。刚有瘟疫时，死了一个，于是，从广州那边又来了两个。”

吉蒂听了身子一颤。

“你冷吗？”

“不，只感觉好像有人在我的坟头上面走过一样。”

“她们离开法国时，就跟法国永别了。新教的传教士们每隔一段时间还有一年的假期，她们没有。我经常想，世上最苦的事莫过于此了。我们英国人对故土没有很强的依恋，我们可以在世界上任何地方安下家来，但是，我认为法国人对他们国家的那份依恋和热爱是怎么也割舍不下的。一旦离开了家乡，他们的心便永无安宁之日了。这些女人竟然能做出这样的牺牲，真令我十分感动。我想，如果我是个天主教徒，也许我也会认为这种牺牲是很自然的。”

吉蒂静静地望着他。她还不能充分理解这个小个子男人说这番话时所怀有的那份情感，她问自己，这会不会是一种姿态。他已喝了不少的酒，或许，他已经有几分醉意了。

“去那里，自己亲眼看一看。”他像是开玩笑似的笑着跟她说，一边迅速地揣摩着她的心思，“这不会比吃一个西红柿更危险的。”

“如果你不怕，那我为什么要怕呢？”

“我觉得你会感兴趣的。那儿就像个小小的法国。”

四十

他们乘着小船过了河。在栈桥上已经有一台轿子在等着吉蒂，她坐轿子上山，到达了水门。苦役们从河里取水，都要经过水门，每个人用扁担挑着两个大水桶，匆匆忙忙，泼泼洒洒，弄得堤道上湿得像下过雨一样。抬吉蒂的轿夫们扯着嗓子喊着，叫他们给让道。

“所有的生意自然也都停歇了。”走在吉蒂身旁的韦丁顿说，“要在平时，你得在给船上搬运货物的苦力中间挤出一条道。”

窄窄的街道拐来拐去的，弄得吉蒂很快便失去了方向感。许多商店都关了门。在旅途中，她本来已经看惯了街道的脏乱，可这里的情况更糟，到处堆放着几个星期以来产生的垃圾和废物，街道上臭气熏天，她不得不用手绢捂着脸。以往经过中国的城镇时，众人的目光每每会落在她的身上，直到看得她觉得不舒服，可现在却只有个别路人偶尔冷漠地扫她一眼。以前拥挤的街道，现在就剩下了零零落落的几个人，而且看上去都是心事重重，面带恐惧，一副无精打采的样子。在他们经过的房子里，不时传出敲锣的声音和不知什么乐器奏出的哀婉、凄凉的乐音。在这些紧关着的门里面，有人刚刚死去。

“我们到了。”韦丁顿说。

轿子落在了一扇不大的门前——门顶上有一个十字架，嵌在一堵很长的白色围墙里——吉蒂下了轿。韦丁顿按响了门铃。

“你不要指望看到什么雍容华贵的东西。你知道，她们很穷的。”

一位中国姑娘前来开门，韦丁顿跟她说了一两句话后，女孩领他们走进了坐落在走廊旁边的一间小屋里。屋子里有一张桌子，上面苫着一块方格图案的油布，靠墙摆着一圈硬木椅子。屋子的一侧，放着一尊圣母玛利亚的石膏雕像。少顷，进来一位又矮又胖的修女，她长着一张很平常的脸，面颊红润，眼神愉快。韦丁顿把吉蒂介绍给了这位叫圣约瑟的修女。

“这位就是医生的妻子吗？”她满脸笑意地问，随后又说，“院长马上就来见你们。”

圣约瑟不会讲英语，而吉蒂的法语也不怎么样；幸亏韦丁顿的法语虽不太标准，却能够顺畅地交流，他不断地跟圣约瑟开着玩笑，让这位性情活泼的修女乐得前仰后合。她欢悦轻快的笑声令吉蒂吃惊不小。她以前一直认为，信奉宗教的人总是很严肃，但圣约瑟可爱的孩子般的快乐，打动了她的心。

四十一

门开了，在吉蒂的想象中，门不是被人推开而是自动沿着门轴转开的。女修道院院长在门口停了一下，当她看到哈哈大笑的修女和韦丁顿那张笑得皱在一起的滑稽面孔时，脸上显出了庄重的神情。稍后，她走上前，向吉蒂伸出手来。

“是费恩夫人？”她说英语时虽然带着很重的口音，可发音准确，她微微躬了躬身子，“很高兴能认识你，我们勇敢善良的医生的妻子。”

吉蒂觉得这位女院长审视的目光盯着她看了好一会儿。那目光率直，却并不失礼，你会觉得评价他人似乎是她的职责，因此在她这里任何掩饰都是多余的。她高贵又不失和蔼地请来客坐下。修女圣约瑟此时站到了院长身边靠后一点的位置，她不再说话，可脸上的笑容还在。

“我知道你们英国人喜欢喝茶，”院长说，“我已经让人准备了一些，不过是按中国人的习惯煮的，请见谅。韦丁顿先生可能更愿意喝威士忌，不过，我恐怕不能满足他的要求。”

她微微地笑了，庄重的眼神里似乎含着一丝责备。

“哦，别这样，院长，听你这么说，我好像是个十足的酒鬼似的。”

“我希望你会说自己从来都不喝酒，韦丁顿先生。”

“我确实可以说我从不喝酒，除了喝醉的时候。”

院长听着笑了起来，把这俏皮话翻译成法语告诉了修女圣约瑟，她友好和善的目光一直停留在韦丁顿身上。

“我们必须体谅韦丁顿先生，因为有两三次在我们山穷水尽、连我们的孤儿也吃不上饭的时候，是韦丁顿先生资助了我们。”

为他们开院门的那位姑娘端着一个托盘走了进来，托盘里放着中国茶具和一小盘叫玛德琳蛋糕的法式点心。

“你们务必要尝尝这玛德琳蛋糕，”院长说，“因为这是圣约瑟修女今早特意为你们做的。”

他们聊着一些很平常的话题。院长问吉蒂来中国多长时间了，问她从香港来这儿的旅程是否让她感到疲惫，以及她是否到过法国啦，是否觉得香港的气候很不好适应，等等。谈话琐屑，却显得亲切，让人似乎忘记了周围环境中的危险。客厅里非常安静，简直让人难以相信这是在人口密集的城市中心区。修道院的氛围很平静，可就在它的周围瘟疫正在肆虐，人们变得惊慌失措、忐忑不安，只是因为有强悍的士兵维持治安，才没有造成骚乱。修道院的医务室里挤满了生病和快要死去的士兵，修女们收养的孤儿中，已有四分之一的孩子死去。

不知怎么的，吉蒂被这位女院长深深地吸引了，她观察着这位正亲切地询问她的女人。院长穿着一身白衣，衣服上仅有的其他色彩就是胸前绣的那颗红心。她已届中年，看上去四五十岁，确切的年龄不好说，因为她光滑、苍白的脸庞上几乎没有皱纹。吉蒂之所以觉得她不再年轻，是因为她的神态举止中显露出一种尊严和自信，还因为她那双美丽有力却有些消瘦的手。她的脸有些长，嘴巴很大，牙齿大而整齐。她的鼻子虽说不小，却显得秀气、敏感；但最终是她那双浅浅的眉毛下面的眼睛赋予她的面部一种凝重、肃穆的神情。她黑色的大眼睛，尽管不失温和，却能坚定地凝视着对方，颇具威慑力。你看到她时，首先想到的可能是，她年轻时一定是个美人儿，不过，很快你便会意识到她的美貌主要取决于她的性格，随着年岁的增长，她的魅力也在增加。她的嗓音低沉，有节制，不管是说英语还是法语，都说得很慢。不过，她身上最引人注目的地方还是由她禀有的权威和基督教仁善之心合成的那种气质；你会觉得她惯于发号施令。虽说人们的服从在她看来很自然，但她却会用一种谦恭的态度来接受这种服从。不难看出，她深知是教会的权威在背后支撑起了她。吉蒂猜想，尽管她外表严厉，可还是有着一般人的宽容心。看着她面带庄重的笑容，听韦丁顿无拘无束地调笑打趣，你便知道她对可笑的事物有生动的感知。

然而，吉蒂隐约觉得，在这位女院长身上还有一种她说不出来的品质。正是这一品质使吉蒂觉得自己像个扭捏的小女生，和院长之间有一种距离感，尽管她待人热诚，风度优雅。

四十二

“先生怎么不吃上一点儿呢？”修女圣约瑟说。

“韦丁顿先生现在只喜欢吃满洲料理了。”女修道院院长说。

圣约瑟脸上的笑容不见了，表情变得有些拘谨。韦丁顿眼里闪过一丝调皮的神情，又拿起了一块蛋糕。吉蒂不明白这其中的缘由。

“为了证明你说的不对，院长，在接下来的丰盛晚宴上，我会大吃特吃一顿。”

“要是费恩夫人想看看修道院的话，我很高兴带她去转转。”院长向吉蒂转过身来，脸上带着些无奈的笑容，“我很抱歉，你看到的一切可能都是杂乱无章的。我们要做的工作太多了，可我们没有足够的修女。余团长坚持用我们的医务室来处置染病的士兵，我们只好把食堂改成了孤儿的医务室。”

院长站在门口，等着吉蒂出来后，跟她一起走，圣约瑟和韦丁顿跟在后面。他们顺着凉爽的白色走廊向前走，先是进到一个空荡荡的大房间，里面有一些中国姑娘正在做着精巧的刺绣活儿。客人们进来时，姑娘们站了起来，院长为吉蒂展示了一个绣好的样品。

“这些活儿可以分散她们的注意力，让她们不再去想瘟疫。”

随后，他们来到第二个房间，这里是一些更为年轻的女孩，她们正在做着平针缝、卷边和缝合的活儿。在第三个房间里，只有一个做了修女的中国女孩在照看一群小孩。他们正在吵吵嚷嚷地玩耍着，看到院长便一窝蜂地拥到了她身边。这些中国小孩都是黑眼睛、黑头发。他们争抢着去拉院长的手，钻到她的大裙子下面。一抹迷人的笑容出现在院长的脸庞上，她俯下身子，抚摸、逗哄着他们。虽然吉蒂不懂中文，但也猜得出这些都是爱抚的话语。这些孩子都穿着一样的衣服，当看到他们面黄肌瘦、发育不良、长得几乎不像人样时，吉蒂不禁厌恶地战栗了一下。可是院长却慈祥地站在他们中间，在她要离开时，孩子们缠着不让她走，院长笑着，说着劝慰的话，直到他们不再闹腾了。在孩子们的眼中，这位伟大的女性和蔼可亲，一点儿也不严厉。

“你一定知道，”在他们沿着走廊继续走时，院长说，“他们并非真正意义上的孤儿，只是他们的父母不想再养着他们了。在他们把孩子送到这儿时，我们都会给孩子的父母一些钱，否则的话，他们可能因为麻烦就直接把孩子扔掉了。”她转向修女圣约瑟问，“今天有孩子来吗？”

“有四个。”

“现在闹着瘟疫，大人们更觉得女孩是累赘，想尽快丢掉。”

她带着吉蒂参观了宿舍，随后，他们经过了一扇门，门上用法语写着医务室三个字。吉蒂听到里面传出的呻吟声和喊叫声，那声音痛苦得已不像是人的声音。

“我就不带你看医务室了，”院长用她那平静的语调说，“没有人愿意看那样的场景。”突然她想到了什么，“不知道费恩医生会不会在里面呢？”

她用询问的眼光看着圣约瑟。圣约瑟会意地一笑，推开门进去了。在门打开的那一瞬间，吉蒂听到里面恐怖凄厉的叫声。圣约瑟很快从医务室里出来了。

“他不在，刚才还在的，说是晚一点再过来。”

“六号病人怎么样了？”

“可怜的小伙子，他已经死了。”

院长在胸前划了个十字，默念了几句祷文。

他们穿过一个院子，吉蒂看到地上并排放着两个长方形的东西，上面盖着一块蓝色的棉布。院长转过身来跟韦丁顿说：

“床位太少了，我们不得不让两个病人用一张床，病人一旦死了，就马上得抬出去，给后面的病人腾地方。”然后，她笑着跟吉蒂说，“现在，我带你去看看我们的礼拜堂。我们很为它自豪。一位法国朋友不久前给我们托运过来一个真人大小的圣母玛利亚塑像。”

四十三

礼拜堂是一间又长又矮的房子，墙壁被刷成白色，摆着几排松木长凳，房间的尽头是放着塑像的圣坛，雕像是用巴黎石膏制作的，上色粗犷，色彩鲜亮。圣坛的后面是一幅油画，画中的耶稣正在受难，十字架脚下的两个玛丽的表情都无比悲痛。油画的画工拙劣，从深色颜料的使用上便能看出色彩的运用缺乏美感。周围墙上挂着十四幅耶稣受难像，显然也是出自那个糟糕的画工之手。整个礼拜堂看上去又丑陋又粗俗。

进来的修女会先跪下，诵读一段祷文，然后站起来。院长跟吉蒂攀谈着。

“东西运来的时候，那些易碎品几乎全都碎了，唯独这个捐赠给我们的塑像完好无损。毫无疑问，这是个奇迹。”

韦丁顿的眼睛里闪出狡黠的光，不过，他咽回了要说的话。

“这些祭坛饰品和耶稣受难像都是我们的一个修女画的，她的名字叫圣安塞姆。”院长用手在胸前画了个十字，“她是一个真正的艺术家。不幸的是，她染上霍乱死了。你不觉得这些画很美吗？”

吉蒂支支吾吾地表示赞同。圣坛上还摆放着几束纸花和装饰花哨的烛台。

“我们得到了在这里存放圣餐的许可。”

“是吗？”吉蒂说，其实她并不明白这话的意思。

“在如此恶劣糟糕的条件下，这对我们来说是莫大的安慰。”

他们走出了礼拜堂，踅回了刚来时的客厅。

“离开前，你想看看今天早晨送来的几个孩子吗？”

“非常愿意。”吉蒂说。

院长领着他们来到走廊对面的一间小屋里，看见桌布下面有东西在蠕动。圣约瑟掀开了那块布，露出了四个光屁股的婴孩。他们的皮肤都红彤彤的，手脚不停地乱动；他们那小小的怪怪的中国人的脸庞，蹙成了一张张奇怪的模样。他们看上去不像婴孩，而像是某种还不为人所知的古怪动物，但是，在这幅景象里又有着某种感人的东西。院长带着欣慰的笑容看着他们。

“你看他们多生动，多活泼。有时候，他们刚被送进来就死了。当然，他们到来后，我们便马上给他们做了洗礼。”

“夫人，你的丈夫很喜欢和这些婴儿待在一起，”圣约瑟说，“他能和他们玩几个小时。在他们哭闹时，他只要把他们抱起来，让他们舒舒服服地躺在他的怀抱里，他们就会高兴地笑起来。”

这时，他们已经走到了修道院门口。吉蒂郑重其事地对院长的款待表示了谢意。院长谦虚地鞠躬回礼，仪态端庄和蔼。

“能接待你也是我莫大的荣幸。你不知道，你的丈夫给了我们多大帮助，对我们有多好。他是上帝给我们派来的。我很高兴你陪他一同来到了这边。在他回家以后，能看到你可爱的面庞，对他一定是个极大的慰藉。你一定要关心他，不要让他太劳累。就是为了我们，也请你照顾好他。”

吉蒂的脸红了，她不知道该说什么才好。在院长跟她握手时，吉蒂发觉院长那双镇静、若有所思的眼睛在盯视着她，在那看似超然的眼神里，有着对人的理解和体谅。

修女圣约瑟关上了身后的门，吉蒂也坐进轿子里。他们顺着弯曲狭窄的街道走着，韦丁顿说了几句话，可吉蒂没有应声。走在旁边的韦丁顿发现轿子侧面的帘子都给拉上了，也就没再吭声。可等他们到达河畔，吉蒂下了轿子时，他惊讶地发现她的眼睛里溢满了泪水。

“你怎么了？”韦丁顿问。由于惊愕，他的脸又蹙在了一起。

“没什么。”她强作笑颜，“只是有些感触而已。”

四十四

在死去传教士的暗淡的客厅里，又只剩下了吉蒂一个人，她躺在面朝窗户的长椅上，心不在焉地看着河对岸的那座寺庙（现在又快到了黄昏时刻，远处的景物又变得空灵和可爱起来），她想理清楚她内心的感受。她怎么也不会想到这次参观修道院，会让她受到如此的震撼。她去造访纯粹是出于好奇。她无事可做，在这么多天望着河对岸围在城墙里的城市后，她也不是不愿意对它里面神秘的街巷窥视上一眼。

然而，在修道院里，她觉得自己像是进到了另外一个世界，一个不存在于空间和时间中的陌生世界。那些光秃秃的屋子，白色的走廊，尽管看上去简陋，却似乎有某种遥不可及的神秘精神在里面。那个又丑陋又粗俗的小礼拜堂，简易粗糙得可怜，却有一种宏伟的大教堂（有彩色的玻璃和巨幅精美的画像）里缺少的东西：尽管它看起来那么微不足道，可有修女们的信仰装饰着它，有她们的情感倾注在里面，因而赋予了它一种难以言表的心灵之美。修女们在周围瘟疫肆虐的情况下，依然进行着有条不紊的工作，表现出临危不惧的气概和务实的态度，在有些人看来也许近于荒唐，却给人以极深刻的印象。吉蒂的耳畔，仍回响着圣约瑟打开医务室门的那一刻传出的凄厉叫声。

她们谈论沃尔特的话是她没有想到的。先是圣约瑟，然后是女修道院院长，她们在夸赞沃尔特时，语气都变得非常温和。说来也怪，在得知她们对沃尔特的印象这么好时，她不由得感到了一丝激奋和自豪。韦丁顿也跟她说起过沃尔特做的一些事情，可修女们赞扬的不只是他的能力（在香港时她就知道，人们认为他脑子聪明），她们还提到了他的体贴和温柔。当然，他能做到非常温柔。在你生病时，他做得最好。他太聪明了，绝不会关心过度，叫你厌烦，他的抚摸让你觉得舒心和惬意。只要有他在，你便会觉得病痛已奇迹般地减轻了许多。她知道她再也看不到他眼中喜爱她的神情，那神情，她曾经是那么熟悉，以致让她感到厌恶。现在，她知道他爱的能力有多么强大了；无形之中，他将这爱倾注到了那些只能指望他给予救助的病人身上。她并没有感到嫉妒，只是有一种空虚感，就好像她习惯于依赖、几乎不再感觉到它的存在的东西，突然被从她身边拿走了，以至于她像一个头重脚轻的人一样左右地摇摆起来。

因为她曾经看不起沃尔特，现在她只能看不起自己。他那时一定知道她是如何看待他的，而他却毫无怨言地接受了她的看法。

他知道她妄自尊大，可因为爱她，也就不去计较。她已经不恨他，也不抱怨他了，她对他现在感到的唯有害怕和困惑。她不得不承认他有非凡的品质，有时候甚至觉得他有伟大的品质，尽管这伟大显得古怪和不讨人喜欢。奇怪的是，到了现在，她仍然不爱他，却还爱着那个她心里明镜一样清楚根本不值得她爱的男人。经过这么多日子的思考，她已经能够准确地判断出查理·唐森的价值，他是一个平庸的人，他的才能和品质都是二流的。要是能把还留在她心里的爱连根拔掉该有多好！她拼命克制着自己不去想他。

韦丁顿对沃尔特的评价也很高。只有她一个人看不到他的优点。这是为什么呢？因为他爱着她，而她不爱他。人心真是神秘难测，难道就因为他爱着你，你就要鄙视这个男人吗？不过，韦丁顿也曾坦言，他并不喜欢沃尔特。男人们都不喜欢他。但那两个修女显然对他有着溢于言表的好感。女人们对他的看法不一样，她们觉得在他腼腆的外表下面，有一颗友善温柔的心。

四十五

不过，让她最为感动的还是那些修女们。修女圣约瑟像苹果一样红的脸蛋上总是一副愉快的神情，她是十年前跟院长一起来到中国的修女之一，她目睹了她的伙伴们一个又一个地死于疾病、贫困和乡愁，可她依然能生活得快快乐乐的。是什么赋予她如此纯真和快乐的心境？还有院长，在想象中，吉蒂又站在她的面前，于是，她再一次感到了自己的卑微和渺小。尽管院长是那么的朴实无华，毫无造作，但却有着一种与生俱来的高贵，令人心存敬畏，很难想象会有人对她表示出不尊敬。从圣约瑟站立的姿势、细微的手势和她回院长话时的语调，都可看出她对院长的绝对服从。韦丁顿尽管大大咧咧，一副放荡不羁的样子，可从他跟院长说话的语调上便能听出，他心里也是有些紧张的。吉蒂觉得，根本无须有人来告诉她院长来自法国最有名望的家族，她的言谈举止已经透露出她有着古老家族的血统，她的权威还从未受到过挑战。她禀有贵妇的那种对下人的体恤，以及圣贤的谦卑。她那张刚毅、端庄的面庞既严厉肃穆，又不乏情感的流露。与此同时，她还是个温和体贴的女人，所以那群孩子会吵吵嚷嚷地围着她，一点儿也不害怕，因为知道她深深地爱着他们。在看着那四个刚出生不久的婴孩时，她脸上浮现出的笑容既甜蜜又深沉：像是一束阳光照进了荒芜的旷野。圣约瑟无意中说沃尔特的那些话也莫名地让吉蒂受到了触动。她知道沃尔特极想让她生个孩子，但她从不曾想到过呐言的他能够自如地跟孩子们戏玩，并温柔体贴地对他们。大多数男人对婴儿都是笨手笨脚的，不知道该怎么哄。可他却行！

然而，在这一切感人的经历中间，始终罩着一层阴影，就像银色云朵周围的一圈黑边，它挥之不去，清晰可辨，令她感到不安。在圣约瑟愉快的笑容里，在院长优雅得体的礼节和举止中，吉蒂总觉得有一种疏离感在压抑着她。她们对她很友好，甚至很热情，可同时又似乎有所保留。保留了什么，她不知道，她意识到在她们眼里，她不过是偶尔来这里造访的一个陌生人。她与她们之间存在着隔阂，不仅仅是所使用的语言不同，而且心灵的语言也不相同。当她们把院门关上的时候，她觉得她们同时也就完全把她抛在了脑后，继续做着被耽搁了的工作，就像她从没在这里出现过一样。她觉得她不只是被关在了这个又小又寒碜的修道院门外，而是被拒绝在了一个她日夜渴盼的神秘的精神花园之外。她突然感到一种前所未有的孤独。这才是她哭泣的原因。

末了，她倦怠地仰起头，叹息道："噢，我真没用。"

四十六

那天傍晚，沃尔特比往常回来得早一些。吉蒂正躺在开着的窗户旁边的长椅上。天色将晚。

"你不点灯吗？"沃尔特问。

"晚饭备好时，他们会把灯拿上来的。"

他和她讲话时总是显得很随意，说的也都是些琐屑的事，就好像他们是老相识一样。从他的言谈举止中，你一点儿也看不出他的心里是否有怨恨。只是他总是避开她的眼睛，也从不和她笑。只是格外彬彬有礼。

"沃尔特，如果瘟疫过后我们还活着，你说我们该做点儿什么？"她问。

他没有马上回答。她看不到他脸上的表情。

"我还没想过。"

要是以前，她想到什么就会径直说出来，也不需要多加考虑，但是现在，她怕他。她觉得她的嘴唇在发颤，心也跳得厉害。

“我今天下午去了修道院。”

“我听说了。”

尽管唇颤得几乎说不出话来，她还是强逼着自己开了口。

“你当初带我来这里，是不是真的想要让我死？”

“如果我是你，我就不会再纠缠这些事情，吉蒂。我认为有些事情我们最好忘记，讨论它们不会给我们带来任何好处。”

“但是，你没有忘记，我也没有。来到这里以后，我想了许多。你愿意听我说说吗？”

“当然愿意。”

“我愧对你。我曾对你不忠诚。”

他像根木桩一样静静地立着。他那一动也不动的样子很是吓人。

“我不知道你是否能理解我下面要说的话。这种事情一旦过去，对一个女人来说，就不那么重要了。我想，女人永远不能完全猜透男人的心思。”她突兀地、用一种连自己都快认不出的声音说着，“你早知道查理是个什么样的人，你也早知道他会怎么做。哦，你的判断完全正确。他就是个卑鄙的小人。我想，要是我不像他那样的话，也就不会被他乘虚而入了。我并不要你原谅我，并不要你还像从前那样爱我。可难道我们就连朋友也不能做了吗？在我们的周围，有成千成百的人在死去，在修道院里，那些修女们在……”

“她们与我们俩的事有关系吗？”他突然打断了她的话。

“我也说不清楚。我今天去到那里，有了一种特别的感受。这对我来说有着太多的意义。那儿的情况是那么糟糕，而她们的牺牲精神又是那么令人钦佩。我不禁想——要是你明白我的意思的话——因为一个愚蠢的女人曾经对你不忠，你就让自己陷入痛苦，不能自拔，这未免有点荒唐，太不值得了。我这么个可鄙的微不足道的女人，不值得你这么去做。”

沃尔特没有回答，也没有走开，他似乎在等着她继续说下去。

“韦丁顿先生和修女们告诉了我许多有关你的事情。我为你感到自豪，沃尔特。”

“你以前可不是这样，你一贯看不起我。难道你现在不是这样了吗？”

“你知道吗，我害怕你。”

他沉默了一会儿。

“我不明白你的意思，”末了，他开口说，“我不知道你究竟想要什么？”

“为自己，我没有任何要求。我只是想让你不要那么痛苦。”

她觉得他的表情开始变得生硬，答话时，声音也变得冷冰冰的。

“你认为我不快活，你想错了。我有太多的工作要做，没有许多的时间来想你。”

“我在想，修女们会不会同意让我去修道院里工作。她们缺人手，如果我能帮上点忙，那就太好了。”

“那里可没有什么轻松愉快的活儿。我担心你几天就没有兴趣了。”

“你真的非常鄙视我吗，沃尔特？”

“不。”他迟疑了一下，声音变得有些古怪，“我鄙视我自己。”

四十七

吃过晚饭后，沃尔特像平时一样坐在灯下开始看书。他每晚都读到吉蒂去睡觉的时候，之后，他就到一间改装成实验室的屋子里，一直工作到深夜。他睡得很少，整天做着吉蒂不甚了解的实验。他从不跟她提起他的工作，就是在从前，他也很少提及，他天生就寡言少语。对他刚才所说的话，她思考了很久：这次谈话显然没有任何结果。她对他了解得太少了，她不敢断定他说的到底是不是真心话。会不会有这样一种可能：她的存在对他来说，是一种不祥。在他的眼里，她已经完全地不存在了？以前因为爱她，他喜欢听她讲话，现在既然他已不再爱她了，她说话只会使他烦。想到这里，她觉得自己好倒霉。

吉蒂望着他，他身旁的灯清晰地照出他雕像般的侧影。他那有棱有角、线条优美的五官很是鲜明。不过，他的表情不只是严肃，甚至有些冷酷了。他纹丝不动的身影——只有眼睛在跟着字游走——隐约给人一种恐怖感。谁能想到，这张冷峻的脸庞曾被他的激情融化成柔情蜜意？她体验过，她当然知道，这让她的心中顿时生出一丝厌恶。说起来也真奇怪，尽管他长得五官端正，诚实可靠，又有才华，可她却没有办法让自己爱上他。想到她再也无须屈就于他的温存爱抚，她感到一阵轻松。

当问到他强迫她来这里，是不是真的想要她死时，他不愿意回答。这一疑问困扰着她，叫她好生害怕。他是那么的善良仁慈，他不可能怀有这样恶毒的想法。他让她跟他来，一定只是想吓唬吓唬她，顺便报复一下查理（这正像他一贯的作为——嘲讽式的幽默），后来，也许是骑虎难下，或者是怕自己出洋相，才执意让她来的。

是的，他说他鄙视自己。这话是什么意思？吉蒂再一次把目光看向了那张平静、镇定的脸。就像她不在这个房间里一样，他似乎也没有意识到她的存在。

“你为什么要鄙视你自己呢？”她这话几乎是脱口而出，就好像刚才的谈话并没有中断过一样。

他放下了书本，若有所思地看着她，仿佛是要把自己的思绪从很远的地方拽回来。“因为我曾经爱过你。”

她一下子脸红了，眼睛看向了别处。她忍受不了他那冷静、执着、审视的目光。她明白他的意思。在开口前她斟酌了一会儿。

“我觉得你这样对我不公平，”她说，“你因为我愚昧、轻佻、粗俗，便责备我，是不对的。我就是这样子长大的。我认识的所有女孩子都像我这样……这就好像一个没有乐感的人因为讨厌听交响音乐会而受到责备一样。因为你赋予了我一些我并不具备的品质，你就责备我，这公平吗？我从未试图要装出一副样子来欺骗你。我就是我自己，有一个好看的脸蛋和快乐的性情。你不能希冀在集市的小摊上买到珍珠项链和貂皮大衣，在这里，你只能买到锡制的小号和玩具气球。”

“我并没有责怪你。”

他的声音听上去懒洋洋的。吉蒂开始变得有些不耐烦起来。为什么他就认识不到（这道理瞬间在她的头脑中变得格外清晰起来），与笼罩在他们上方的可怕的死亡阴影相比，与她那天在修道院里所瞥见的敬畏和美好相比，他们的这点事算得了什么呢？如果一个蠢女人和别的男人通奸了，这真的就成了天大的事情了吗？为什么她的丈夫每天做着崇高的事情，却还要对这种摆不上台面的事情上心呢？说来也怪，脑子这么聪明的沃尔特竟然分不清事情的轻重缓急？因为他给一个洋娃娃穿上了华丽的服装，并把她放在圣殿里供奉着，后来发现这个洋娃娃肚子里塞的都是锯末，便既不能原谅自己，也不能原谅那个洋娃娃了。他的灵魂被撕碎了。他的生活一直建立在虚假的东西之上，在真相击碎了这些虚假的东西时，他觉得现实本身也四分五裂了。事情很明显了，他不会原谅她，因为他无法原谅他自己。

她似乎听到他轻轻地叹了口气，就迅速地朝他那边看了一眼。她脑中蓦然闪过一个念头，这念头令她屏息。她极力控制着自己，才没喊出声来。

他现在这副痛苦的样子，就是人们所说的心碎吗？

四十八

第二天，吉蒂一整日想的都是修道院里的事。第三天一大早，沃尔特刚走，吉蒂就吩咐女佣备好轿子，带着女佣一起赶往河边。天刚蒙蒙亮，渡船上已经挤满了中国人，有身穿蓝色布衣的农民，身穿黑大褂的乡绅或是生意人，他们神情奇怪，脸上都罩着死气，仿佛他们是要被摆渡到人生的彼岸一样。在他们脚踏到岸上的那一刻，他们都会在原地站上一会儿，满脸的茫然，好像不知道该往哪里去，之后，才零零落落、三三两两梦游似的往山上走。

这个时辰，市区的街道上还没有什么人，所以比往常看起来更像一座死城。偶尔走过的路人都是一副恍惚的神情，你几乎以为自己看到的是幽灵和鬼魂。

天空里没有一丝云彩，旭日给大地洒下圣洁柔和的光。很难想象，在这样一个愉快、清新和美好的早晨，这座城市像是一个被疯子扼住咽喉的人一样，在瘟疫恶毒的魔爪下残喘。真是让人难以置信，湛蓝的天空澄澈得像是孩童的心灵般，而大自然对正在痛苦中挣扎、在恐惧中走向死亡的人们竟然这样的无动于衷。当轿子落在修道院门前时，一个乞丐从地上爬起来，向吉蒂乞讨。他身上的衣服已成了一片一片的布条，褪得看不出原来的颜色，好像他是从厩肥堆里把它们耙出来的一样。他衣不遮体，露出像山羊皮一样粗糙黧黑的皮肤。他裸露着的两条腿瘦成了皮包骨，一头灰白脏乱的发，脸颊凹陷，眼神狂乱，像是个疯子。吉蒂在惊恐中转过身去，轿夫厉声叫他走开，可这乞丐哪里肯听，为了摆脱他，吉蒂哆哆嗦嗦地扔给他几个小钱。

修道院的门开了，吉蒂的女佣跟里面的人说，她家主人要见修道院院长。于是，吉蒂又被带到那间简陋的会客厅，那里的窗户似乎从未打开过。吉蒂在会客厅里坐了很久，久到她开始以为她的话并没有传达给院长。不过，好在院长最后终于来了。

“很抱歉，让你久等了，”院长说，“我没想到你要来，刚才一直在忙。”

“请原谅我的打扰。我恐怕来得不是时候吧。”

院长跟她庄重而又亲切地笑了笑，请她坐下来说话。吉蒂留意到她的眼睛肿了，想必是刚才哭过了。吉蒂有些诧异，因为在她的印象中，世俗的烦恼是不大会影响到这样一个女人的。

"出什么事情了吗？"吉蒂支吾着问，"你希望我现在走吗？我过几天再来。"

"不，不用。你来一定是找我有事的。只是……只是昨晚我们又死去了一位修女。"她的声音失去了往日的平静，她的眼睛里溢满泪水，"我不应该悲伤的，因为我知道她那纯洁善良的灵魂已经径直飞往了天国，她是一个圣徒。可要想克服我们身上的软弱，总是很难。有的时候，我还是控制不了自己的感情。"

"我很抱歉，非常非常抱歉。"吉蒂说。

女人易发的同情心让吉蒂的声音变得哽咽。

"她是十年前跟我从法国一起来到这里的修女之一。现在还活着的只剩下我们三个了。我记得，当轮船驶离马赛港时，我们大家都聚在船尾，遥望着远处圣母玛利亚的金色雕像，一起做着祷告。自从入教那天起，我最大的心愿就是能够被派往中国，可当我看到故土渐渐远去时，我禁不住哭了起来。我是她们的院长，我没有给我的孩子们做出一个好的示范。圣弗朗西丝·夏维修女——也就是昨晚死去的那位修女——拉住我的手，叫我不要难过，她说，不管我们身处何地，法国和上帝都与我们同在。"

她那庄重、漂亮的面庞由于悲痛和抑制这悲痛的努力而变得有些扭曲。吉蒂转过身，她觉得窥视人家内心的挣扎是不礼貌的。

"我刚才在给她的父亲写信。她跟我一样是家中的独生女，她家是布列塔尼半岛上的一户渔民，她的父母听到这个消息一定会很难过的。噢，这可怕的瘟疫何时才能结束呢？今天早晨，我们另外两个女孩也被感染上了，除非是出现奇迹，她们才可能得救。这些中国女孩抵抗力极弱。失去弗兰西丝对我们的影响很大，我们有太多的事情要做，可人手却变得越来越少。尽管我们在中国其他地方的修女渴望过来帮忙，我们的教会也会倾其所有，给这儿提供资助（除非他们已变得一无所有），可来这里几乎就等于送死，所以只要我们现有的人员还能设法应付，我就不愿再让其他人来，免得她们牺牲在这里。”

“你的话使我受到了鼓舞，院长，”吉蒂说，“那天回去后我一直在想，不知你是否会同意让我来帮帮你们。只要能对你们有点儿用，我不在乎做任何事情。就是让我擦地板，我也会感谢你们的。”

修道院院长露出了欣喜的笑容，看到院长的情绪转变得如此迅速，吉蒂心中甚感惊讶。

“擦地板不用你做，这种活儿照惯例都是由孤儿去干的。”她停了一下，很慈祥地看着吉蒂，“我亲爱的孩子，你不觉得，你能陪丈夫来到这儿，就已经做得够好了吗？许多女性都没有你这样的勇气，再则说，在他工作结束回到家里，你把他照顾得很舒适，使他的身心归于平静，不也是很有意义的吗？相信我，他需要你的关爱和体贴。”

吉蒂几乎不敢直视她看着自己的眼睛，因为那目光里有对她的冷静的审视和善意的调笑。

“我从早到晚没有一点儿事干，”吉蒂说，“一想到你们有这么多的事情要做，而我却整日闲着，我就无法忍受。我不想成为你们的累赘，我知道，我不应该强求你好心同意我做事，不该占用你宝贵的时间，但是，我说的都是真心话，如果你愿意让我帮着做些事情，那对我就是一种莫大的恩典。”

“你的身子骨看上去并不那么结实。你前天来看我们的时候，我发觉你的脸色有些苍白。圣约瑟修女以为你可能是有了身孕。”

“不，没有的事。”吉蒂喊道，脸红到了耳根。

修道院院长发出一阵银铃般的笑声。

“这有什么可难为情的，我亲爱的孩子，我们这么猜测也不是没有道理。你们结婚几年了？”

“我脸色苍白，是因为我的皮肤天生就白，其实，我的身体蛮好的，我向你保证，我可不怕干活的。”

现在，她恢复了院长的派头。在不知不觉中，又操起她一贯的发号施令的做派，用眼睛细细审视着吉蒂。吉蒂不由得一阵紧张。

“你会说汉语吗？”

“不会。”吉蒂回答。

“啊，那太可惜了。我本打算让你负责那些年龄稍大一些的女孩的。现在形势变得越发严峻，我担心她们会——用英语怎么说呢——会变得不听管教了。”她沉吟着说。

“能不能让我帮修女们做看护的工作呢？我一点儿不怕霍乱。我可以照顾那些得病的女孩和士兵。”

“你不知道这霍乱病的厉害，不知道那情景有多可怕。医务室的工作都是由士兵负责的。我们只派了一个修女在那里做监护。至于那些染病的女孩们……噢，噢，不行，不行，我敢肯定，你的丈夫不会愿意让你在那里的。那场景是很恐怖的。”

“我很快会习惯的。”

“不行，这个问题没商量。这是我们修女的事情，你没有必要掺和进来。”

“这让我觉得自己非常没用。这么大的修道院，难道就没有我能做的一点事情吗？”

“你跟你丈夫说过你的打算吗？”

“说过的。”

修道院院长盯视着吉蒂，好像要看穿她内心的秘密似的。但当她看到吉蒂那副焦急和热切的表情时，她笑了。

“你一定是个新教徒吧？”她问。

“是的。”

“这不要紧。威森医生，就是已经死去的那个传教士，也是新教徒，这一点没有问题。威森很有人格魅力，我们都对他心存感激，觉得无以回报。”

吉蒂的脸上浮现出一抹笑容，但她没有再说什么。院长仿佛思考了一会儿，然后，她站了起来。

“你真是个善良的姑娘。我想我能找到一点你可以做的事情。说实话，在圣弗朗西丝修女离开了我们后，我们还真的很难找到能顶替她的人呢。你准备什么时候开始呢？”

“就现在。”

“那太好了。能听你这么说，我很高兴。”

“我向你保证，我会竭尽所能。非常感谢你给了我这样一个机会。”

修道院院长打开了会客厅的门，在她就要走出屋子时，她迟疑了一下。她那睿智、探究的目光再一次长久地落在吉蒂的身上。末了，她把手轻轻地搭在吉蒂的肩头。

“我亲爱的孩子，你要知道，一个人不可能在工作或是愉悦中间，或是在尘世或修道院中，寻找到内心的安宁。”

吉蒂的心里怔了一下，这时，修道院院长已经快步走出了屋子。

四十九

吉蒂发现修道院的工作振作了她的精神。每天早晨太阳刚刚升起，她便赶往修道院，直到傍晚西下的太阳给不宽的河面和停泊在那里的平底船洒上一层金辉，她才从修道院返回家中。修道院院长把年龄小一些的女孩交给吉蒂照料。吉蒂的母亲嫁到伦敦时，把利物浦老家女人善于做家务的传统也带了过去，吉蒂虽然举止轻佻，但还是得到母亲的一些真传，尽管她说起自己这方面的才能时，用的都是自嘲的口吻。吉蒂饭煮得好吃，针线活儿也做得不错。当她的这一才能被院长知晓时，她便被分配去监管那些做缝合和卷边的女孩了。

这些女孩会说一点法语，这样吉蒂每天都能学到几个汉语词汇，日子长了她管理起她们来也就没那么难了。在其他时候，她还得去照看一下年龄更小的孩子，免得她们吵闹起来。她得给她们穿衣、脱衣，该睡觉的时候，招呼她们睡觉。修道院里有不少婴孩，虽说她们都是由保姆们看着，可她也有一份监管的责任。这些工作没有一件是特别重要的，她愿意做一些更为艰巨的工作，但修道院院长始终没有答应。吉蒂对院长心怀敬畏，也不敢反复纠缠。

刚来的那几天，她不得不努力去克服看到那些小女孩时生出的厌恶感，她们都穿着统一的难看的服装，头发黑黑的，一点儿也不柔顺，圆圆的蜡黄的脸，又黑又亮的眼珠子总是盯着人看。可她记着自己头一次来这里时，院长被这群丑孩子围在中间时的情形，院长的神情当时是那样温和慈祥。她要以院长为榜样，不能屈就于自己的本能。在孩子摔倒或是打架受伤哭起来时，吉蒂便用温柔的话语（尽管孩子们听不懂）抚慰她们，把哭泣的小脸蛋贴在自己柔软的面颊上，紧紧地搂着她们。孩子得到安慰后停止了哭泣，那时她觉得她与孩子们之间的陌生感完全消失了。这些孩子不再害怕她，有了委屈便会来告诉她，孩子们对她的信任给予吉蒂一种特别的幸福感。跟那些年龄稍大一些的女孩的相处也是这样，每当她夸赞几句那些做缝纫的女孩，她们高兴地露出灿烂的笑容时，她的心里就会受到触动。她知道她赢得了她们的喜爱，她为此感到自豪，受到了鼓舞，因而也更加喜欢她们。

不过，这其中有个孩子，她怎么也亲近不起来。那是一个六岁的小女孩，因为脑积水导致智障，瘦小的身子支撑着一颗硕大的脑袋，走起路来头重脚轻、摇摇晃晃的；一双眼睛大而无神，嘴里一直不停地流着口水；声音很刺耳，能说几句含糊不清的话语，令人作呕和害怕。可不知怎么的，这个孩子对吉蒂有一种痴迷，总是跟在吉蒂的屁股后面，追着不放，拽她的裙子，把脸贴在她的膝头来回地蹭，拿着她的手抚摸。这让吉蒂厌恶得身子发抖。她知道这孩子渴望有人关爱，可她却鼓不起勇气触摸她一下。

有一次，她跟圣约瑟提到这个孩子，说她活在这个世上真是可怜。圣约瑟笑着向那个智障女孩伸出了手，女孩跑过来，将她鼓凸的前额贴在圣约瑟的手上来回蹭着。

“可怜的小东西，”圣约瑟修女说，“她被带到这里时，只剩一口气了。我主慈悲，当时我正好在门口。我觉得一刻也不能耽搁，立刻给她做了洗礼。你无法想象我们用了多大的力气才让她活了下来。有三四次，我们都以为她的灵魂要升到天国去了。”

吉蒂没有作声。圣约瑟接着又跟她聊起别的事情。第二天，当那个痴傻女孩又走向她，触碰着她的手时，吉蒂鼓起勇气用手摩挲了一下小女孩光光的大脑袋，并在嘴角挤出一个笑来。可是，突然之间，那个傻女孩跑开了，似乎是对她失去了兴趣，从那天以后，再也没有理过她。吉蒂不知道自己做错了什么，朝她笑着，打着手势，让她到自己身边来，但她总是把头扭向一边，装着没有看到她。

五十

因为修女们总是从早到晚忙碌着，吉蒂只有在简陋、低矮的礼拜堂做礼拜时，才能见到她们。她第一天帮忙做事进到礼拜堂时是坐在几排姑娘（座位是按照年纪长幼顺序排列的）后面的长凳上，修道院院长一眼看到了她，便停下来跟她说话。

“我们做礼拜时，你可以不来的。”她说，“你是新教徒，你有你自己的信仰。”

“可我愿意来，院长。我发现做礼拜能让我的内心得到平静。”

院长看了她一会儿，然后庄重地点了点头。

“当然，你可以做你喜欢的事。我只是想让你明白，你没有义务一定要来礼拜堂。”

不久，吉蒂就和圣约瑟熟悉起来，尽管还不能说亲密。圣约瑟可以说是掌握着修道院的经济大权，为了给这个大家庭拼生计，谋福利，整天忙个不停。她说她唯一能静下来歇一歇的时间，就是在做祷告的时候。还有就是傍晚时，吉蒂偷闲（她监管的姑娘们还在干活）来到圣约瑟工作的地方，这时，圣约瑟会很高兴地停下手里的事情跟吉蒂扯扯闲话。在修道院院长不在时，圣约瑟是个健谈、快乐的女人，她喜欢开玩笑，也不避讳讲些丑闻花絮之类的事。吉蒂一点儿也不怕她，尽管圣约瑟穿着修女的衣服，却没有改变她随和平易的性情，她跟吉蒂愉快地聊着，也不介意告诉吉蒂她的法语有多糟糕，两个人还常常因为吉蒂出现的语病笑个不停。圣约瑟每天会教给吉蒂几个有用的中文词汇。她是个农家女，在她身上依然保留着农民的本色。

“我很小的时候，就开始放牛了，”她说，“就像圣女贞德一样。只是我心中没有人家那样的远大理想。我倒觉得这是件好事，因为要是我整天胡思乱想，我爸爸一定会用鞭子抽我的。我父亲是个顶善良的老头，他常常用鞭子抽我，因为那时的我太淘气了。就是现在想起我那时的恶作剧，我还会感到脸红。”

想到这位胖胖的已步入中年的修女曾经是那么捣蛋的一个女孩，吉蒂便会笑出声来。不过，就是现在，她身上依然保留着几分孩子的天性，让你不由得会去贴近她。她仿佛周身都散发着秋日乡村特有的芬芳气息，苹果压弯了枝头，庄稼刚刚收割完放入谷仓。圣约瑟没有修道院院长那种悲天悯人、庄严肃穆的圣洁表情，却有一股淳朴、乐天的欢快劲儿。

“你从没想过要再回到家乡吗？”吉蒂问。

“噢，没有。回去了，再要出来就难了。我喜欢待在这儿，我最大的幸福，就是能生活在孤儿们中间，和她们在一起。她们是那么善良，那么懂得感恩。何况，做个修女也挺好的，不过，每个人都有母亲，谁也不能忘记小时候喝过母亲的乳汁。我的母亲年事已高，想想这辈子我再也不可能见到她了，心里也挺难受的。好在她很喜欢现在的儿媳，我哥哥对她也很好。我哥哥的儿子现在也快长大成人了，我想他们一定很高兴农场里将要增添一个得力助手了。我离开法国的时候，他还是个孩子，现在，他的拳头快要能打倒一头公牛了。”

在这间安静的屋子里，听着修女圣约瑟谈东谈西，让人几乎要忘记了在这院墙之外，霍乱正在肆虐。圣约瑟的乐观情绪也感染了吉蒂。

圣约瑟对世界和在世界各地居住的人们，都有一种天然的好奇心。她问了吉蒂许多关于伦敦和英格兰的问题。她一直以为，伦敦总是被大雾笼罩着，即便在中午你也不能看清自己的手指，她想知道吉蒂是否常常参加舞会，她是不是住在豪华的宅邸里，以及她有多少兄弟姐妹。她常常提到沃尔特。院长说沃尔特是个了不起的人，她们天天都为他祷告。吉蒂能有这样一个善良、勇敢、聪明的丈夫，真的是太幸运了。

五十一

不过，圣约瑟迟早会把话题再转回到院长身上。吉蒂从一开始便觉得院长的人格力量影响着整个修道院。她无疑受到修道院里所有人的爱戴和敬慕，可与此同时人们也对她心存畏惧。尽管她待人友好，可吉蒂在她面前总觉得自己像个小学生一样。和院长在一起时，吉蒂心里总有些忐忑，因为她的内心每每充溢着一种奇怪的令她窘迫的情感：崇敬和仰慕。率直的圣约瑟为了加深吉蒂对院长的印象，告诉她院长出自法兰西最高贵的家族，她的祖辈们有许多载入史册的重要人物；她与一半的欧洲帝王都有着这样那样的联系，西班牙的阿方索国王还跟她的父亲一起打过猎，她们家族的城堡遍布整个法国。能舍弃这样的富贵荣华，实属不易。吉蒂微笑着听圣约瑟讲，心中却很不平静。

“事实上，只凭她的相貌，”圣约瑟说，“便能看出她出身高贵，家族显赫。”

“她的手是我见过最漂亮的手。”吉蒂说。

“噢，可你知道她是怎么用她这双手的吗？我们的这位好院长从不怕干脏活累活。”

刚来到这座城市时，她们什么也没有。这座修道院是她们建起来的。院长做出设计方案，并亲自监督修建工作。她们刚到这里，就着手救助那些被遗弃的女婴，她们不是被扔进了婴儿塔，就是被残忍的接生婆直接扔掉了。开始时，她们没有床睡觉，窗户上没有玻璃可以遮挡夜晚的寒气。她们常常陷入困窘，支付不起工钱，甚至连吃饭的钱都没有，她们过着农民一般的生活，哦，不对，院长那句话是怎么说的来着？连法国的农民——给她父亲干活的那些人们——都会把她们吃的这些东西扔进猪圈喂猪。每到困顿不济的时候，院长就会把她的孩子们聚拢在一起，跪下来做祷告，愿圣母玛利亚助她们渡过难关。还真灵验，第二天便有人汇来一千法郎。有时她们还在跪着祈祷时，一个素不相识的英国人，或是中国人便会前来叩门，给她们送来礼物。有一次，已经到了山穷水尽的地步，她们一起对圣母玛利亚发誓，要把《九日经》背下来，求她能发发慈悲，救救她们，你猜后来怎么样了？第二天，那个顶风趣的韦丁顿先生便来看她们了，说她们看上去就好像很多天没吃饭了，恨不得能吞下一大盘烤牛肉。他给她们留下了一百美元。

韦丁顿先生是个好逗乐的男人，矮矮的个子，光光的脑壳，一双精明、狡黠的小眼睛，他肚子里的笑话多得说也说不完。我的主啊，看他把法语糟蹋成了什么样子，可你又没法不被他逗得哈哈大笑。他总是一副乐呵呵的样子。在这场可怕的瘟疫中间，他表现得像是在度假一样轻松。他有一颗像法国人一样勇敢的心，他的机智过人让你几乎不敢相信他是个英国人，除非他的口音暴露了他。不过，有时圣约瑟怀疑他是有意把法语讲得那么糟，来引你发笑。当然啦，他对自己的道德要求并不是很高，不过，那是他自己的事情（圣约瑟耸了耸肩，摇了摇头，叹了口气），他是个光棍，更何况，又正当壮年。

“他的道德有什么问题吗，圣约瑟？”吉蒂笑着问。

“你怎么可能不知道呢？我不好告诉你，我可无权过问人家的私事，他跟一个中国女人住在一起，准确地说，不是汉人，而是满族人。好像还是个格格呢，这个女人爱他爱得死去活来。”

“这怎么可能呢？”吉蒂大声说。

“噢，噢，我向你保证，这事千真万确。他有些方面是很挑剔的，满族人可能有许多的禁忌。在你第一次来修道院时，他对我特意为你们做的蛋糕碰也不碰，你可曾听到院长说他被满洲的饭菜惯坏了胃口？院长说的就是这件事情呢，你真该看看他当时的脸色。这件事说起来简直离奇得要命。在革命时期，他有段时间待在武汉，那时，革命者正在追杀满洲人，这个好心的小个子男人韦丁顿正巧救了一家皇族。这家的格格疯狂地爱上了他，哦，那之后的情形你也能猜得到了。后来，在他离开武汉时，这姑娘也跑了，一直跟随着他，他走到哪里，她就跟到哪里，他不得已只好把她留在身边，我敢说，韦丁顿先生也喜欢她，这些满族姑娘有的时候真的很迷人的。啊，我这是在说些什么呢？有那么多的事情要干，我却在这里闲坐着。我不是个好修女，我为自己感到羞愧。”

五十二

吉蒂有种奇怪的感觉，她觉得自己在长大在成熟起来。每日的工作转移了她的注意力，对于其他人的生活及其世界观的了解，开阔了她的心胸，唤醒了她的想象力。她的精神得以重新焕发，身体也强壮了许多。刚到这里时，她只能整天以泪洗面。然而令她意想不到的是，她发现自己现在能为这样或那样的事情大声地笑出来了。对生活在疫区中心，也渐渐地习惯了。她知道她周边的人们正在死去，可却不再那么紧张了。修道院院长不允许吉蒂进入医疗室，那些紧闭着的门激起她的好奇心。她很想贴近过去往里面瞧一下，可要是被发觉，院长指不定会拿什么法子来惩罚她。要是因此而不让她来修道院了，那才糟糕呢。她现在一心扑在了那些孩子们身上，如果她走了，她们会想她的；她真的不知道，没有了她，她们该怎么办。

有一天，她忽然想到自己已经有一个星期没有想过查理·唐森，也没有梦见过他了。她的心脏蓦然急跳了几下，她的心病痊愈了。现在，她终于可以不动情感地想到他。她不再爱着他了。噢，获得自由的感觉真令人宽慰！现在回想起来，她自己都感到奇怪：当时的她竟会那么热切地渴望得到他的爱，在他辜负了她时，她死的心都有了，觉得往后的生活里除了苦难，再不会有别的。如今，她笑口常开。为那么个一钱不值的男人，那时的她真是傻到家啦！现在，静下心来想一想，她真是不明白自己当时到底看上了他什么。所幸，韦丁顿对此事还毫不知晓，不然的话，她就得忍受他那揶揄的目光和犀利的讥讽了。她终于自由了，自由了！她几乎忍不住大笑起来。

孩子们正在做游戏，她通常习惯坐在一边，带着欣慰的笑容，看着她们玩。在她们太吵闹的时候，管束一下，同时当心她们玩过头时伤着自己。可现在，一身轻松、觉得自己跟这些孩子们一样年轻的她，也参加到了游戏当中。小女孩们高兴地接纳了她。她们在屋子里相互追逐，激动地大声呼喊，她们太兴奋了，简直闹翻了天。

突然，房门打开了，修道院院长站在门口。吉蒂很是尴尬，从高声叫嚷着的小女孩们的扯拽中抽出身来。

“你就是这样让孩子们听话和保持安静的吗？”院长问，嘴角含着笑意。

“我们在玩游戏，院长。玩得太疯了。这是我的错，我没有去管束她们。”

院长走上前来，孩子们像往常一样又将她围拢起来。她把手抚在她们瘦小的肩头，开玩笑地扯扯她们的小耳朵，温柔的目光久久地注视着吉蒂。吉蒂的脸变红了，呼吸也急促起来。她水灵灵的眸子里闪烁着亮光，丰美的头发在戏玩和欢笑中间变得越发蓬松柔美。

“你可真漂亮，孩子，”院长说，“只是看着你都会令人神清气爽。怪不得这些孩子们这样喜欢你。”

吉蒂的脸变得更红了，不知怎么的，泪水一下子盈满了她的眼眶。她用双手捂住了她的脸。

“噢，院长，你让我觉得不好意思了。”

“哦，别犯傻，孩子。美也是上帝的馈赠，是最为珍贵和稀少的馈赠，如果我们有幸拥有它，我们应该感谢上帝，如果我们没有，我们也应感谢他人的美带给我们的快乐。”

院长又一次笑了，她用手温柔地拍了拍吉蒂柔嫩的脸颊，好像吉蒂也是个孩子一样。

五十三

自从来修道院工作以后，吉蒂就很少见韦丁顿了。有那么两三次，他曾到河岸边来迎她，然后一块上山去她家坐坐。他进来只是喝上一杯威士忌苏打水，很少留下来吃晚饭。不过，有个星期天，韦丁顿建议他们俩带上午饭，坐上轿子，去一座佛庙里拜一拜。这个寺庙离城有十英里的路程，在当地小有名气，朝拜的人不算少。修道院院长执意让吉蒂每个星期休息一天。而沃尔特呢，当然还是每日忙得不可开交。

他俩一大早出发，为了赶在中午的酷热前到达。他们坐着轿子在稻田中间一条不宽的堤道上穿行。时而有农舍映入他们的眼帘，农舍依偎在竹林边上，与茂密的竹林相映成趣。吉蒂很喜欢乡下的这份闲适淡雅，囿居于这座死城久了，看看广袤的乡野，确实是件令人惬意的事。没多久，远处便出现了那座寺庙，它坐落在河边，由几个低矮的院落构成，掩映在林木之中。他们被几个笑盈盈的僧人带着穿过肃穆的空荡荡的院落，进到供奉着怒目金刚的庙堂里。佛陀端坐在佛龛之内，神态淡漠而又悲怆。这里的一切都透着一股悲凉的气息，昔日的辉煌已荡然无存，处处显出衰败的迹象；佛像上蒙着厚厚的尘土，人们对它们的信仰也在日渐消亡。僧人们似乎都在受着煎熬，只等着一声令下，便四散而去；方丈虽说彬彬有礼，和蔼慈祥，可他的笑容里却透着无奈和自嘲。也许，在不久的将来，这些僧人便会离开这清凉怡人的林地，这些庙宇由于无人打理，也会衰败、坍塌，任凭风吹雨打，杂草丛生。肆无忌惮的藤蔓会将了无生机的佛像死死地缠绕，庭院里也会长满萋萋的野草。到那时，这里将不再有神灵驻留，取而代之的是游魂野鬼。

五十四

韦丁顿和吉蒂坐在一个钟楼（由四根涂了漆的立柱，支撑着一个上面砌了瓦片的高高的屋顶，下面悬挂着一口黄铜大钟）前的台阶上，他们注视着弯弯曲曲的河水朝着瘟疫肆虐的城市缓缓地流去。他们看见它那锯齿状的城墙。酷热像块棺布一样笼罩这座城市。虽说河水流得如此缓慢，可它仍给人一种消逝的感觉，让你有一种世事无常的悲凉之感。万物都会消逝，哪里还会留下它们的印迹呢？在吉蒂看来，这芸芸众生就像是这条河里的每颗水滴，他们相互挨挤在一起，可却是貌合神离。这无名的人潮，在奔向生命的彼岸。既然万物的生命都如此短促，那么，人们为了一些琐屑的事情而较真，争得面红耳赤，叫别人和自己都不高兴，就似乎显得可悲了。

“你听说过哈林顿花园吗？”吉蒂眼睛里含着笑意问韦丁顿。

“没有。你怎么会提起它？”

“也没什么。只是那个地方离这儿很远。是我的家人生活的地方。”

“你是不是想回家了？”

“不是。”

“我想，你们在这里待不了几个月了。疫情正在减弱，等到天冷下来，这场瘟疫就该收场了。”

“我几乎都有些舍不得走了。”

有一会儿，吉蒂在想着将来的事。她不知道沃尔特脑子里打的什么主意。他什么都不跟她说。他总是那么冷静、礼貌、缄默，让人揣摩不透。他们俩就像这条河里的两滴水珠，默默地流向未知的前方，都以为自己个性十足，而在别人的眼里却是两颗无法辨识出来的水珠。

“小心修女们劝说你皈依她们的宗教。”韦丁顿狡黠地笑着说。

“她们都太忙了。更何况，她们也没那个兴趣。她们都是多好多善良的人啊，然而——我也不知道该怎么解释——在我和她们之间，总隔着一堵墙。我也不知道它是什么。就好像她们之间共享着一个秘密，这秘密使她们的生活有了完全不同的意义，而我却不配享有。那不是信仰，是某种更深刻、更有意义的东西；她们行走在与我们不同的世界里，对她们而言，我们永远是陌路人。当修道院的大门每天在我身后关上时，我觉得，我对她们来说便不再存在了。”

“我明白，这对你的虚荣心是一种打击。”他带着调侃的口吻说。

“我的虚荣心？”

吉蒂不以为然地耸了耸肩膀。然后，她慵懒地转向他，脸上又一次现出笑容。

“为什么你从未告诉过我，你和一个满族的格格住在一起？”

“这些嚼舌的老女人都跟你说了些什么呀？我敢说，作为修女，她们这样在背后议论一个海关官员，是一种罪过。”

“你干吗那么敏感？”

韦丁顿的目光转向了别处，要滑头似的。他微微地耸了耸肩。

“这不是可以到处宣扬的事情。我可不觉得，这会有助于我在海关获得晋升的机会。”

“你喜欢她吗？”

这时他抬起了头，那张丑陋的小脸上是一副调皮男孩的神情。

“为我她已经放弃了一切，她的家、她的亲人、安定的生活，还有自尊。她抛下了一切来追随我，这已经是许多年前的事了。这中间，我把她送回去过两三次，但她总是又找了回来；我自己从她身边跑走过几回，可总是甩不掉她。如今我已经认了这就是我的命，我想，我的后半生得跟她一起过下去了。”

“她一定爱你爱到了骨子里。”

“怎么说呢，这种感觉很有意思，”他的眉头困惑地拧在了一起，“我丝毫也不怀疑，如果我真的弃她而去，她一定会自杀的。那倒不是因为她对我有了恨意，而是她再自然不过地认为，没有了我，她就不愿意再活在这个世上了。意识到这一点，会有一种很奇妙的感觉。这会让你觉得，生活对你有了一种特别的意义。”

“然而，重要的是去爱，而不是被爱。一个人，甚至会对爱他的人们毫无感激之情；如果她不爱他们，他们只会让她感到厌恶。”

“我可没有被那么多人爱过，”他回答说，“爱我的人只有一个。”

“她真的是皇家格格吗？”

“不是，那只是修女们的夸大之词。她出身于满洲的显贵家族，当然，他们也受到革命的冲击，家族败落了。不过，尽管如此，她仍然是一个地地道道的大家闺秀。”

他说这话时，语调里透着一股自豪，吉蒂的眼睛里闪过一丝笑意。

“那么，你是打算在这里度过余生了？”

“你是说在中国吗？是的。她还能去哪里呢？等我退休后，我就在北京买一个不大的房子，在那儿度过晚年。”

“你们有孩子吗？”

“没有。”

吉蒂好奇地望着他。她纳闷，这么一个秃顶、长着一张猴子脸的小个子男人，竟然得到了一个异国女子这样狂烈的爱。她也说不出为什么，虽然他聊起这个满族女子来总是一副很随便很不经意的神情，她却能强烈地感觉到这个女人对他异常炽烈的爱。这使她不免有些困惑。

“要回到哈林顿花园，似乎还有一段很长的路要走。”吉蒂笑着说。

“为什么这么说呢？”

“我对许多事情都一无所知。生活对我来说是如此陌生。我感觉自己像个一直在池塘边生活的人，突然被带到了大海。这让我有些窒息，却也让我欢欣鼓舞。我不想死，我想活。我开始萌生了新的勇气。我觉得自己像个向着未知海域扬起风帆的老水手，我的心灵渴盼去了解未知。”

韦丁顿若有所思地望着她。她出神地凝视着平静的河面。两颗小小的水滴在默默地、默默地流向黑暗的永恒的大海。

“我能去看看你的这位满族格格吗？”吉蒂突然抬起了头问。

“她一句英语也说不了。”

“你一直对我很好，你为我做了那么多，或许，我能用我的方式向她表明，我对她怀有友好情谊。”

韦丁顿的脸上浮现出一丝嘲讽的笑容，不过，他回答得倒是挺痛快。

“我改天来接你，她会给你泡一壶茉莉花茶招待你。”

她不会告诉韦丁顿，他们的这场异国恋从一开始便勾起了她的好奇心和想象力，那位满族格格已经成为某种象征，朦胧却又持久地向她发出召唤，不可思议地指向了神秘精神的领地。

五十五

就在一两天后，吉蒂有了一个意想不到的发现。

她像往常一样来到修道院，开始了她一天之中的第一件工作，给孩子们洗漱穿衣服。因为修女们认为夜晚的空气对身体有害，所以关了一晚上窗户的宿舍里有股难闻的味道。从家里赶到修道院呼吸了一路新鲜空气的吉蒂，闻不了宿舍的臭味，一进来便急着打开所有的窗户。可今天她突然感到一阵恶心，头晕目眩，她站在窗前，极力想稳住自己的身体。她以前从来没有这样难受过。她控制不住自己，哇的一声吐了出来。她不由得叫了一声，吓坏了孩子们。帮她一起看孩子的那个女孩跑过来，看见吉蒂面色惨白，浑身发抖，惊得一下子站在了那里。是霍乱！这个念头闪电般地在吉蒂脑中闪过，随即一种类似死亡的感觉袭遍她的全身；惊惧恐怖攫住了她，有一会儿，她跟向她围拢过来的黑暗抗争着；临了，她感觉极度虚弱，随后便陷入无边的黑暗。

待她睁开眼，她竟不知道自己在哪里。她好像躺在地板上。她稍微动了动脑袋，觉得有个枕头在下面。她记不起这是怎么回事了。修道院院长跪在她身边，冲她的鼻孔举着一块嗅盐，圣约瑟修女站在旁边看着她。她突然记起了一切。霍乱！她看到修女们脸上惊恐的表情，圣约瑟修女看上去个子真高，她的面容有些模糊。恐惧再一次攫住了她。

“噢，院长，院长，”她啜泣着，“我要死了吗？我不想死呀。”

“放心，孩子，你不会死的。”院长说。

院长的神情十分镇静，她的眼睛里甚至流露出几分喜色。

“可我得的是霍乱呀。沃尔特在哪里？去叫他了吗？噢，院长，院长。”

吉蒂的泪水滚滚而出。修道院院长伸出手来，吉蒂抓住院长的手，像是抓住了救命稻草。

“没事，没事的，我亲爱的孩子，别自己吓自己了。你没有染上霍乱，也没有得什么别的病。”

“沃尔特在哪儿？”

“你的丈夫太忙了，我们不必去打搅他。再有五分钟，你就没事了。”

吉蒂用痛苦的眼神一直看着修道院院长。为什么院长这么平静？这也太狠心了。

“别说话，安静地待上一会儿，”修道院院长说，“没有任何症状是值得你担心的。”

吉蒂感觉她的心在狂跳。霍乱这个词，在她脑子里已经变得习以为常，以至于她压根没想过自己可能会染上霍乱。噢，她以前怎么就不知道当心点儿呢！她知道她就要死了。她害怕极了。姑娘们搬进来一个藤条长椅，放到了窗边。

“来，让我们扶你起来，”修道院院长说，“躺在长椅上你会舒服点儿。你能站起来吗？”

她用两只手托住吉蒂的腋下，圣约瑟修女帮着她站起身。吉蒂软绵绵地倒进了长椅里。

“我还是去关上窗户吧，”圣约瑟修女说，“早晨的空气对她不太好。”

“不，不用，”吉蒂说，“就让它开着吧。”

看着蔚蓝的天空能给她一些信心。她还在打战，但显然觉得好一些了。两个修女默默地看着她，圣约瑟修女跟院长说了些什么（吉蒂没有听懂）。然后，院长坐到了椅子旁边，拉住了吉蒂的手，“你听我说，我的孩子……”

院长问了她一两个问题，吉蒂不知所以地做了回答。她的嘴唇颤动得厉害，几乎说不出完整的句子。

“这下就没有任何疑问了。”圣约瑟修女说，“在这种事情上，我看得很准的。”

她说着笑了起来，从这笑声里，吉蒂感受到圣约瑟激奋的心情和对她的情谊。修道院院长依然握着吉蒂的手，她无比温柔地笑着说：

“亲爱的孩子，在这种事情上，修女圣约瑟比我有经验得多，她一下就看出来你是怎么回事了。而且，她显然是对的。”

“我怎么听不太明白。”吉蒂焦急地说。

“明眼人都能看得出来。难道你从来就没有朝这方面想过吗？你怀孕了，亲爱的。”

突如其来的消息让吉蒂觉得像是从头到脚过了电似的，她把脚踩到了地板上，仿佛要高高地跳起来一样。

“躺着，静静地躺着。”修道院院长说。

吉蒂觉得自己的脸红得发烫，她用两只手捂住了胸口。

“这不可能。这不是真的。”

“她在说什么？”圣约瑟修女问。

修道院院长把吉蒂的话翻译了一下。圣约瑟修女粉红的大脸盘上流露出淳朴的笑容。

“不可能有错的。我发誓。”

“你结婚多长时间了，我的孩子？”修道院院长问，“哦，我的弟媳结婚的时间跟你差不多，她现在已经有两个孩子了。”

吉蒂一屁股坐回长椅里。她感到心灰意冷。

“我觉得羞死了。”吉蒂喃喃地说。

“就因为你怀上了孩子？哦，这是再自然不过的事情了。”

“沃尔特医生知道了该多开心啊。”修女圣约瑟说。

“是的，想一想你的丈夫，他会感到多大的幸福啊。他的心里会乐开了花的。你只要看看他跟婴孩们在一起的情形，看着他逗她们时他脸上的表情，你就知道要是有了自己的孩子，他会高兴成什么样子了。”

有一阵子，吉蒂没有吭声。两个修女关切地望着她，修道院院长轻轻地抚摸着她的手。

“我可真傻，在这之前，我从没想到过。”吉蒂说，“不管怎么说，所幸不是霍乱。我觉得好多了，我可以回去工作了。”

“今天不行，我的孩子。你受了惊吓，最好回家去好好休息一下。”

“不，不，我宁愿留下来继续工作。”

“这是命令。如果我放任你这么胡来，我们的好医生你的丈夫会怎么说呢？如果你想的话，明天，或是后天再来，可今天你必须休息。我会让人抬轿子过来。你需不需要让一个女孩送你回去呢？”

“哦，不用，我一个人可以的。”

五十六

吉蒂躺在她的床上，百叶窗都拉了下来。刚刚吃过午饭，仆人们都去睡了。她今天早晨得知的这个消息（现在她确信是真的了）仍叫她惊魂未定。自从回到家里，她就一直在想这件事，可是她的脑子里一片空白，根本理不出个头绪来。忽然间她听到了脚步声，是靴子的声音，不会是哪个男仆，她突然惊恐地意识到，这一定是她的丈夫。他已经到了客厅里，她听到他在叫她。她没有回答。在片刻的安静之后，她卧室的门被叩响了。

“是你回来了吗？”

“我可以进来吗？”

吉蒂从床上起来，披上一件长袍。

“进来吧。”

沃尔特走进屋子里。吉蒂暗自庆幸关上的百叶窗把她的脸罩在阴影中。

“但愿我没有吵醒你。我敲门很轻。”

“我还没睡着。”

他走到一扇窗户前，拉开了百叶窗。一片暖暖的阳光照了进来。

“有什么事吗？”她问，“你今天回来得这么早。”

“修女们说你身体不舒服。我想，我最好还是回来看看。”

她的心头突然生起一股怒火。

“如果我染上了霍乱，你会怎么说？”

“如果是霍乱，你今天上午肯定就回不来了。”

她走到梳妆台前，用梳子梳理着她的短发，想为自己赢得一些时间。临了，她坐下来，点起了一支香烟。

“今天早晨，我的身体确实有些不适，修道院院长认为我最好还是回家躺一躺。可我已经好了，我明天就照常去修道院工作。”

“你哪里不舒服？”

“她们难道没有告诉你？”

“没有。修道院院长说，最好是你自己来告诉我。”

他的眼睛直视着吉蒂（这段时间以来他很少这么做了），职业的本能到底战胜了他个人的喜好。吉蒂迟疑了一下，然后，她强迫自己回视着他的目光。

“我怀孕了。”她说。

她已经习惯了他用沉默来回应，可没有哪一次比这次的沉默更让她绝望。他一句话也没说，纹丝不动地站着，无论是他的脸上，还是他的眼睛里，都没有显示出任何变化。她怀疑他是否听到了她的话。她突然想要大声地哭出来。一对恩爱的夫妻，在这个时候一定会万分激动地拥抱在一起。这寂静简直让人难以忍受，最终是吉蒂打破了沉默。

“我以前怎么就没想到。我真傻，可是……明明有过这样或是那样的征兆……”

“有多长时间了……你觉得孩子分娩会在什么时候？”

仿佛是费了很大的劲，他才说出了这句话。她觉得他的嗓子像她的一样干涩。她真是没用，她说话的时候嘴唇颤得厉害，如果他不是块石头，他一定会体恤她这副样子。

“我想，大概有两三个月了吧。”

“我是孩子的父亲吗？”

她倒吸了一口凉气。在他的声音里有一丝战栗。像他这样冷静、自控力强的人，哪怕是一丝一毫情感的流露都会有极大的杀伤力，让人觉得恐怖。不知怎么的，她突然想到她以前在香港见过的一件仪器。人们告诉她，那上面的指针哪怕出现一点儿摇摆，都表明在千里之外的一个地方发生了地震，也许会有数千人因此丧身。吉蒂看着他，他的脸像纸一样白。他这煞白的脸色吉蒂曾经见过一两次。他略微侧过一些身子，低下了眼睛。

“我是吗？”

吉蒂攥紧了她的手。她知道如果她说是，这对他来说将意味着一切。他会相信她的，他当然会相信她的，因为他想这么做，之后，他便会宽恕她。她知道他多么深情，知道尽管他天性羞涩却乐于对她施以柔情。她知道他不会记仇的，只要她给他一个借口，一个能让他动心的借口，他就会完全原谅她，绝不会再跟她翻旧账。虽说这个人冷酷、淡漠，有点儿病态，可他从来都不是一个卑鄙和小心眼的人。只要她说是，她的境况就会完全改变。

吉蒂迫切地想要得到别人的同情。怀孕这件事完全出乎她的意料，令她措手不及。她的脑子里充满了奇怪的憧憬和从未有过的欲望。她四肢无力，心里忐忑，身边没有一个朋友。尽管她不喜欢她的母亲，可今天早晨她还是突然想起了她，希望有她陪在自己的身边。她需要帮助和安慰。她不爱沃尔特，知道自己今生都不会爱他，可在这一刻，她还是全身心地渴望他把自己搂在怀里，让她的头靠在他的胸前，依偎着他，痛痛快快地哭上一场，她希望他吻她，她想用双臂搂住他的脖子。

她开始哭了起来。她已经说过那么多次的谎话，她可以轻而易举地再撒一次谎。如果说谎带来的只是好处，那再说一次谎又有什么关系呢？谎言，谎言，什么才是谎言呢？说声“是”太容易了。她看到沃尔特的眼睛里已流露出柔情蜜意，他的手臂也伸了出来。可是，她说不出口。她也不知道这是为什么，可就是说不出口。在这极度难熬的几个星期里，她经历了许多：查理的翻脸和背叛、霍乱和这些正在死去的人们、那些修女们，甚至还有那位令人发笑的小个子酒鬼韦丁顿，这一切都似乎改变了她。尽管这触手可及的美好未来深深打动了她，可在她的灵魂深处却总站着个旁观者，担心地注视着她，让她不得不说真话。她的思绪在做着奇怪的漫游：倏忽间她看到了那个死在院墙底下的乞丐。为什么她竟然会想到了他呢？她没有啜泣，没有呜咽，泪水从她的大眼睛里，顺着脸颊，滚滚地淌了下来。他之前问她，他是不是孩子的父亲。现在，她终于要回答他了。

“我不知道。”她说。

沃尔特发出一阵诡谲的笑声。吉蒂身子一颤。

“令你难堪，不好回答，是不是？”

尽管他的回答很符合他那惯于嘲讽的性格，而且也在吉蒂的预料之中，却还是令吉蒂的心沉了下去。她想知道他是否意识到她讲出真话有多难（与此同时，她也发现讲真话并不难，而且，对她来说也是必然的），还有他是否愿意和欣赏她这么做。她的回答，“我不知道，我不知道”，一直在敲击着她的脑壳。现在想要再收回这话是不可能了。她从包里取出手帕，擦干了眼泪。两人都不说话。她的床头柜上放着一根吸管，他为她倒了杯水，插上吸管，端到了她面前，在她喝水时，帮她端着杯子。她留意到他的手已经瘦得不成样子，一双有着细长手指的很好看的手，现在只剩下皮包着骨头；他的手在微微地战栗，他能控制他面部的表情，可他的手却出卖了他。

“不要介意我哭，”她说，“这没什么的，只是泪水不由得从眼里流了出来。”

吉蒂喝完了水，沃尔特把杯子放了回去。他坐在一把椅子上，点起了一支烟。他轻轻地叹了口气。以前她曾听到过他这样子喟叹过一两回，每次都叫她的心头一紧。在他出神地凝望着窗外时，她注视了他一会儿，在这之前，她竟然没有发觉，这几个星期以来，他已经消瘦得没有了人样儿。他的太阳穴深深地陷了下去，脸上的颧骨突了出来。他身上的衣服松松垮垮，像是穿上了大一号的衣服。在被晒黑的皮肤下面，他的脸透着灰绿色。他的身体已经严重透支。他一直在拼命工作，几乎不怎么睡觉，也不吃东西。在她悲伤和忐忑的心里，她仍然能腾出地儿来怜悯他。想到她不能为他做任何事情，不免有些伤感。

他用手支着前额，仿佛他的头很痛似的，她有一种感觉，“我不知道，我不知道”这句话也在狂烈地敲击着他的脑壳。令人奇怪的是，这个抑郁、冷酷又很害羞的男人竟会对小孩子有一种天生的爱怜，大多数男人甚至对他们自己的孩子都不怎么喜欢，然而，修女们已不止一次地说起过，沃尔特对婴孩的疼爱，叫她们觉得很有意思，很受感动。如果他对这些长相滑稽的中国婴孩都这么喜欢，那么，对他自己的孩子，他又会如何待他们呢？吉蒂紧咬着嘴唇，免得自己再一次哭出来。

沃尔特看了看他的手表。

“我恐怕得回城里去了。我今天还有很多的事情要做……你真的没事了吗？”

“噢，我好好的。你不用担心我。”

“你晚上不要等我了，我可能回来得很晚，我会去余团长那里吃点东西。”

“好吧。”

他站了起来。

“我要是你，我今天就什么也不做了。你要好好休息。我走之前，你还有什么需要的吗？”

“没有了，谢谢你。我会照顾好自己的。”

他又站了一会儿，好像还在犹豫似的。之后，他突然拿起帽子，径直走出了房间。她听到他穿过院子时的脚步声，她觉得自己孤独极了。再也无须克制自己的感情，她放声大哭起来。

五十七

这一夜闷热得很，吉蒂坐在窗户前，望着星空下中国庙宇形状奇特的屋顶，这样不知过了多长时间，沃尔特从城里回来了。由于哭泣，吉蒂的眼皮有些滞重。可心情是平和的。尽管她经受着苦恼和悲伤的折磨，可或许是耗尽了体力的缘故，她反倒觉得异常平静。

“我以为你已经睡下了。”沃尔特进来的时候说。

“我不太想睡。我觉得坐着凉快些。你吃过晚饭了吗？”

“吃过了。”

他在这狭长的房间里踱来踱去，她看出来他有话跟她说。她知道他有些难为情，便安静地等着他鼓起勇气。忽然间，他开了口。

“我一直在想你今天下午告诉我的话。我看你还是离开这里更好一些。我已经跟余团长说了，他会派人护送你。你可以带着女佣。你会很安全的。”

“你打算让我去哪里呢？”

“你可以去你母亲那里。”

“你觉得她会高兴看到我吗？”

沃尔特迟疑了一下，好像在思考。

“那么，你可以去香港。”

“我在那里能干什么？”

“你需要得到关心和照料。我以为，现在要你留在这里，对你不公平。”

她脸上不禁掠过一抹笑容，这不仅是出于对他的怨恨，也是确实觉得有些可笑。她瞥了他一眼，差点儿笑出声来。

“我不知道你竟会如此关心我的健康。”

他走到窗边，望着窗外的夜色。无云的夜空里，从来没有过像今天这么多的星星。

“这儿不是怀孕的女人该待的地方。”

她看着他，黑暗衬出了他肤色的苍白，在他俊美五官的侧影中，似乎隐伏着一些不祥的东西，但奇怪的是在这一刻，并没有让她感到害怕。

“那个时候，你执意叫我来，是不是想让我死？”吉蒂突然问。

他好久没有作声，久到她以为他不愿意给出回答。

“一开始是。”

她的身子微微颤了一下，这是他第一次承认了他的企图。可她却不再对他抱有恨意，这一点连她自己都感到惊讶。她甚至反倒觉得有趣，有些钦佩他。她也不知道为什么，蓦然间她想到了查理·唐森，如今他在她眼里，简直就是个厚颜无耻的小人。

“你这样做，其实涉及可怕的风险，”吉蒂说，“你的心理那么敏感，我在想，如果我死了，你永远也无法原谅你自己。”

“哦，可是你没有。而且，你由此活得更好了。”

“是的，我从来没有像现在这么快活过。”

她有种冲动，很想让他（用他那惯有的幽默）拿自己好好地开开心。他们已经经历了那么多，成天生活在恐怖、凄凉的环境中，在这种时候，把男女通奸这档荒唐的事看得如此重要，似乎是太不合时宜了。当死神就徘徊在阴暗的角落里，像园丁挖马铃薯那样带走一个个鲜活的生命，此时再去计较这个人或是那个人用自己的身体做过什么肮脏的事，那不是太愚蠢了吗？要是她能让他明白查理对她已经毫无意义，那该有多好啊！她几乎不再记得他的模样，对他的爱也早已消失得无影无踪。因为她对唐森已不再有感情，所以她和他以前的那些卿卿我我的行为也失去了意义。她的心里已经没有了他的位置，她所付出的她的身体，还能是什么要紧的事吗？她想对沃尔特说：“哦，难道你不觉得我们俩已经傻得太久了吗？我们就像两个孩子一样互相置气。为什么我们不能亲吻，像朋友那样相处呢？没有理由因为我们不再相爱，就连朋友也没得做了。”

他静静地站在那里，灯光把他那张毫无表情的脸照得更加苍白吓人。她并不信任他，如果她说错了话，他一定会板起一副冷冰冰的面孔，跟她翻脸。她现在已经知道，其实他的内心极度敏感，他那辛辣的嘲讽只是对他脆弱心灵的一种保护，她知道一旦他的感情受到伤害，他会迅速关闭他的心扉。有那么一刻，她对他的愚顽不灵很是气恼。毫无疑问，最令他内心不安的是他的虚荣心受到伤害：她隐约觉得这是所有伤痛中最难愈合的一种。真是奇怪，男人们竟会把妻子的忠诚看得如此重要。在刚开始跟查理幽会时，她以为自己会有焕然一新的感受，会像变了一个人一样。然而，她似乎还是以前的那个她，只是更开心了一些，比以前更有活力了。她在想，要是她告诉沃尔特那孩子是他的就好了，那谎言对她来说根本不算什么，可这一肯定的回答将会给沃尔特带来多大的慰藉呢。而且，这也许就不是个谎言。有趣的是，在她内心深处有某种东西一直阻止她讲出对她有利的谎言。男人们真蠢！他们在生儿育女过程中的作用可以说是微乎其微，是女人们十月怀胎，日夜担心受累，忍受巨大的疼痛把孩子生下来。而男人们跟腹中的胎儿只在开始时有短暂的联系，却每每提出那么荒唐的要求。孩子是不是他的，会导致他对待孩子的态度那么不同。接着，吉蒂的思绪又转到了她自己怀着的这个孩子身上，她在想这个孩子时，并非出于亲情或是母爱，而是出于一种闲适的好奇心理。

“我敢说，你一定愿意再考虑一下的。”沃尔特打破了长时间的沉默说。

“考虑什么？”

他侧了侧身子，好像很惊讶。

“考虑你什么时候走。”

“可我并不想走。”

“为什么？”

“我喜欢我在修道院的工作。它让我觉得自己变成了一个有用的人。只要你还在这里，我就不离开。”

“你应该知道，以你目前的身体状况，你更容易染上霍乱。”

“谢谢你这么为我着想。”她带着嘲讽的笑容说。

“你不会是因为我才要留下来吧？”

她犹豫了片刻，他压根不知道，他现在能在她心中激起的最强烈的也是他最料想不到的感情，就是同情。

“不是。你不爱我了，我常常觉得我叫你很厌烦。”

“我原本以为，你不是那种为了几个古板保守的修女和几个中国的小毛孩，就不辞劳苦、拼命的人。”

她的嘴角浮现出一丝笑意。

“我认为，你以对我做出的错误判断来鄙视我是不公平的。你是个十足的蠢驴，这并不是我的错。”

“如果你执意要留下来，你当然可以这么做的。”

“我很抱歉，我没能给你一个表现自己宽宏大量的机会。”她发现，要想跟他严肃正经地谈点事情，太难了，“其实，你说得很对，我不仅仅是为了那些孤儿留下来的。你知道，在这个世界上，我没有一个人可以投奔。所有我认识的人都觉得我是个累赘，没有人会在乎我的死活。”

沃尔特蹙了蹙眉。不过，这一次并非因为生气。

“我们已经搞砸了太多事情，不是吗？”他说。

“你现在还想要跟我离婚吗？我想我不会在乎了。”

“你必须知道，在我把你带到这里时，我就已经宽恕了你的那些行为。”

“我并不知道。你看，我还没有对我不忠的行为做出检讨呢。在我们离开这儿以后，我们打算做什么呢？我们还继续住在一起吗？”

“哦，你不觉得这些事都可以留到将来再说吗？”

从他的声音里能听出他极度疲惫。

五十八

两三天后，韦丁顿到修道院来接吉蒂（因为她心里烦乱，第二天就上班了），带她去家里喝茶。吉蒂曾在韦丁顿家吃过一两次饭。韦丁顿住在一座方方正正、富丽堂皇的白色建筑里，与中国其他地方海关官员所住的房子没有什么两样。餐厅和客厅里摆放的都是古板庄重的实木家具，看上去既像办公室又像是酒店里用的那一种，没有一点儿家的温馨，你会觉得这里只是临时住所，之后就会被来接替他们的人住进去。所以，你绝对想不到，会有一种神秘或是浪漫的气息笼罩着这座房子。他们登上一节楼梯，韦丁顿打开一扇门。吉蒂进到了一间宽敞空旷的屋子里，四面都是白白的墙壁，墙上挂满了各种规格不一的书法卷轴。屋里有一张方桌和直背的扶手椅，都是硬木做的，上面雕满了繁复的花纹，就在这张桌子前的一把椅子上，坐着我们的满族格格。在吉蒂和韦丁顿进来的时候，她立起身来，却没有向前迈出一步。

“这就是我家那位。”韦丁顿说，随后，又说了几句中文。

吉蒂上前跟她握手。她身材修长，穿着一身长款绣花旗袍，个子比吉蒂印象中的南方女人高一些，旗袍外面还搭配了一件浅绿色的丝绸外套，紧身的长袖盖过了手腕。和别的满族女人一样，她也将乌黑的长发盘成了发髻，上面插了许多精美的发钗。

她的脸上敷了粉，脸颊施了浓浓的胭脂，修剪过的眉毛又细又黑，嘴唇涂成了猩红色。在这浓妆艳抹的面具上嵌着一双黑黑的带些斜视的大眼睛，仿佛两汪波光潋滟的湖水。她看上去更像是个木偶，而不是一个女人。她的动作舒缓，持重。吉蒂觉得她略带羞涩，却又十分好奇。在韦丁顿向她介绍吉蒂时，她看着吉蒂，点了两三次头。吉蒂发现她的手异常纤长、嫩白，很美的指甲上涂了颜色。吉蒂觉得她从来没有见到过这么可爱、柔若无骨、优雅美丽的手，这是千百年来贵族血脉持续传承的结果。

她说了一些话，声音很高，像果园里鸟儿的啭鸣。韦丁顿为吉蒂翻译说，她见到吉蒂很高兴，问吉蒂多大年纪了，生了几个孩子？他们在方桌旁的三把椅子上落了座，一个男仆端进来几碗茶水，淡淡的色泽，散发着茉莉花的芳香。满族格格递给吉蒂一个绿色的锡纸盒，那是三堡牌的香烟。除了方桌和几把椅子之外，就没有什么别的家具了，只有一张很大的板床，床上摆着一个绣花枕头和两个檀香木的衣橱。

"她平时一个人在家里怎么打发时间呢？"

"她有时作作画，有时写写诗。不过，大多数时间她都闲坐着。她抽大烟，但抽得不多，因为我的职责之一就是禁止鸦片交易。"

"你抽吗？"吉蒂问。

"很少抽。说实话，我更喜欢威士忌。"

屋子里有股略微刺鼻的味道，不过，却并不难闻，反而很特别，很新鲜。

"告诉她，我很抱歉，不能跟她交谈。我相信，我们之间是有许多话题可以聊的。"

当韦丁顿把这话翻译给这位满族格格的时候，她眼含笑意，很快地看了吉蒂一眼。她身着华丽的衣服，大大方方毫不扭捏地坐在那里，给人以很大气的印象；她目光审慎、矜持、深不可测。她不像是一个真实存在的人，更像是一幅画。然而，却透出一种优雅和高贵，叫吉蒂相形见绌。当命运让她来到中国，她对这里的任何人或物都不屑一顾，觉得和她根本不在一个层次上。现在，她却似乎隐约窥见到了一种神秘而又遥不可及的东西。这里是东方，古老、深邃、神秘莫测的东方。西方的信仰和理想与这位奇妙女子身上折射出的东方韵味相比，显得粗俗不堪。这是一个不同的生命，生活在一个不同的国度。吉蒂突然有种奇怪的感觉，这个人，连同她的浓妆艳抹的面庞和有些斜睨的矜持目光，使得吉蒂每日所见的世俗的劳苦都显得有点荒唐可笑了。在这张涂脂抹粉的面具下面，不知隐藏着多少深刻的秘密；而这双纤巧的手上，正握着解开这些秘密的钥匙。

“她一整天里，都想些什么呢？”吉蒂问。

“什么也不想。”韦丁顿笑着说。

“她可真美。告诉她我从来没见过这么漂亮的手。我真不知道她到底看上了你哪一点。”

韦丁顿把这个问题笑着翻译给了她。

“她说我是个好人。”

“好像女人总是因为男人的品德好才爱上他们。”吉蒂讥讽道。

这位满族格格只笑过一次，就是当吉蒂为了找话题，夸赞了她手腕上戴的玉镯。她摘下来让吉蒂戴，吉蒂试了试，尽管手指能进去，可到了腕关节却怎么也戴不进去了。这个时候，满族格格爆发出一阵像孩子般的清脆笑声。她跟韦丁顿说了些什么，然后，叫来一个女佣。她吩咐了她几句，一会儿这个女佣回来了，带回一双很漂亮的满族鞋子。

“要是你能穿上，她想把这双鞋送给你。”韦丁顿说，“满族人很会做这种卧室里穿的拖鞋。”

“我穿上非常合适。”吉蒂颇为满意地说。

这时，吉蒂发现韦丁顿脸上闪过一抹调皮的笑容。

“是不是这双鞋她穿太大了？”吉蒂赶忙问。

“大了去了。”

吉蒂笑了起来，待韦丁顿把这话翻译了之后，满族格格和女佣也笑了起来。

之后，吉蒂和韦丁顿一块往山上去，吉蒂转过脸来对韦丁顿很友好地笑了笑说：

“你可没跟我说过，你对她这么有感情。”

“你为什么会认为我爱她呢？”

“我从你眼睛里看出来的。就好像爱上了一个幻影，或是陷入一场梦。男人们真是不可思议，我本以为你和其他人一样，可现在我一点儿也不了解你了。”

“你为什么想要见她呢？”

在回答之前，吉蒂迟疑了一会儿。

“我在寻找着什么，我并不确切地知道那是什么。但是，我知道了解它对我来说至关重要，一旦我找到了它，我的人生就会改变。也许，修女们知道它，当我和她们在一起时，我觉得她们掩藏着一个不愿与我分享的秘密。我不知道我为什么会这么想：从这位满族女人身上，我也许能得到一些我正在寻找的东西的线索。或许，要是她能说英语的话，她就会告诉我了。”

“是什么让你认为她知道这个秘密呢？”

吉蒂瞥了他一眼，非但没有回答他，反倒问了他一个问题。

“你知道它吗？”

韦丁顿笑着耸了耸肩膀。

“它是道。有的人在鸦片里得道，有的在对上帝的信仰中得道，有的是在威士忌里，还有的是在爱情里。万道归一，皆归于无。”

五十九

吉蒂又投入到她每日按部就班的工作当中，虽然早晨刚起来时觉得身体有些不适，但是她有足够的勇气战胜这点困难。她惊讶于修女们现在对她产生的兴趣：那些原来在走廊碰到了只是打个招呼的修女们，现在找个理由便会来到她工作的房间，带着柔情和孩子似的激动跟她聊聊天。修女圣约瑟这些天总是翻来覆去地跟她讲——讲得有时让她觉得有点烦了——前些天她就暗自嘀咕：“哦，我纳闷她这是……”或者“我觉得八九不离十了。”后来吉蒂晕过去时，她便肯定地说：“这下没有疑问了，明眼人都看得出来。”圣约瑟修女还把她嫂子生孩子的事情讲给吉蒂听，要不是吉蒂机灵又不失幽默，兴许会被她吓到。圣约瑟修女能把她在农村的生活体验和对宗教的亲切感受巧妙地结合起来讲，让人听着很惬意。修女圣约瑟觉得吉蒂对天主教的事一定知之甚少，于是有一天她跟吉蒂讲了天使报喜的故事。

“我每次读到《圣经》里的这几句话时，都止不住要流眼泪，”她说，“我也不知道为什么，它能给予我一种奇妙的感受。”

接着，她便用法语，用吉蒂听着陌生的词汇，准确地一字一句地背诵了出来：

> "天使来到她的面前，说道，万福玛丽亚，普世恩典，上帝与你同在，你在女人中是有福的。"

犹如一阵风儿轻拂过果园里洁白的花蕾，吉蒂怀孕的消息传遍了整个修道院。这些无法生育的女人们一想到吉蒂有了身孕，心中难免会起波澜，会感到激奋。她令她们不安，又让她们好奇着迷。因为她们都是农夫和渔民的女儿，所以对她身体的变化有足够的认识，可在她们仍是少女的心灵里，却怀有畏惧。她们一方面内心忐忑，另一方面又感到快活和兴奋。圣约瑟修女告诉吉蒂，所有的修女们都在为她祈祷，圣马丁修女说只可惜吉蒂不是个天主教徒。不过，修道院院长已经批评了圣马丁修女，她说就算吉蒂是新教徒，也可以成为一个好女子——一个勇敢的女子，她说，万能的天主自有她的安排。

对于自己在修女们中间引起的兴趣，吉蒂觉得既感动又开心。更令她惊讶的是，连平日里那么圣洁、严肃的修道院院长也对她和蔼起来。虽然修道院院长对吉蒂的态度一直很友好，可中间总好像还隔着什么似的。现在，院长跟她说话时，总会流露出慈母般的温情。她的声音更加柔和，看吉蒂的眼神仿佛在看一个孩子，刚做了一件什么聪明好玩的事叫母亲感到开心一样，这让吉蒂十分感动。院长的心灵像平静的大海，涌动着肃穆壮阔、令人敬畏的波澜。随后，骤然间，一道阳光照射下来，使这片庄严的海面也变得欢欣、雀跃起来。傍晚时，修道院院长常常来和吉蒂坐上一会儿。

“我必须得当心，不能让你累着自己，我的孩子，”她说，“否则的话，费恩医生这辈子也不会原谅我的。噢，英国人的自控力实在惊人！他明明高兴得不得了，可当你跟他提到这事时，他的脸却变白了。”

她握着吉蒂的手，轻轻地拍着。

“费恩医生告诉我，他想让你离开这里，可你不愿意，因为你舍不得和我们分开。你真好，亲爱的孩子，我想让你知道，对于你给我们的帮助，我们心里十分感激。不过，我觉得，你不想走，也是因为你不愿意离开他，这样很好，因为作为妻子，你应该留在他的身边，他需要你。啊，我真的不知道，如果没有费恩医生，我们会怎么样。”

“他能为你们做些事情，我很高兴。”吉蒂说。

“你要一心一意地爱他，我的孩子。他是个圣人。”

吉蒂笑着，心里却在喟叹。现在，她能为沃尔特做的只有一件事了，可她又不知道如何才能把它做好：她想让他原谅她。可不再是为了她，而是为了他自己，因为她知道唯有如此，他的内心才能获得安宁。祈求他的谅解是没有用的，如果他知道她这么做是为他好，而不是为了她自己，那么，他的冥顽不化的虚荣心只会让他不惜一切代价地去拒绝她（有趣的是，他的虚荣心如今已不再让她恼火，她已经能平静自然地看待它，只是更为他感到难过罢了）；唯一的转机是发生什么意料之外的事，令他来不及提防。她在想，他也许愿意再有一次情感的喷发，将他从梦魇中解脱出来。可是，说不准他愚蠢的拗劲儿上来时，即便有机会发泄感情，他也会缩回去，一条道走到黑。

在这个充满苦难的世界上，我们都只能逗留短短的几十年，男人们这样折磨自己，难道不可悲吗?

六十

尽管修道院院长和吉蒂只有过三四次交谈，其中的一两次也只不过十来分钟的时间，可她给吉蒂留下的印象却是异常深刻的。她的性格像是一片旷野，第一眼看上去虽然寥廓，却有些寂寥，可很快你就会发现在巍峨的群山之中散落着宜人的小山村，还有飘香的果树，缓缓淌过青草地的欢乐小溪。不过，即便这些怡人的景色令你赞叹，令你神清气爽，这片时而有狂风大作的黄褐色的高原，终究不能给你家一样的感觉。吉蒂觉得要想跟修道院院长成为亲密无间的朋友是不可能的，在她和其他修女们身上都有着某种特质，让你无法走进她们，即便是性格开朗、爱跟人聊天的圣约瑟修女也是一样，只不过横在她和院长之间的这一阻隔更加明显。修道院院长可以跟你踏着同一片土地，为各种各样的俗事奔忙，但她显然生活在一个你无法探及的世界中，这给你一种奇怪而又敬畏的感觉。有一次，院长跟她说：

“一个信教的人仅仅向耶稣祈祷是不够的，她还应该向自己祈祷。”

吉蒂觉得这话从她的口中说出来再自然不过了，而且，院长从来没有试着要影响她这个异教徒。这令吉蒂十分费解，这个有着慈悲情怀的修道院院长，竟然会无动于衷地看着吉蒂处在无知和罪尤之中。

一天傍晚，她们两个在一起坐着。白昼渐渐地短了，黄昏的暮色显得柔和怡人，又带着一丝忧伤。修道院院长看上去十分疲惫。她那张神情悲怆的面庞显得苍白、憔悴，她那双漂亮的黑眼睛也失去了往日的亮光。身心的乏累使她处在一种少有的想要向人倾诉的心境当中。

"今天对我来说是个值得纪念的日子，我的孩子，"她从沉思中抬起了头说，"因为这是我终于下定决心要入教的日子。有两年的时间，我一直思考着这件事，我受着疑惧的折磨，怕在我皈依之后再次受到世俗情感的诱惑。我在领受圣餐的那天早晨立下誓言，在夜幕降临之前就把我的这一心愿告诉我亲爱的母亲。接受圣餐之后，我恳请我们的主赐予我内心的平静。我似乎听到了他的回答：只有在你不再想它的时候，平静才会降临到你的身上。"

修道院院长似乎完全沉浸在了对过去的回忆当中。

"那一天，我们的一个朋友，维埃纳夫人，没有告诉任何亲戚，就一个人离开去了卡梅尔。她知道亲人们都反对她走出这一步，但是，她是个寡妇，她觉得自己有权做她自己选定的事。我的一位表姐去送别这位要悄悄离开的朋友，直到晚上才回来。她的心情一时很难平静下来。那时，我还没告诉我的母亲，一想到要把我的心事告诉她，我就担心得了不得，可我又非常希望能遵守我在接受圣餐时立下的誓言。我向表姐问了很多问题。我母亲看上去是在做针线活儿，其实把我们的谈话都听到了心里。在跟表姐说话时，我就暗暗下定决心：如果我想要今天说出来，那就一分钟也不能耽搁了。

“很奇怪，那场景就生动地浮现在我的眼前。我们围坐在一张上面铺着一块红布的圆桌前，在一盏有绿色罩子的灯下做着活计。我的两个表姐和我们住在一起，我们一起修补着客厅椅子上的坐垫。试想一下，那些坐垫连同椅子都是久远的路易十四时期的东西，买回来后就没有修补过，现在破破烂烂的，颜色也褪了，我母亲说这样子会让人笑话的。

“我努力想要跟母亲讲，可我的嘴唇却怎么也张不开。在一阵沉默后，母亲突然对我说，‘我实在无法理解你那位朋友的行为。我不喜欢她连自己至亲的人都不告诉一声就断然离去。这种行为未免太戏剧化了，我接受不了。一个有教养的女子绝不应该做出任何令人惊怒的事情。我希望如果有一天你也要离开，置我们于巨大的悲痛之中，你可不要像逃犯那样，悄悄地溜走。’

“这正是我开口的绝佳时机，但是，我的软弱却只叫我说出了下面的话，‘哦，放宽心吧，妈妈，我可没有那样的胆子。’

“我母亲没有再说什么，而我却一直在悔恨自己没能说出心里的话。我似乎听到了我们的主对圣彼得说过的话：‘彼得，你爱我吗？’噢，我的表现多么懦弱，多么不虔诚！我贪恋安逸舒适的生活，舍不得丢下我的家人及各种愉悦和消遣。在我正陷于这些自责当中的时候，就像是我们的谈话不曾中断过一样，母亲稍后对我说：‘不过，我的奥德特，我相信在你这一生中，你定会做出一些名留青史的事情来。’

“我沉浸在我的焦虑和悔恨中间，表姐们对我的心事一无所知，静静地做着针线活儿，此时，我的母亲突然放下手中缝补着

的垫子，专注地看着我说：‘啊，我的孩子，我确信你将来会成为一名教徒。’

“‘你是认真的吗，我的好妈妈？’我说，‘你把我藏在内心最深处的想法和愿望一下子说出来了。’

“‘可不是，’我的话音刚落，两个表姐就喊了起来，‘这两年来，奥德特的脑子里只想着这一件事情了。不过，你不会答应她的，姑姑，你一定不会答应她的。’

“‘我亲爱的孩子们，我们有什么权利阻止她呢？’母亲说，‘如果这是上帝的旨意的话。’

“接着，表姐们拿这个话题开我的玩笑，问我准备如何处置我的那些小玩意儿，两个人兴冲冲地争论着这个该给谁，那个又该给谁。可这一欢快只持续了很短的时间，我们大家便开始哭了起来。这时，我们听到了我父亲上楼的声音。”

修道院院长停了一下，叹了一口气，“这对我父亲来说，太难接受了。我是他唯一的女儿，男人们常常对女儿比对儿子有更深的感情。”

“人有感情也是个大不幸。”吉蒂笑着说。

“可把这份感情和爱心奉献给耶稣基督，又是种大幸了。”

这时，有个小女孩来到修道院院长的跟前，兴致勃勃地让她看自己手里的一个很奇妙的玩具。修道院院长把她漂亮纤细的手指搂着女孩的肩，女孩依偎在她怀里。看着院长脸上浮现出的甜蜜而又平和的笑容，吉蒂心中很是感动。

“所有孤儿都这样爱戴你，真让人羡慕，院长，”吉蒂说，“如果我能赢得孩子们的热爱，我会感到非常自豪的。”

修道院院长又一次露出了她那美丽超脱的笑容。

“要想赢得别人的心，只有一个办法，那就是让自己成为值得被爱的人。”

六十一

那天晚上，沃尔特没有回来吃晚饭。吉蒂等了他一会儿，如果是有事耽搁在城里，他总会设法让人捎个口信给她，可他迟迟没有回来，她最终还是一个人坐在了餐桌前。对着颇为丰盛的饭菜（尽管眼下闹瘟疫，供给困难，可厨师也许是出于对沃尔特夫妇的尊重，每顿饭都有不少道菜肴），吉蒂只是敷衍地吃了几口，随后便依偎在窗旁那把长长的藤椅里，望着外面满天星星。静静的夜晚让她的心也安静下来。

她不想试着去看书。她的思绪掠过她的脑海，像是小块的白云映在静静湖面上的倒影。她太疲惫了，无法去抓住一个思绪，细细地把它的来龙去脉理理清楚。她想着她和修女们之间的那些谈话，想着她们的谈话给她留下的各种不太清晰的印象。她纳闷的是，尽管她们的生活方式深深地打动了她，可对于促成她们那样去生活的信仰，却没有丝毫的动心。她无法想象有一天她的心中也会燃起信仰之火。她轻轻地叹了口气：要是那道圣洁无上的光也把她的灵魂照亮，也许一切就都变得容易了。有那么一两次，她想要把她的苦恼和心事告诉修道院院长，可她不敢。她可不想让这位高尚严厉的女士认为自己是个坏女人。在修道院院长的眼里，她做的那些事自然是十恶不赦的。奇怪的是，她自己倒不觉得她的这些行为邪恶，只是可鄙和愚蠢罢了。

也许是她天性愚钝吧，她把和唐森之间发生的这种关系看作是一段令她懊悔甚至是震惊的事，但与其为之悔恨不已，倒不如忘掉的好。就像在一次聚会上做了什么莽撞的事，很丢人，很没面子，可老是耿耿于怀，那未免有些本末倒置了。当她想起唐森衣着笔挺的庞大身躯，那肥厚的下巴几乎跟脖子连在了一起，想起他站着时拼命地挺胸收腹好显得自己没有肚子一样，她的身子就会一颤。他自负的性情有时候会使他的脸涨得通红，脸上的毛细血管都显现出来。她曾喜欢过他那浓浓的眉毛，可如今却觉得毛茸茸的，令人憎厌。

至于将来？想到将来更是让她心灰意冷。她似乎一点儿也看不到自己的未来。或许，在分娩时她会死掉。她妹妹多丽丝比她强壮得多，生产的时候都几乎送了命（她算是尽到了她的职责，给准男爵生下了一个小继承人，想到母亲满意的神情，吉蒂笑了）。既然未来是如此渺茫，这或许意味着她今生注定是看不到它了。沃尔特也许会请她的母亲来照管孩子——如果那孩子能活着生下来的话。以吉蒂对沃尔特的了解，她相信即便孩子的父亲是个谜，他也会好好待他（她）的。在任何情况下，沃尔特都值得信赖，都会做得很好。只可惜就算他品行优良、大公无私、受人尊重、天资聪颖、明白事理，她还是无法爱他。现在，她已经一点儿也不怕他了，只是为他感到难过，与此同时，也不免觉得他有些荒唐。他用情至深，容易使自己受到伤害，她甚至觉得，将来她能利用他这一点，诱使他原谅自己。现在，她脑海中一直萦绕着一个想法：唯有使他的内心得到平静，她才有可能对她给他造成的伤痛做出一点补偿。很遗憾，他这个人很少幽默感，她想象着有一天，他们俩会把曾经彼此之间的较劲和相互折磨，当作笑话来谈。

她倦了，于是提着灯回到了自己的房间，脱衣躺下后，很快便睡着了。

六十二

梦中她被一阵很响的敲门声惊醒。刚睁眼时，现实和梦境还搅在一起，以为这是在做梦。直到叩门声使她完全清醒，意识到是有人在敲她家的院门了。天很黑，她看了看有夜光指针的手表，现在是深夜两点半。一定是沃尔特回来了，哦，回来得多晚啊，连仆人都乏得醒不了。门还在响着，一声紧似一声，在这阒寂无声的夜晚，听上去怪吓人的。敲门声停止了，她听到了沉重的门闩被拉开的声音。沃尔特从未这么晚回来过。可怜的人儿，他一定累坏了！她希望，他能明智一点儿，不要像往常那样再去实验室，而是直接去睡觉。

外面一片嘈杂声，有人进到了院子里。这让吉蒂感到很奇怪，因为沃尔特平常回来晚了，为了不吵醒她，总是尽量不出声的。有两三个人急速地登上木头台阶，进到隔壁的屋子里。吉蒂有点儿害怕起来。她心里总隐伏着一种对排外暴乱的担忧。是有事发生了吗？她的心开始狂跳起来。不过，在她还没来得及弄清是怎么回事的时候，就有人穿过房间敲响了她的门。

“费恩夫人。”

吉蒂听出是韦丁顿的声音。

“哦，有事吗？”

“你马上起来好吗？我有事要跟你说。”

她起来披了一件晨衣，打开了门，看见韦丁顿穿着一条中式长裤和一件茧绸的褂子，家童手里提着一盏马灯，后面是三个穿着卡其布军装的中国士兵。她被韦丁顿惊慌不定的脸色吓了一跳，他的头发像个鸟窝一样乱蓬蓬的，似乎是刚从床上爬起来。

“发生什么事了？”她喘着气问。

“你一定要镇静。现在一分钟也不能耽搁。马上穿好衣服跟我走。”

“可到底怎么啦？是城里出事了吗？”

士兵在场，马上令她联想到暴乱，他们是来保护她的。

“你丈夫病了。我们想让你马上过去。”

“沃尔特吗？”她大声地喊了出来。

“你千万不要太着急，我也不知道具体的情况。余团长派这位军官来找我，要我带你马上过去。”

吉蒂怔怔地看着韦丁顿，突然感到一阵心痛，随后，背过了身去。

“等我两分钟，我很快就穿好衣服。”

“我穿着这身衣服就过来了，”韦丁顿说，“当时，我睡眼蒙眬的，随便抓了一件外套和鞋子。”

韦丁顿说的话吉蒂压根就没有听见。她借着星光把伸手最先碰到的衣服穿在了身上。她的手指在这一刻显得异常笨拙，摸到裙子上的襟扣不知用去了她多长时间。随后，她把一条夜晚常用的披肩围到了肩膀上。

“我没戴帽子。不用了吧？”

“不用。”

家童在前面提着灯笼，他们一行人匆匆地走下台阶，出了院门。

“小心摔倒，”韦丁顿说，“你最好扶着我的胳膊。”

那几个中国士兵紧跟在他俩后面。

“余团长派了轿子，等在河对岸。”

他们快速地往山下走。吉蒂无法开口说出一直战栗在她唇边的问题。她更害怕听到这个问题的答案。他们到了河岸边，一条船头点着灯火的小船正等在那里。

“是霍乱吗？”她终于问出了这个问题。

“恐怕是的。”

她不由得喊了一声，突然停下了脚步。

“我想你应该尽快赶过去。”韦丁顿伸出手，把吉蒂扶上了船。河道不宽，水流得极慢，他们都站到了船头，摆渡的女人手里撑着一只橹划着，脊背后面绑着一个孩子。

“他是今天下午病倒的，哦，应该是昨天下午了。”韦丁顿说。

“为什么不立即来叫我？”

他俩压低着嗓音说话，尽管完全没有这个必要。黑暗中，吉蒂只能凭感觉猜测她的同伴有多么焦急。

“余团长要叫你来着，可沃尔特医生不让。余团长一直陪在他的身边。”

“不管怎么说，他都该马上派人来叫我。这也太不近人情了。”

“你丈夫知道你从没见过霍乱病人。那情景是很可怕，很瘆人的。他不想让你看到那种场景。”

“可他毕竟是我的丈夫。”她哽咽着说。

韦丁顿没有作声。

“为什么现在又让我来了？”

韦丁顿把手抚在了她的手臂上。

“亲爱的，你一定要勇敢。你一定要为最坏的情况做好准备。”

她发出一声痛苦的哀号，把身子稍稍侧了过去，因为她发现那三个中国士兵正看着她。在一瞬间她瞥见了他们的眼白。

“他是不是就要死了？”

“我知道的也只是余团长让这位军官带过来的口信。以我的判断，怕是不行了。”

“就真的一点希望都没有了吗？”

“我也非常难过，如果我们不能及时赶到那里，恐怕连最后一面也见不着了。”

她的身体在发抖，泪水顺着她的脸颊流下来。

“你知道，他一直在超负荷工作，身体已经耗尽，没有抵抗力了。”

她有些气恼地从他的手臂间抽出了她的胳膊。他那低低的哀痛的嗓音令她恼火。

他们到达了对岸，两个中国轿夫站在河边，扶吉蒂上了岸。轿子都等在那儿，当她坐进轿子时，韦丁顿对她说：

“坚强起来，不要让自己的精神垮掉。”

“告诉轿夫快点走。”

“已经让他们以最快的速度行进了。”

先上了轿子的那个军官在走过吉蒂的轿子时，冲吉蒂的轿夫喊了一声。随即，轿夫们利落地抬起轿子，迈着疾速的步子出发了。韦丁顿的轿子紧跟在吉蒂的轿子后面。他们小跑着往山上去，每台轿子前面有一个人举着灯笼照明，到水门时，守门人正举着火把等在那里。军官朝他喊了几声，他立即打开了一扇门让他们通过。守门人跟经过的轿夫感叹了几句什么，轿夫们也回了几句。在这死寂的夜晚，听到一种陌生语言发出的喉音，令人感到既神秘又惊诧。他们走在湿滑的鹅卵石铺就的街巷里，一个给军官抬轿子的轿夫脚底滑了一下，吉蒂随即听到了军官愤怒的叫骂声和轿夫们毫不示弱的回骂，之后前面的轿子又再度急速地行进起来。街道都不宽，弯弯曲曲的。进到城里正值深夜，到处是一片死寂。他们走过一条很窄的巷子，拐过一个弯，然后跑上一段台阶；轿夫们开始呼呼地喘起来，不过，仍然迈着大步，悄然快速地前行；一个轿夫拿出一块破手绢，边走边擦着从额头上滚下来的汗珠。他们在街巷里七拐八拐的，让人觉得好像是行进在迷宫中一样。在门窗都已关闭的店铺前，时而会看到有人躺在那里，他也许睡过一夜早晨就起来了，也许永远都醒不了了。狭窄的街巷里阒无一人，静得瘆人，间或，一条狗突然的狂吠声会令吉蒂已经痛苦不堪的神经再惊上一跳。她不知道他们在往哪里走，道路长得似乎没有尽头。他们就不能走得再快一点儿吗？快，快！时间在一分一秒地过去，也许下一分钟就太晚了。

六十三

沿着一道光秃秃的围墙走了一段后，他们来到一扇两边设有岗哨的大门前，轿夫们都落了轿。韦丁顿过来找吉蒂时，吉蒂已经下了轿。那个军官使劲地敲着大门，大声呼喊着。一道边门被打开了，他们进到一个很大的四四方方的院子里。在探出的屋檐底下，贴着墙根，士兵们裹着毯子正挨挤着睡在一起。在军官跟一个看似站岗的军士说话时，他们停了一下。很快军官转过身来，跟韦丁顿说了句什么。

“他还活着，”韦丁顿低声说，“小心脚底下。”

提灯笼的人仍走在前面，带着他们穿过院子，上了台阶，经过一个很长的门道，进到另一个宽敞的院子里。院子的一侧是一间很长的厢房，里面点着几盏灯；室内的灯光透过米纸，将样式繁复的窗格映了出来。提灯笼的人领着他们穿过院子，来到这间厢房前，军官敲了敲门。门立刻打开了，军官朝吉蒂望了一眼，身子往后退了退。

“你可以进去了。”韦丁顿说。

这是一间狭长、低矮的屋子，油灯昏暗的光把这间屋子罩在一种不祥的氛围里。三四个士兵在周围站着。靠着门对面的那面墙边摆着一张小床，一个人蜷缩着躺在毯子里。一位军官伫立在床脚。

吉蒂急忙来到床前，俯下了身子。沃尔特闭着眼睛躺着，在昏暗的灯光下，他的脸呈死灰色。他一动也不动，像是已经死了一样。

“沃尔特，沃尔特。”吉蒂喘着气说，低沉的语调里饱含着恐惧。

沃尔特的身体似乎微微地动了动，就像是空气轻微的拂动，你虽然感觉不到，然而，却瞬间吹皱了平静的水面。

“沃尔特，沃尔特，你说话。”

沃尔特的眼睛慢慢地睁开了，仿佛是用尽了全身的力气才撑起那沉重的眼皮。然而，他的目光并没有看向吉蒂，而是滞留在离他几英寸的墙壁上。他说话了，声音非常低弱，可似乎能听出一丝笑意。

“我不小心染上了。”他说。

吉蒂屏住了呼吸。沃尔特再没有说话，也没有做出任何表示，他那双冷漠的黑眼睛（不知是否看到了什么神秘的东西）只是盯着白粉刷过的墙壁。吉蒂直起身子，用焦急的目光面对着站在床脚的那个人。

“一定还能做点什么。你不是打算就站在那里什么也不做吧？”

吉蒂绞扭着双手。韦丁顿跟那个站在床脚的军官交谈了几句。

“他们已经尽了最大的努力。军医一直在看护他，他是你丈夫培训出来的，他把你丈夫教给他的全都用上了。”

“这位就是军医吗？”

“不是，这是余团长。他一直陪在你丈夫身边，从没有离开过。”

心乱如麻的吉蒂扫了余团长一眼。他是个身材高大壮实的汉子，穿在身上的卡其布军服似乎让他觉得极不舒服。他一直望着沃尔特，吉蒂留意到他的眼睛里噙着泪水。这让她感到一阵心痛，为什么这个有张肥胖的大黄脸的男人眼里竟会有眼泪。这不免叫她有些恼火。

“干看着，什么也做不了，真让人难受。”

“至少他已经不再痛苦了。”韦丁顿说。

吉蒂想，一定还有什么药物能够延缓死亡的到来。她的眼睛渐渐适应了屋内昏暗的光线，此时，她才惊惧地发现他的脸已经凹陷了下去，几乎认不出他的模样了。真是不可想象，短短的几个小时就让他好像变成了另外一个人，他几乎没有了人样儿，他看上去就像死亡本身。

她觉得他想要说什么。她把耳朵贴近他的唇边。

“不必惊慌。我刚走完一段艰险的路，现在好多了。”

吉蒂又等了一会儿，然而，他没有再出声。看着他动弹不得的样子，她心里感到万般痛苦。他似乎已做好了进入孤寂的坟茔的准备。一个人走上前来——可能是军医或是护工——做手势叫她往边上让一让，他俯下身子，用一块很脏的湿毛巾给这个将死之人湿润了一下嘴唇。吉蒂转过身来，用绝望的眼神看着韦丁顿。

“难道就一点希望都没有了吗？”她喃喃地说。

他摇了摇头。

“他还能活多久？”

“说不准。或许一个小时吧。”

吉蒂环视了一下这个空荡荡的屋子，有一刻，她的眼睛落在了余团长那魁梧的身躯上。

“我能跟他单独待上一两分钟吗？”她问。

“当然可以。”

韦丁顿去跟余团长说。余团长点了点头，然后低声下达了命令。

“我们会等在外面的台阶上，”在他们都出去的时候韦丁顿说，“有事就叫我们。”

既然吉蒂的意识已被这一难以置信的事实所占据——犹如毒品已融进她的血液里——沃尔特就要死了，现在她脑子里只有一个念头，那就是把荼毒他灵魂的那份怨恨祛除，让他走得轻松一些。在她看来，只要他死时不再恨她，他似乎也就能宽恕自己，怀着平静的心情离开人世。此刻，她想的不再是自己，只想着能让他走得安心。

“沃尔特，我恳求你能原谅我，”她俯下身子对他说，担心他再也承受不了任何压力，她小心着不去触碰到他，“对我犯下的错，我感到万分抱歉。我非常非常地后悔。”

他没有吭声。他好像没有听见。她不得不一遍又一遍地重复着。她似乎有种奇怪的感觉，他的灵魂就像是蛾子的翅膀，由于负着太多的恨意，再怎么扑棱也飞不起来。

“亲爱的。”

他苍白凹陷的脸上掠过一丝阴影，几乎算不上是肌肉的颤动，可给人的感觉却是他的脸在可怕地抽搐。吉蒂以前从来没有这么称呼过他。也许，在他马上就要停止思想的头脑中，掠过了一个混乱的想法：以前他只听她用这个词（她的一个常用词汇）叫过小猫小狗，叫过小孩和汽车[1]。之后，发生了一件可怕的事。吉蒂攥紧了她的两只手，极力控制住自己，才没有喊出来，因为她看见两行眼泪顺着他枯槁的面颊淌了下来。

“噢，我的珍爱，我亲爱的，如果你曾经爱过我——我知道你曾爱过我，而我却是那么不识好歹——我求求你能原谅我。我现在已经没有机会向你表示我的忏悔，可怜可怜我吧。我乞求你原谅我吧。”

吉蒂停了下来，屏住呼吸望着他，热切地等着他回答。她看见他想要说话。她的心狂跳起来。在她看来，若是她在他生命的

1　译者认为，作者这样描写是想要说“亲爱的”这个词从吉蒂的口里说出来，没有多大的意义，因为这就是她平时称呼小猫小狗的一种方式。

最后一刻能够把他从仇恨中解脱出来，那就可以在某种程度上弥补她给他造成的痛苦。他的嘴唇翕动着。他并没有望着她。他的眼睛依然一动也不动地冲着墙壁。她俯下身去，以便能听清他说什么。只听沃尔特口齿清楚地说：

“死的却是狗。”

吉蒂像一尊石像那样呆呆地立在那里。她听不明白他的话，只是又惊恐又迷惑地望着他。这句话没有任何意义，是神志不清时的胡言乱语。她说的话他一句也没有听明白。

一个活着的人不可能这么静静地一动也不动。她一直望着他，没有移开过视线。他的眼睛还睁开着。她看不出他还有没有呼吸。她开始变得害怕起来。

“沃尔特，”她轻轻地叫着，“沃尔特。”

终于她猛地立起身子，因为突如其来的恐惧攫住了她的心。她转身向门口走去。

“请你们进来吧。他似乎已经……”

待在门口的韦丁顿等人走了进来。那名中国军医径直来到床前，他打开他手中的电筒，查看了一下沃尔特的眼睛。末了，他阖上了它们。他用中文说了句什么，韦丁顿用手臂扶住了吉蒂。

“他恐怕已经死了。”

吉蒂发出一声长叹，几滴泪珠从眼睛里滚落下来。她神情恍惚，却不感到痛苦和悲伤。那些中国人不知所措地站在床边。韦丁顿没有吭声。尔后，几个中国人开始低声交谈起来。

“我送你回去吧。”韦丁顿说，“他的遗体也会被送回那里。”

吉蒂用手疲惫地拂了拂前额。她返回到床前，俯下身子，在沃尔特的嘴唇上轻轻地吻了吻。她没有哭。

“抱歉给你们添了这么多麻烦。”

在她往外走的时候，军官们纷纷向她敬礼，她也庄重地向他们鞠躬行礼。他们俩走出院子，坐进了他们各自的轿子里。吉蒂看见韦丁顿点起一支香烟。一缕轻烟消失在空气里，恰如一个生命的消逝。

六十四

天色渐渐地亮了起来，街面上有店铺已取下门窗上的挡板。在一家店铺的最里面，借着灯芯的微光，一个妇人正在洗脸。一群汉子在街角处的一家茶馆里吃着早点。清晨的日光灰蒙蒙地斜照在阴冷的巷子里，像个见不得人的贼似的。在笼罩河面的白色雾气中，那些平底船上林立的桅杆看上去像是一支幽灵部队高举着的长矛。渡河时吉蒂感觉冷，把她那条颜色艳丽的披肩又往身上紧紧地裹了裹。当吉蒂和韦丁顿来到山上时，缥缈的雾气已经在他们的脚下。太阳从无云的天空中照射下来，它像往日一样地照耀着，没有什么能把它的这一天和其他任何一天区别开来。

“你想躺下休息一下吗？”在回到了吉蒂的家里时韦丁顿问。

“不。我想在窗户旁边坐一会儿。”

在过去的几个星期里，吉蒂经常长久地坐在窗户前眺望，她对耸立在城墙上的那座奇幻、俗艳、美丽的庙宇已经非常熟悉，它能抚慰她悲凄的心灵。这座庙宇如梦如幻，即使在中午耀眼的阳光下，它也能使她暂时忘记了她的痛苦。

“我会让男仆给你准备些茶点来。恐怕今天上午我们就得埋葬沃尔特先生了，我会安排好一切的。”

“谢谢你。”

六十五

三个小时以后，他们安葬了他。让吉蒂感到心悸的是，他必须被装殓进一具中国棺材，她隐约觉得躺在这样一个陌生的棺椁里他一定无法得到安息，可是，又没有别的办法。在得知沃尔特的死讯后，修女们派人送来了一个大丽花的花圈，看上去又正式又呆板。不过，倒像是出自一个老练的花匠之手。花圈被孤零零地放置在棺木上，显得怪诞，像是放错了地方。在一切准备就绪后，他们等着余团长的到来，因为他事先派人告知了韦丁顿，希望能参加葬礼。余团长来了，有一名副官随行。大家一起往山上走，六个苦力抬着棺材，来到了一块不大的墓地前。沃尔特的前任传教士医生就埋在这里。韦丁顿在传教士的遗物里找到了一本英文祈祷书，他用低沉的声音念着上面的一段悼文，语气中带着一种他不常有的尴尬，或许是因为在诵读这段肃穆可怖的悼词时，有个念头一直萦绕在他的脑中：如果哪一天轮到他被瘟疫夺去了生命，再没有人会为他在坟前祷告了。棺材被缓缓地放进墓穴中，掘墓人开始往里面填土。

余团长一直脱帽立在墓前，这时他戴上了帽子，肃穆地向吉蒂行了一个军礼，又跟韦丁顿说了一两句话，然后，在副官的陪同下离去了。那几个苦役在好奇地看完了一场基督教徒的葬礼后，现在也零零落落地拖着他们手中的扁担慢腾腾地走开了。吉蒂和韦丁顿一直等着墓穴被填满了土，然后将修女们送的花圈放到散发着泥土味儿的坟冢上。吉蒂没有哭，只是在第一锹土落在下面的棺木上时，感到一阵撕心裂肺的痛。

吉蒂看到韦丁顿正在等着她一起回去。

“你着急吗？”她问，“我现在还不想马上就回住所。”

“我没事。悉听尊便。”

六十六

他们俩沿着堤道信步来到山顶，来到耸立着为纪念一位贞洁的寡妇而建起的那座牌坊前。吉蒂对这个地方的印象有很大一部分是来自这座牌坊。它是一个象征物，但对于它象征着什么，她毫不知晓。她不明白为什么这座牌坊在她的眼里具有那么强烈的嘲讽意味。

“我们在这里坐上一会儿好吗？我们很久没有来过这儿了。”山下的平原一望无际地展现在她面前，在晨光中显得静谧，安宁。“离我上次来这里，仅仅过去了几个星期，可感觉像有一辈子那么久了。”

韦丁顿没有接话。有一会儿，吉蒂任凭着她的思绪在脑海中驰骋。临了，她叹了一口气。

“你认为人的灵魂能永生吗？”她问。

对这样的问题，韦丁顿似乎并不感到惊讶。

“我怎么知道呢？”

“刚才入棺前给沃尔特清洗的时候，我一直看着他。他看上去非常年轻。太年轻了，真可惜。你还记得我们初次出去散步时见过的那个乞丐吗？我感到害怕，不是因为他死了，而是因为他好像从来就没有作为人活过一样。他就像个死去的动物。现在，看着沃尔特，我也是这样的感觉，沃尔特看上去就像是一台坏掉的机器。这才是令我感到恐惧的地方。如果他[1]仅仅是台机器的话，那经受所有的这些痛苦、伤心和磨难，不就都是徒劳的了吗？”

韦丁顿没有说话，他的眼睛看着下面的景色。映照在明媚、悦人晨光之下的广袤田野，令人神清气爽。修葺整齐的小块稻田一直延伸到眼睛看不到的地方。在稻田里，有许多身穿蓝布衣服的农民跟他们的水牛一起，辛勤地劳作着。那是一派快乐祥和的景象。吉蒂打破了沉默。

“我无法告诉你，我在修道院里所看到的一切是如何深深地打动了我的心。她们很了不起，那些修女们，她们使我觉得自己一钱不值。她们放弃了一切，家庭、祖国、爱情、生儿育女和自由；还有那些更难舍弃的看似很小的东西，比如说，绽放的鲜花、绿色的田野、秋日的散步、书籍、音乐、舒适的生活……总之，她们放弃了一切，所有的一切。她们之所以抛弃这一切，

1　原文这里用的是 it，应是指沃尔特的尸体（译者注）。

是为了全身心地投入到一种牺牲自我、极度贫困、绝对顺从、拼命工作和祈祷的生活当中去。对于她们所有人来说，这个世界就是一个货真价实的放逐之地。现世的生活是她们愿意背负的十字架，但是在她们的内心深处，却一直有着一种欲望——噢，应该说它比欲望更强烈，那是一种对死亡的热烈的渴盼和向往，因为唯有死亡才能将她们带入永世的生活。”

吉蒂紧绞着双手，痛苦地望着韦丁顿。

“然后呢？”

“要是压根就没有永生呢？试想一下，如果死亡真正就是万物的终结，她们这么做意味着什么呢。她们为了一个虚无缥缈的目标便放弃了一切。她们受到了蒙蔽，都是被愚弄的傻瓜。”

韦丁顿沉思片刻，继续说道：

“我倒以为，她们所追求的是一个虚幻的目标这一点，并不十分重要。她们的生活本身就是美好的。我觉得，唯有一件事物能使我们在看待我们所生活的这个世界时不抱有厌恶感，那就是美。这是人们不断地从这个世界的混沌无序中创造出来的。人们所画的画，所谱的曲，所写的书，以及他们所过的生活。在所有这些美好的事物中间，最最丰盈的美就是美好的生活。这才是最为完美的艺术之作。”

吉蒂叹了口气。韦丁顿的话似乎很难听懂。她想听他进一步的阐释。

“你去听过交响乐音乐会吗？”韦丁顿接着说道。

“听过，”她笑着说，“我对音乐一窍不通，但我喜欢听。”

“管弦乐队里的每个人都演奏自己的乐器，你认为他懂得那渐渐展开的复杂的协奏吗？他只关心自己的那一小部分。但他知道整首曲子是优美的，即使没有人听到，它仍然是优美的，他满足于演奏好自己的乐器。”

“那天你谈到了‘道’，”吉蒂停了一下后说，“能告诉我‘道’是什么吗？”

韦丁顿瞥了她一眼，在沉吟了片刻后，一抹笑容浮现在他那张滑稽的脸上。

“道就是路和走在路上的人。这是一条万物生灵都要走的永恒之路，但并非被谁所创造，因为它本身就是万物。道是万物，也是虚空。万物循道而生，依道而行，最终万物复归于道。道为方，却无棱角；道为声，却无由听到；道为象，却无形无状。道是一张巨大的网，它的网眼像海一样阔，可什么东西也休想疏漏过去。道是为万物提供庇护的圣所。道无处可寻，可无须望向窗外，你都可以见着。不管愿意还是不愿意，道都教会了世界万物去自行其道。谦卑者将会保全自己，能屈能伸者终将挺直脊梁。失败是成功之母，成功背后也埋下了失败的种子。但谁又能知道那一转折点在何时到来呢？以和为贵的人可能会变得温顺如孩童。谦和能使进取的人大获成功，使防备之人安然无恙。能够战胜自己的人才是真正强大的人。”

“这有什么意义吗？”

“有的时候，当我喝下半打威士忌，仰望着天上的星星时，我就想它也许是有的。”

随之，是一阵沉默。最后打破这沉默的还是吉蒂。

“告诉我，‘死的却是狗’，是一句引语吗？”

韦丁顿的嘴角浮上一抹笑意，他本已准备要回答这个问题。但或许是在这一刻，他的知觉变得异乎寻常的敏锐。吉蒂此时并没有看着他，可从她的表情里韦丁顿似乎还是发现了什么，这使得他改变了主意。

“如果它是引言，我也不知道它的出处。”他说，“你为什么这么问呢？”

“没什么。是我偶尔想到的，觉得它有点儿熟悉。”

又是一阵沉默。

“你单独跟你丈夫在一起的时候，我问过军医一些事情。我想我们有权知道一些内情。”

“他怎么说？”

“他的情绪一直很激动。我不太能明白他的意思。目前我所知道的就是，你丈夫是在做实验时被感染上的。”

“他一直都在做实验。他不能算是真正意义上的医生，他是个细菌学家，这就是他为什么这么渴望来这儿的原因。”

“不过，从军医的话里，我还是不太能确定，他究竟是不小心感染上的，还是他实际上就是在拿自己做实验。”

吉蒂的脸变白了。这话里暗示出的意思令她不寒而栗。韦丁顿握住了她的手。

“原谅我又谈起了这件事，”他温和地说，“不过，我本以为这话能带给你点安慰——我知道，在这种场合下要想说出一些真正能起到劝慰作用的话，有多难——我本以为，如果你听说沃尔特是为科学和职责而献身而牺牲的，心里兴许会感到骄傲。”

吉蒂似乎是有些不耐烦地耸了耸肩膀。

“沃尔特是因心碎而死的。”吉蒂说。

韦丁顿没有吭声。她慢慢地转过身来，看着他。她苍白的脸上透出坚定的神情。

“他说的那句‘死的却是狗’，到底是什么意思？出处是哪里？”

“那是戈德·史密斯《挽歌》里的最后一句。”

六十七

第二天早晨，吉蒂便去了修道院。前来给吉蒂开门的姑娘看到她似乎很惊讶。吉蒂刚干了几分钟的活儿，修道院院长就过来了。她走到吉蒂跟前，握住了她的手。

“看到你真高兴，我亲爱的孩子。你刚刚经受了那么大的痛苦，这么快就回来工作了，这足以表明你的勇气、坚强和智慧，我确信干些活儿多少能帮助你摆脱忧伤。”

吉蒂垂下了眼睛，脸也有点红，她不想让修道院院长看出她的心思。

“修道院里所有的姐妹们都对你抱有深切的同情。”

“谢谢你们。”吉蒂低声说。

“我们会经常为你和你死去的丈夫的灵魂祈祷的。”

吉蒂没有吭声。修道院院长松开了她握着吉蒂的手，用冷静、权威的口吻给吉蒂布置了工作。她用手拍了拍两三个孩子的头，对她们温存地笑了笑，随后便去忙那些更紧要的事务去了。

六十八

一周的时间过去了。这天吉蒂正在做女红，修道院院长走了进来，在她身边坐下，仔细地看了看吉蒂手上的活计。

“你的针线活做得真好，亲爱的。现在的年轻姑娘很少能做出你这样的活儿了。”

“这都是我从母亲那里学来的。”

“我想，你的母亲要是能再见到你，一定会很高兴。”

吉蒂抬起头来。从修道院院长的神态上看，这不像是随便说说的客套话。只听她接着往下说道：

“我之所以容许你在你丈夫死后还来这里工作，是因为我觉得这么做能减缓你的痛苦和悲伤。我认为当时的你不适于做长途旅行，独自前往香港。而且，我也不希望你独守空房，一味地思念你死去的丈夫。可现在已经过去八天了，是你该离开的时候了。”

“我不想走，院长。我想继续留在这里。”

“你留在这里已没有任何意义。你是陪同你丈夫一起来的，他已经死了。以你现在的身体状况，你很快就需要有人关心和照顾了。可我们这里没有这样的条件。这是你的职责，我的孩子，尽可能地保护好你腹中的胎儿，这也是上帝赋予你的责任。”

有好一会儿，吉蒂没有说话。她低下了眼睛。

“我以前一直以为我在这儿还有些用处。想到这一点，我就觉得很开心。我希望您能允许我继续在这里工作，直到这场瘟疫结束。”

“对于你为我们所做的一切，我们大家都非常感谢，”修道院院长微笑着说，“不过，现在疫情已经有所缓减，来这里的风险也比以前小了，广东那边有两个修女要过来这边，我想她们很快就会到了。她们一来，你就不用帮我们做什么了。”

吉蒂的心沉了下去。修道院院长的语气表明她不接受任何反驳。她很了解修道院院长，知道她不会理睬任何恳求。在她发现需要出言劝阻吉蒂时，她的语调便变得有些专横，甚至有些恼火了。

“韦丁顿先生曾为此事来征求过我的意见。”

“我希望他管好他自己的事情就行了。”吉蒂插进来说。

“就是他没有这么做，我也会把我的想法告诉他的。”修道院院长语气温和地说，“照目前的情况看，这里不是你该待的地方，你应该去你母亲那里，和她待在一起。韦丁顿先生已经跟余团长说好，派一批有战斗力的人员一路护送你，韦丁顿还为你找好了轿夫和苦役。那个女佣会陪着你，在沿途你要经过的城市，也为你的食宿做了安排。事实上，为了让你在旅途中能舒适一点儿，能做的他们都做了。”

吉蒂的嘴唇抿紧了。她心想，在一件只与自己有关的事情上，他们至少应该跟她商量一下，征求征求她的意见。吉蒂极力控制着自己的情绪，免得说出尖刻的话来。

“那么，我将何时动身呢？”

修道院院长依然操着她那平缓的语调。

“你越快返回香港，越快乘船去往英格兰越好，我亲爱的孩子。我们认为你最好在后天早晨动身。”

“这么快。”

吉蒂几乎要哭出来了。但事实也是明摆着的，修道院里已没有她的位置。

“你们似乎都那么急切地想让我走。”吉蒂难过地说。

吉蒂发觉修道院院长的态度变得缓和了。她看到吉蒂准备妥协了，下意识换了一种更为温和的语调。吉蒂对人的情绪的体察十分敏锐，当她想到甚至是圣人们也是喜欢按照自己的方式行事时，她的眼睛发亮了。

“你不要认为我对你的好意和帮助没有领情，我亲爱的孩子，我欣赏你的善良和爱心，对你不愿意放弃自己恪守的工作很是钦佩。”

吉蒂的眼睛看着前面。她略微耸了耸肩膀。她知道自己没有这么崇高的品德。她想留在这里，无非是因为她没有别的地方可去。她此时的感觉令她自己都觉得奇怪：在这个世界上，根本没有一个人在乎她的死活。

“我不明白，你为什么不愿意回家去？”修道院院长语气温婉地继续说道。

“在这个国家，许多外国人会不惜花费重金，就为了得到一个像你这样的机会！”

“但不包括你们，是吗，院长？”

“噢，我们的情况不一样，我亲爱的孩子。在我们来到这里的时候，我们就知道我们永远回不去自己的家乡了。”

因为被伤到了自尊心，吉蒂脑子里涌现出一个念头（也许是个不好的念头吧），她要在这群与世无争、无欲无求的修女们的信仰中找出点破绽来。她想要看一看在这个修道院院长的身上到底还有没有留下一点人性的弱点。

“我有时在想，以后永远见不到你至亲的人，见不到生你养你的那片土地，那心情一定很不好受。”

修道院院长迟疑了一下，不过，一直注视着她的吉蒂却并没能在她那张肃穆、美丽、安详的面庞上发现一丝神情上的改变。

“对我现在已年迈的母亲来说，她的确非常痛苦，我是她唯一的女儿，在她临死之前，她非常想再见上我一面。我希望我能满足她的这一心愿。但是不行，我们母女唯有将来到天堂再相见了。”

“我想，一个人念及自己最亲近的人时，恐怕很难不扪心自问：远离了他们，永远天各一方，这样做对吗？”

“你是在问我，我是否后悔自己迈出了这一步？”修道院院长的脸突然间放出光彩。“不，从来没有。我用自己琐屑、没有价值的生活，换来了奉献和祈祷的人生，我怎么可能会后悔呢？”

中间出现了短暂的沉默。临了，修道院院长的神情显得更为轻松，对吉蒂笑着说：

“我打算请你给我带个包裹，你到了马赛，帮我把它邮寄出去。我不太放心中国的邮局。我这就去拿。”

“你可以明天再给我。”吉蒂说。

“你明天会很忙，怕是没有时间来这里了，亲爱的。为了方便起见，我们今晚就告别吧。”

修道院院长站起身来——即便是放松的举止中仍显出尊贵的气质——离开了房间。不一会儿，修女圣约瑟进来了。她是来和吉蒂道别的。她希望吉蒂旅途愉快，知道她一定会安全到达，因为余团长会派一支强悍的卫队护送。修女们经常独自旅行，也没有出过什么事情。她问吉蒂喜欢海吗？上帝啊，当年在印度洋上遇到了暴风雨，把她颠簸得吐了又吐。她说吉蒂的妈妈见到吉蒂一定会很高兴，让她要保重好自己的身体，毕竟她的肚子里现在又有了一个小生命。修道院的人都会为她祈祷，她会经常为她和她的小宝贝还有勇敢、可怜的医生的灵魂祈祷的。修女圣约瑟心直口快、善良、待人亲切和蔼，可吉蒂也非常清楚，在修女圣约瑟的眼里自己就是个没有肉体或是躯壳的幽灵。吉蒂真想上前去，一把抓住这个淳朴、壮实的修女的肩膀使劲地摇晃，大声喊：“你知不知道我是个活生生的人？一个不快活、孤零零的女人，我需要安慰和同情，需要鼓励。噢，难道你就不能暂时抛开一下上帝，给我一点儿慰藉，不是那种你们基督徒对苦难大众怀有的大慈大悲，而是对我个人的发自内心的同情。”这一想法让吉蒂的唇边浮上一丝笑容，若是修女圣约瑟知道她这么想，肯定惊呆了！圣约瑟修女一定会把她自己现在只是怀疑的事情信以为真了：那就是所有的英国人都疯了。

“所幸，我是个出色的航海家，”吉蒂回答说，“我从来没有晕过船。”

修道院院长拿着一个小小的包裹回来了。

“这里面是我为我母亲的教名纪念日制作的手帕，”她说，“名字的缩写字母是我们的姑娘们给绣上去的。”

圣约瑟修女说吉蒂一定很想看看这些手帕的做工有多精美，修道院院长脸上出现一抹娇嗔的笑容，随后打开了包裹。手帕是用质地十分好的布料做成的，姓名的缩写字母是用一种繁复的花体字刺绣的，在字母上方还绣了草莓叶子编织的花冠。在吉蒂对手帕的做工大加赞赏后，手帕又被重新包了起来，递到了吉蒂手里。修女圣约瑟在说了一句“我的女士，我不得不离开你了”之后，又叨叨了一些礼貌的道别套话走了。吉蒂知道她与修道院院长告别的时刻到了。她感谢院长这么多天来对她的关照。她们一起沿着空荡荡的刷过白粉的长廊走了出来。

“让你在到达马赛后帮我寄包裹，会不会太麻烦你了？”修道院院长问。

“一点儿也不麻烦的。”吉蒂说。

吉蒂看了一下上面的地址。这是个闻名遐迩的地方，这个地名引起了她的好奇。

“这是我和朋友们乘车在法国旅游时，曾经参观过的一座古堡。”

“有这种可能，”修道院院长说，“这个古堡一个星期有两天向游客开放。”

“我想，要是我住在这样美丽的地方，我可没有那样的勇气离开它。”

“那确实是一座历史上有名的古堡。不过，我对它几乎没有什么亲近感。要说我有什么舍不得的地方的话，也不是那里，而是我幼年时期住过的一个小城堡。它位于比利牛斯山脉。我一生下来就听着大海的涛声。我并不否认，我时不时还想听听海浪拍击岩崖的声响。”

吉蒂隐约觉得，院长是猜到了她的想法，也猜到了她为什么说这番话，院长这么讲是在委婉地取笑她。很快她们就走到了修道院朴素无华的院门前。令吉蒂惊讶的是，院长把她抱在怀里，亲吻了她。她苍白的嘴唇先是吻了吉蒂一边脸颊，然后又吻了另一边。这一吻来得太突然，她不由得脸上泛起了红晕，想要大声地哭出来。

“再见，上帝保佑你，我亲爱的孩子。”她将吉蒂搂在怀中一会儿，“要记住，尽自己的职责，做好分内之事，就像是手脏了要洗手一样，不是什么值得赞美的品德；最重要的是对你的职责有一份热爱；当爱与职责合为一体时，你才能有慈悲和恩泽于心，你才能体味到无法言说的幸福。”

修道院的大门最后一次在她的身后关上了。

六十九

韦丁顿和吉蒂一块儿往山上走，他们转了一个弯，去探望了一下沃尔特的坟。在那座纪念贞洁寡妇的牌坊前，韦丁顿跟吉蒂道了别。她最后一次望向那个牌坊，感到她自身的遭遇和这座神秘的牌坊一样，都充满了讽刺。随后，她坐进了轿子。

一天又一天过去了。沿途的风景只是她万千思绪中的背景。她还走着来时的那条路，只不过方向截然相反，如今她目之所及的景物与几个星期前她见过的样子相互交叠，就像看一个立体的万花筒一样。挑着东西的苦役们三三两两地走着，在一百码以外有一个落单的，再后面又有两三个走在一起。护卫队的士兵们也是拖着脚、慢腾腾地走着，一天只行进二十五英里。女佣人坐着一顶两人抬的轿子，吉蒂坐着一台四人轿子，这倒不是因为她比女佣重，而是因为她的身份。有时会遇上一队扛着重物的苦役，他们缓慢而笨拙地挪着步子。间或，也会碰上坐轿子的中国官员，看到吉蒂这样的白种女人便用好奇的目光打量她。有时，他们会跟穿着褪色的蓝布衣服、戴着硕大帽子的农民们相遇，他们正在赶往集市的路上。时而会碰到一位女子，不论年轻还是年老，都迈着缠裹着的小脚蹒跚而行。他们翻过了许多座小山，山上遍布着一块块的稻田，竹林边上坐落着不少农舍。他们经过了许多破落的村庄，许多熙熙攘攘的城镇（周围都被像弥撒书中那样的城墙围着）。早秋的阳光和煦怡人，如果是在破晓，闪烁着微光的晨曦会给整齐的稻田敷上一层神话般的色彩。起初，天气还有些凉，之后，就会渐渐地暖和起来。吉蒂在这暖融融的光照里，不由得也沉浸在了秋天的美景中。

秋日斑斓的色彩像是一块巨大的幕布，那些新鲜、生动的景象能给人以意外和陌生感，衬得吉蒂遐想中的幻象犹如神秘、晦暗的幽灵一样。一切回忆似乎都变成了一场梦幻。湄潭府连同它的垛墙就像一出老剧舞台上代表城市的背景布。修女们、韦丁顿，还有那个爱着他的满族女人，都是戴着面具的怪诞人物。而其余的人，那些在蜿蜒曲折的街道上游逛的人和死去的人，都是台上的无名走卒。当然，这里所有的人都具有某种意义，但到底是什么样的意义却不得而知。他们仿佛都在跳着一种古老、繁复的雅舞[1]，你知道这些复杂的节拍对你有着某种重要的意义，但你却找不到任何头绪，任何线索。

一个老媪顺着堤堰走过来，身穿蓝布衣，那蓝色在阳光下变成了天青石的颜色。她脸上布满了皱纹，像是一个古老的象牙面具。她佝偻着身躯，拄着一根长长的黑拐杖，迈着小脚艰难地行走着。吉蒂似乎无法相信，她和沃尔特都曾参与这场怪异而不真实的舞蹈。他们甚至还扮演了重要角色。她很可能丢掉性命，沃尔特就送了命。难道这是个玩笑？或许，这只是一场梦，她会从

1　一种宗教舞蹈，为了求雨。

梦中突然醒来，并长长地舒上一口气，这一切似乎都发生在很久以前，发生在一个遥远的国度。太奇怪了，在这阳光明媚的现实背景的烘托下，这些剧中的人物多么像是模糊不清的影子呀。现在，吉蒂开始觉得这就像她正在读的一个故事，一切似乎都跟她没有什么关系似的，这令她感到惊诧。她发现她已经记不清楚韦丁顿的面庞了，那曾是一张她多么熟悉的脸啊。

这天晚上他们应该能抵达西江边上的那座城镇，在那里，吉蒂将乘坐汽船。不过一晚的时间，便到香港了。

七十

一开始吉蒂因为自己在沃尔特死去时没有哭而感到羞愧。这似乎也有点儿太铁石心肠了。难道不是吗，连余团长一个中国军官都掉了眼泪。她丈夫的死弄得她精神恍惚。她很难相信他以后再也回不到他们的小屋中来了，她再也不会听到他早晨起床后在那个苏州浴盆里洗澡的声音了。她跟他一块儿生活了几年的时间，现在他死了。修女们对她表现出的淡定和节哀顺变都惊叹不已，对她承受悲痛的勇气也是钦佩有加。然而，韦丁顿却聪明得很，尽管他郑重其事地表达了他的同情，吉蒂依然觉得——该怎么说呢？——他有些话没有说出口。沃尔特的死当然让她感到很震惊。她不想让他死。不过，毕竟她不爱他，她从来没有爱过他。表现出她应有的悲伤，才显得体面和适宜，如果有人看透了她的内心，一定会觉得她粗鄙、丑陋。然而，在经历了这么多之后，她已经不愿意再伪装。她觉得在过去的几个星期里她至少明白了一个道理，有时候欺骗别人是必要的，但欺骗自己则是可鄙的。对沃尔特悲惨的死，她很难过，但她的这种难过只是出于一种人类共有的同情心，换作其他熟人死去，她同样也会难过。她承认沃尔特有许多值得人尊重的品质，只是她碰巧不喜欢他这个人，他总是令她感到厌恶。但是她并不认为他的死对她来说是一种解脱，因为她可以问心无愧地说，如果她的一句话能让沃尔特起死回生，她一定会说这句话的。不过，她却也不禁感到，他的死使她以后要走的路少了一些艰难。他们俩在一起永远不会幸福，可想要分开也是难上加难。她为自己竟会冒出这样的念头吓了一跳，她想要是人们知道了，肯定会认为她是个毒蝎心肠的女人。哦，人们不会知道的。她不由得想，也许她认识的人们心里都藏着羞于启齿的秘密，都得小心地呵护着它们，免得让好奇的目光窥探了去。

她几乎没有展望过未来，也没有任何计划。她现在唯一能确定下来的就是，她在香港停留的时间越短越好。想到快要到香港了，她心里就有些怕。对她而言，她似乎更愿意坐着轿椅，永远徜徉在这怡人、美好的乡间，永远做一个对五光十色的俗世生活的淡漠的旁观者，每晚都在不同的地方过夜。不过，即将到来的生活还是要面对的；到了香港，她会先订酒店住下来，然后，便着手退房和变卖家具；至于唐森，就没有必要见了。他应该也会识些趣，不会再出现在她的面前。尽管如此，她还是想再见他一次，告诉他在她的眼中他是个多么卑鄙龌龊的小人。

不过，像查理·唐森这样不值一提的人，告不告诉他也都无所谓了。

在她的内心深处，一直萦绕着一个念头，就像在一首恢宏交响曲的复杂合奏中间，始终贯穿着一个竖琴弹出的激奋而又馥郁的旋律一样。正是这个想法赋予了一块块稻田一种不同寻常的美感。在一个漂亮的小伙子走过她，神情激动，眼睛放肆地瞧着她时，她苍白的嘴唇浮现出微微的笑意。是它给她沿途经过的城市施予了魔法，让这些城市显得充满了活力。她有幸逃离了那座瘟疫肆虐像监狱一样的城市，在这之前，她从不知道天空竟如此的湛蓝美好，斜倚在堤道旁的飘逸的竹林竟是如此令人感到惬意。自由了！这就是在她心中一直咏唱着的那个念头，即便未来的图景仍很模糊，却能像河面上的雾气那样，在旭日俯照的时候折射出彩虹般的光辉。自由了！不仅是从令她烦恼的羁绊中解脱了出来，而且也从压抑她的夫妻生活中解脱了出来；不仅摆脱了时刻威胁着她的死亡，也摆脱了那一使她堕落的爱情；从所有精神的羁绊中解脱了出来，一个脱离了肉体的精神的自由。她获得了自由，勇气和大无畏地面对未来的平和心态。

七十一

当船在香港靠岸时，之前一直站在甲板上观览来往各色船只的吉蒂回到船舱里，看女佣是否把东西全收拾好了。她在镜子中照了照自己。她穿着一身黑衣服，修女们以前给她染过一条黑裙子，但并不适合作孝衣穿。她想她第一件要做的事就是置办一套丧服。丧服的打扮可以掩饰起她情绪上突如其来的变化。有人在敲船舱的门。女佣去开了门。

“费恩夫人。”

吉蒂转过身子，一开始她差点没有认出这张脸。随即，她的心咚咚地跳起来，脸也一下子红了。来人是多萝西·唐森。吉蒂万万没想到会是她，一时变得无措，不知说什么才好。可唐森夫人进来后，却走上前来冲动地拥抱了吉蒂。

“噢，亲爱的，我亲爱的，我为你感到非常的难过。”

吉蒂让她亲吻着自己，心中不免觉得诧异，自己一向认为冷漠、孤傲的多萝西今天却是这般的热情。

“谢谢你。”吉蒂喃喃地说。

“我们到甲板上去吧。女佣会照应好东西的，我的男仆也来了。”

她拉着吉蒂的手往外走，吉蒂注意到她那不再年轻的脸上确实满是善意和真正的关切。

“你的船到得早。我差点错过了时间，”唐森夫人说，“要是没能接上你，我可没法原谅自己。”

“你是专门来接我的？”

“当然啦。”

“你怎么知道我会坐这趟船？”

“韦丁顿先生给我发了电报。”

吉蒂转过身去。她觉得喉咙里一阵哽塞，想不到这么一点出乎意料的好意竟给予她这么大的触动。她不愿意哭出来，她想让多萝西·唐森走。可多萝西此时却把吉蒂挨近她这边的手紧紧地握住了。这样矜持的一个女人竟会毫不掩饰她的真情，这让吉蒂觉得有些难堪。

“我希望你能满足我的这个心愿，你在香港逗留期间，查理和我都想让你住到我们家里。”

吉蒂一下子抽回了自己的手。

“十分感谢你们的好意。我恐怕去不了。”

“不，你一定要来。你不能再一个人住回到你自己的房子里去，你会受不了的。我已经为你准备好了一切。你会有一个单独的起居间。如果你不想和我们一起吃饭，你可以在自己的起居间里吃。我和唐森都想让你来。”

“我并没打算要住回原来的房子。我会在香港大酒店订间房。我不能给你们增添那么多的麻烦。”

多萝西的建议出乎吉蒂的意料，让她心里有些乱，有些摸不着头脑。如果查理还要一点脸面的话，他就绝不会同意他妻子的这个举动。她不想欠他们俩任何一个人的情。

“噢，我可不愿意让你住在酒店里。眼下香港大酒店特别糟糕，里面什么乌七八糟的人都有，还有乐队一天到晚地演奏爵士乐。来我们家吧，我向你保证，我和查理都不会叨扰你的。”

“我不明白你为什么要对我这么好。”吉蒂觉得自己很难再找出什么理由拒绝，她又不能直截了当、斩钉截铁地对人家说不，“我眼下的这种情况，和你们住在一起，恐怕会给你带来麻烦的。”

“可是，我真诚地希望我能做你的朋友。”多萝西交织着双手，一向冷静、矜持和很有特点的嗓音在发颤，眼眶里也噙着泪水，“我非常想让你来我们家。你知道吗，我想对你做出补偿。”

吉蒂不明白了。她不知道查理的妻子为什么要补偿她。

“很抱歉，一开始时我并不怎么喜欢你。我觉得你有点儿轻浮。你知道，我是个较为传统的女性，我想我有些太不宽容了。”

吉蒂扫了她一眼。多萝西的意思是说一开始时她觉得吉蒂有些粗俗。尽管吉蒂控制着自己，没有出现任何表情上的变化，可心里却大笑着。到了现在，她岂会在乎别人怎么看她！

“当我听说你和你丈夫没有片刻的犹豫，就奔赴生死之地时，我觉得自己就是个糊涂蛋，我真为自己感到羞愧。你是这样的了不起，这样的勇敢，你让我们所有人都显得卑微和不足道了。”此刻，眼泪顺着她那和善却并不漂亮的脸颊流下来。“我无法告诉你，我对你有多钦佩，多敬仰。我知道，我无法抚平你失去丈夫的伤痛，但是我想让你知道我对你的情谊有多真切。如果你能让我为你做点儿事情，那对我来说都是莫大的荣幸。不要因为我曾对你有偏见，就记恨我。你是个英雄，而我只是个愚蠢的女人。”

吉蒂低头望着甲板。她的脸色变得煞白。她希望多萝西的情感不要这样恣意地表露。吉蒂的确被这真情所打动了，但她又无法不让自己觉得，这个头脑简单的女人竟会相信这样的谎言。

“如果你真的想让我去住，我当然乐意去了。”吉蒂叹了口气说。

七十二

唐森一家住在一座小山顶上的别墅里，面朝着大海。一般情况下查理中午是不回来吃饭的，可在吉蒂到达的这一天，他破例回来了，因为多萝西曾征求吉蒂（她们俩现在彼此这样称呼了）的意见，如果她想见见查理的话，他愿意赶回来为她接风洗尘。吉蒂想既然必须得见他，不如索性马上见到的好，她倒饶有兴味地想看一看，她的出现会给他带来怎样的尴尬。吉蒂很清楚，邀请她来这里住的主意一定是他妻子出的，尽管他心里觉得别扭，还是马上就同意了。吉蒂知道他多么爱做这种标榜他正确的事，热心慷慨地接待她，显然正是他想要做的事情。然而，回想起他们俩最后一次见面，他恐怕就会脸红：对于像唐森这样虚荣心极强的人来说，这一定能给他像难以治愈的溃疡那样痛的感觉。她希望她给他的痛，也像他给她的一样深。他现在一定很恨她。想到她并不恨他而只是鄙视他，她感到一阵高兴。想到唐森不管内心多么苦，都得好好招待她，也给她一种快意和满足感。在她离开他办公室的那天下午，他一定希望永远不要再见到她了。

此刻，吉蒂和多萝西坐着，在等唐森的归来。在这间奢华而又高雅的客厅里，吉蒂觉得心情舒畅。她坐在一把扶手椅里，房间里随处摆放着鲜花，墙壁上挂着赏心悦目的油画，外面有遮篷遮挡着，屋子里凉爽、宜人和温馨。这让她不禁瑟缩地想起传教士房子里的那个简陋、空旷的客厅，想起那些藤条椅子，厨房里铺着块棉布的大餐桌，沾满污渍的书架上摆着的那些廉价的小说读本，还有那条连窗户也遮不住的脏兮兮的红窗帘。噢，那是何等的不舒服啊！她思忖多萝西绝不会想到世上还有那样的房子。

她们听到汽车开进大门的声音，然后查理大步迈进了屋子。

“我晚了吗？但愿我没有让你们久等。我有事去见了总督大人，没法脱身。”

唐森走向吉蒂，握住了她的手。

“你能过来住，我非常非常地高兴。我知道多萝西已经告诉你我们想让你尽量多住一些日子的意愿，希望你就把这里当作你自己的家。不过，我很愿意再重申一次，如果在这世上还有什么事是我可以为你做的，我将极尽所能。”他的眸子里流露出动人的真诚，她不知道他是否看到了她眼睛里嘲讽的神情。“也许我拙于表达，词不达意，看上去像个可笑的傻瓜，但我的确想要让你知道，对你丈夫的去世，我致以最深切的同情。他是个再好不过的人了，他会永远被这里的人们所怀念。”

“别再说了，查理，”他的妻子说，“我相信，吉蒂明白的……鸡尾酒上来了。”

像其他讲排场的外国人一样，唐森家里的两个男仆身着礼服端上来了开胃小菜和鸡尾酒。吉蒂没有喝。

“噢，你一定要喝一杯，”唐森坚持着，神情显得轻松、热烈，“这对你有好处，我敢说，自你离开香港后你就没有再喝过鸡尾酒这样的东西了。如果我没说错的话，在湄潭府那个地方是没有冰块的。”

“你说得没错。”吉蒂说。

有那么一会儿，在她的眼前出现了那个乞丐的样子，乱蓬蓬的头发，破烂的蓝布衣衫，露出里面瘦骨嶙峋的肢体。他躺在墙角，已经死去多时了。

七十三

他们走进餐厅去用午餐。查理坐到了桌子的首座，这样容易掌控谈话的进行。在最开始说了几句表示同情的话以后，他便不再把吉蒂当作一个刚刚经受了噩梦般经历的人，而是一个刚做完阑尾炎手术从上海来到这里想换换心情的人了。她的心情需要渐渐地好起来，而他已做好了让她高兴起来的准备。能让她感到宾至如归的最好的方法就是把她视为家庭中的一员。他在这方面很有一套。他开始谈起秋天的赛马会和马球——老天呀，如果他再不能把体重减下来，他只得放弃马球这项运动了——接着，他说起上午会见总督大人的情况。他提到他们在海军司令部的旗舰上举行的盛大宴会，还说到广东现在的局势和庐山的高尔夫球场。几分钟之后，吉蒂就觉得她离开香港只是出去度了个周末似的。而在仅仅六百英里之外（也就是从伦敦到爱丁堡的距离，不是吗？）的地方发生的那一切——男人、女人和孩子们在像苍蝇似的一批批死去——已似乎变得遥远而不可置信了。没过多久，她便发现自己融入这场谈话中间，问起这样那样的问题：是谁在打马球的时候摔断了锁骨呀，某某夫人是不是已经回英国了呀，某某夫人是不是在参加英国的网球锦标赛了呀。查理不时地讲些小笑话，吉蒂听着微微地笑着。多萝西还是操着她那副优越的神态（如今吉蒂也被包括在了这优越一族里，因此不再觉得被冒犯，而是有种抱团的感觉了），对殖民地三教九流的人物做着温婉的嘲讽。吉蒂开始变得活跃起来。

“哦，她看上去已经好多了，”查理对他的妻子说，“我刚来时，她那苍白的脸色着实把我吓了一跳，现在她脸上有些血色了。”

在吉蒂参与这场谈话的同时（她不再显得沮丧，可也没有表现出高兴的样子，因为无论是多萝西还是查理对人的行为是否得体，是非常在意的。她若是表现得太高兴，他们是不会赞同的）她也在观察着这位男主人。在过去的这些个星期里，吉蒂一直怀着一种报复的心理，在脑中想象着唐森的模样，他的形象幻化得非常生动：他那浓密卷曲的头发一定留得很长，梳理得格外仔细，以便遮掩起他长出的白发，头油一定也抹得很多。他的脸红红的，面颊上布满了淡紫色的血管，他的下巴越加肥胖，如果他不把头总是抬起来的话，他的双下巴就会显现出来。他浓密的灰色眉毛使他的脸看上去有点儿像猩猩，这让她感到恶心。他行动笨拙、迟缓，他刻意的节食和锻炼并没能降下他的体重。他身上的骨骼都被膘肉包了起来，他的关节也变得僵硬。帅气的衣服穿在他身上显得有点紧绷，颜色款式也显得太年轻了。

然而，当午饭前唐森进到客厅时，却让吉蒂大大地吃了一惊（也许这就是为什么她的脸色显得煞白），因为她发现她的想象力跟她开了个天大的玩笑：他和她想象中的那个人一点儿也不像。他的头发乌黑发亮，哦，只是在鬓角处出现了几根白发，却并不惹眼；他的脸庞没有发红，而是日晒形成的紫铜色；他并没有双下巴，也没有变得肥胖，没有变老。事实上，他的身材苗条得几乎无可挑剔——他为此而有点小小的虚荣心，你能责备他吗？——说他是个小伙子也不为过。他自然懂得如何穿衣打扮了：他看上去整洁、干净、帅气。以前是什么蒙了她的心，让她觉得他这儿也不好，那儿也不好？他是一个非常英俊的男人。所幸她已知道他是个一钱不值的小人。当然了，她一直认为他的声音里有一种迷人的力量，而现在他的声音仍然如故：这使他说出的每句谎话都更令她恼火。他那浑厚、温馨的嗓音现在听来充满了虚情假意，她纳闷之前自己怎么能被这个声音勾去了魂儿呢。他的眼睛很漂亮：这正是他的魅力所在，他的一双明亮的蓝眼睛总是脉脉含情，即便他是在胡言乱语，他的眼神总是快乐悦人的，你很难不被它们打动。

最后，餐后的咖啡端了上来，查理点起了一支方头雪茄。他看了看手表，从餐桌前站了起来。

“哦，我得留下你们两位年轻女子陪伴彼此了。我该回去办公了。”他停了片刻，用他那双友好而动人的眼睛看着吉蒂说，“这一两天我不会再打扰你，你好好休息。这之后，我想跟你谈一些事情。”

“跟我吗？”

“你知道，我们必须妥善处置你的房子，还有你的家具。”

“哦，我去找个律师就行了，没道理麻烦你们来做这些事情。”

“我可不愿意你把钱浪费在律师和法律程序上。我会把这一切都为你安排好的。你知道，你有权享有一份抚恤金：我准备跟总督大人谈这件事，看看能不能为你争取到一些额外的利益。你放心交给我办就行了。不过，眼下我们不说这些事，现在我们想让你做的，就是休息好，养好身体。你说对吗，多萝西？”

“当然对了。”

他向吉蒂点了点头，然后在经过他妻子时，执起她的手吻了一下。大多数英国男人都做不好亲女人的手的这个动作，而唐森却能做得优雅得体。

七十四

直到吉蒂在唐森夫妇家里安定下来时，她才发现她的身心有多么的疲累。这种生活带给她的舒适松弛了之前如影随形的压力。她已经忘记了闲适是一种多么令人愉快的事情，生活在华美的事物中间有多么惬意，得到别人的关心又让人觉得多么温馨。她终于松了一口气，享受着这东方的奢华和便捷。她现在成了持重、时尚和有教养的人们所关注和同情的对象，这不能说是一件令人不悦的事。她新近丧夫，还不可能为她安排娱乐活动，但殖民地的名媛贵妇们——总督阁下的夫人，以及海军司令和首席法官的夫人们——都已经来和她喝过茶。总督阁下的夫人说，总督阁下非常想见见她，如果她愿意到总督府来吃顿午餐，“当然不是宴席，只有我们自己和副官！”，那就再好不过了。这些贵妇们对待吉蒂，就像对待一件珍贵易碎的精美瓷器一样。不难看出，她们把吉蒂视为了一个女英雄。而吉蒂呢，也有足够的幽默感，以一种谦和与审慎的态度来演好这个角色。有的时候，她希望韦丁顿也在这里，以他的狡黠和精明，他一定能看出这其中的滑稽和可笑，留下他们两人在一起时，他们一定会对她们的作为调笑一番。多萝西接到了韦丁顿写来的一封信，信中对吉蒂赞不绝口，说她如何在修道院里忘我地工作，如何地临危不惧。当然，他是在把她们指挥得团团转：这条狡猾的老狗。

七十五

不知道是巧合还是有意这么安排的，吉蒂发现她从未有过单独和查理待上一会儿的时间。查理行事老练、周全。他对吉蒂友好、和蔼、充满同情。没有人想到他们俩之前会有远远超过一般熟人的关系。然而，一天下午，当吉蒂正躺在自己卧室外面的沙发上读着一本书时，查理从阳台那边走过来，停下了脚步。

“你在看什么？”他问。

“一本书。”

她满含嘲讽地望着他。他笑了笑。

“多萝西去参加总督府举办的花园聚会了。”

“我知道。你怎么没有一起去？”

“我对这类活动腻味透了，我想我该回来，陪陪你。我的车就在外面，你想去环香港岛兜兜风吗？”

“不了，谢谢。”

他在她躺着的沙发脚那里坐了下来。

“自从你来到这儿，我们俩还没有单独在一起说说话呢。”

她直视着他的眼睛，目光冷峻，傲然。

“你认为我们俩之间还有什么可说的吗？”

“当然有了。”

她把脚往回收了收，免得碰到他。

“你还在生我的气？”他问，嘴角浮着笑意，目光也变得越发温柔。

“一点也不。”她说着笑出声来。

“如果你不生气，你就不会这么笑了。”

“你错了。我太鄙视你，你根本不值得我生气。”

他依然是一副镇静自若的神情。

“我觉得你对我太苛刻了。如果静下心来回想一下，你难道不觉得我当时那么做是对的吗？”

“那是从你的角度。”

“现在既然你已经认识了多萝西，你一定也认为她很不错了？”

“她当然好了。她对我的好意，我会永远感激的。”

“她是千里挑一的好女人。要是我们俩那时私奔了，我的良心这辈子也不会得到安宁的。那样做的话，我就太对不起她了。何况，我还得为我的孩子们着想，这会对他们的身心造成很大的伤害。”

她若有所思地盯着他看了一会儿。她觉得她在场面上完全占据着上风。

“住在这里的一个星期里，我一直在仔细地观察你。我可以断定你确实是喜欢多萝西的。我以前从未想到你能做到这一点。”

“我告诉过你，我喜欢她。我不愿做出任何令她心里有片刻不安的事情。她是一个男人可以拥有的最好的妻子。”

“你想到过你欠她一份忠诚吗？”

“心不会为眼睛看不到的东西难过。”他笑着说。

她耸了耸她的肩膀。

“你真是个卑鄙的小人。”

“我是一个正常人。我不知道你为什么会认为我是个混蛋，难道就因为我昏了头地爱你吗？这也不是我愿意的，你知道。”

听到他这么说，她感到自己的心弦一阵绞拧。

“我就是你捕获的一个可爱的猎物。”她恨恨地回答。

“我没有想到我们会落到这么一个难堪的境地。”

“不管怎么说，你心里的算盘打得很精明：谁受到伤害都行，只要不是你。”

“你这话恐怕有点言重了。毕竟，现在一切都过去了，你一定也看出来了，我所做的对我们俩最有利。你当时昏了头，你应该庆幸我当时保持着冷静。你以为如果我当初做了你想叫我做的事，我们就成功了吗？我们曾经像是热锅上的蚂蚁，被烤得极不舒服。但是，如果我那么做了，我们将会坠入狱火之中，惨不忍睹。你现在回来了，毫发无损。为什么我们不能再做朋友，相互拥抱亲吻呢？”

吉蒂几乎笑出声来。

“你以为我会忘记是你几乎让我送了命，而且你内心毫无愧疚吗？”

“噢，你在胡说八道些什么呢！我告诉过你，只要做好防护，是不会有危险的。你觉得要是我没有十足的把握，我会让你去吗？”

“你那么确信，是因为你想要去相信。你是一个胆小鬼，你只考虑对自己有利的方面。”

“哦，布丁的好坏只有尝了才知道。你安然无恙地回来了，如果你不介意我说一点儿不适宜的话，你这次回来变得更美了。”

“那沃尔特呢？”

查理无法抵御此刻出现在他脑海中的一个搞笑的回答。他微微地笑着说：

“你穿着丧服更好看。”

她瞪了他一眼。泪水盈满了她的眼眶，她开始哭了起来。她美丽的面庞因为悲伤变得有些扭曲。她没想掩饰自己的情绪，她仰面躺着，两只手放在身子两侧。

“看在上帝的分上，不要这么哭。我并不是诚心要说什么伤害你的话，那只是一句玩笑。你知道，对你失去丈夫，我抱有多么真挚的同情。”

“噢，闭上你的臭嘴吧。”

“我愿意付出一切，来换回沃尔特的生命。”

“他是因为你和我才死的。”

他握住了她的手，但她一下把手抽了回来。

“请你走开，”她啜泣着说，“这是你现在唯一能为我做的。我恨你，鄙视你。沃尔特比你强十倍。我真是个大傻瓜，没有看出来这一点。你走开，走开！”

吉蒂见他又要开口，一下子跳起来跑去自己的房间。他紧跟在她后面，进来时出于一种本能的慎重，他拉下了百叶窗，屋子里一下子暗了许多。

“我不能这样丢下你走掉，”他说，用臂膀搂住了她，“你知道，我不是故意要伤害你的。”

“别碰我。看在上帝分上，你走开，你走开吧。”

她试图挣脱他的怀抱，但他却不肯松手。她开始歇斯底里地哭起来。

“亲爱的，你难道不知道我一直在爱着你吗？”他用他低沉、颇具魅惑力的嗓音说，“我现在更爱你了。”

“你怎么能这样信口胡说呢！放开我。你这个混蛋，放开我！”

“不要这样对我好吗，吉蒂？我知道，我以前对你太粗暴，但还是请你能原谅我。”

吉蒂战栗着，哭泣着，拼力地挣扎着，可同时在他的怀抱里又使她有种异样的慰藉感。她曾经是那样渴盼着再度依偎在他的怀抱里，哪怕只有一次也好。现在，她浑身抖得更厉害了，觉得软绵绵的，没了力气，好像全身的骨头都融化了，为沃尔特感到的悲伤变成了对自己的怜悯。

“哦，你怎么能那样粗暴地对我呢？”她啜泣着，“难道你不知道我全身心地爱着你吗？谁也没有像我那样爱过你。”

“亲爱的。”

他开始吻她。

“不，不。”她哭喊着。

他吻她的脸颊，但她把脸扭了过去；他又去吻她的嘴唇，她不知道他嘴里嘟嘟囔囔地说什么情话。他紧紧地搂着她，让她觉得自己是个丢失了的孩童，现在终于安全地回到了家。她轻轻地呻吟着，闭上了眼睛，脸上沾满泪水。之后，他开始吻起她的嘴唇，他的唇压在她的唇上时，像是有股上帝的火焰烧遍她的全身。她感到一阵狂喜，她觉得自己在被燃成灰烬，在这一嬗变的过程中，她放着光华。在她的梦境里，她曾经有过这种极度的欢喜。他在对她做着什么？她不知道。她不再是个女人，她的人格被分解了，她身上只剩下了欲火。他将她抱了起来，她在他怀中轻得像个孩子，他抱着她走向床边，她心怀倾慕、不顾一切地勾着他的脖颈。她的头被搁在了枕头上，他的嘴唇紧紧地贴在了她的嘴唇上面。

七十六

吉蒂坐在床边，双手捂着脸。

“你要喝点水吗？”

她摇了摇头。唐森走到盥洗台前，用牙缸接了杯水，端给她。

“来，喝点水，你会感觉好一些的。”

他把杯子举到她的嘴边，她呷了一口。接着，她用惊恐的眼神望着他。他站着俯视着吉蒂，眼睛里闪烁着自得的神情。

“哦，你现在还认为我是个肮脏龌龊的人吗？”他问。

吉蒂低下了眼睛。

“是的。不过，我知道，我一点儿也不比你强。噢，我真是无地自容了。”

“哦，我觉得你一点儿也不知道感恩。”

“你现在要走了吗？”

“是的，我确实该走了。在多萝西回来之前，我去收拾一下自己。”

他志得意满地步出了房间。

吉蒂在床边又坐了一会儿，像个傻子似的佝着背。她的脑子里一片空白，身子在发抖。她挣扎着站起来，踉踉跄跄地来到梳妆台前，无力地坐在一把椅子里。她谛视着镜中的自己。她的眼睛已哭得红肿，脸上都是泪痕，在她一边的脸颊上有唐森的脸压下的一块印痕。她煞是担心地望着镜中的自己，她的脸并没有改变。她原以为这张脸会因为她的堕落而变得丑陋不堪。

“猪，”她冲着镜中的影像说，“一个肮脏的猪。”

之后，她把脸埋在臂弯里，伤心地哭了起来。耻辱，真是莫大的耻辱！她不知道是什么鬼怪附到了她身上，真是不可思议。她恨他，也恨她自己。当时她竟感到一阵狂喜。噢，多么可憎的一幕！她再也抬不起头直视他的脸了。他说的没错，他没有娶她真是再正确不过，因为她的确一文不值。她和娼妓一样下贱。噢，比娼妓还糟，因为那些可怜的女人出卖肉体是为了换回面包。更何况，是多萝西可怜她丧夫，无依无靠，才把她收留在这所房子里的。她的双肩因为抽泣而战栗着。现在，一切都完了。她原以为自己已经改变了，变得强大了，是作为一个完全掌握了自己命运的新女性回到了香港。全新的思想像阳光下金黄色的蝴蝶那样，在她的心头翩翩起舞。她曾想过她拥有一个光明的未来，自由像光之精灵一样在召唤她向前，世界像是一片广阔的田野，她可以迈着轻快的脚步，昂首挺胸地走在其间。她以为她已经摆脱了色欲和邪恶的激情，可以自由自在地过一种干净、健康的精神生活了。她曾把自己比作在暮霭时分悠闲地飞过稻田的白鹭，它们就像在恬静的心灵里翱翔的思想一样。而她现在又沦为欲望的奴隶。软弱，软弱！再也没有希望了，再努力也是枉然，她就是个淫荡的女人。

她没有到餐厅去吃晚饭。她打发男仆告诉多萝西她头痛，想待在屋里。多萝西进来探望她，见她的眼睛哭得又红又肿，便温柔、体贴地跟她聊了一会儿。吉蒂知道多萝西一定以为她在为沃尔特伤心哭泣，所以像一个充满怜爱的好主妇那样，尽力地劝慰着她。

“我知道，这种悲痛一下子很难忘记，亲爱的，”她离开的时候对吉蒂说，“但是，你一定要试着变得坚强起来。我相信，你那亲爱的丈夫也不希望你一直这样为他悲伤下去。”

七十七

第二天，吉蒂早早地起来，给多萝西留下一张纸条，说她去办事了，随后就乘缆车下了山。她穿过几条拥挤的街道——街道上车水马龙，有穿着各种服饰的欧洲人和中国人——来到了香港铁行旅游有限公司的办事处。最早出港的一趟船将在两天后启航，她打定主意不惜一切代价也要乘上这条船。当办事员告诉她舱位已满时，她要求见见他们的主管。她将自己的名字报了进去，很快那位曾经有过一面之缘的主管便出来把她迎进了办公室。他知道她的情况，在她告诉他自己想要尽快回国时，他让人拿来乘客名单。他看着名单，有些为难。

“我恳求你帮帮我。”她请求道。

“我想，这块殖民地上的人都乐于为你做任何事情，费恩夫人。”他回答说。

他叫进来一名办事员，询问了一下情况。然后，他点了点头。

“我会换下来一两个人。我知道你渴盼回家，我们应该为你提供最好的服务。我可以给你单独安排一间小客舱。我想你会满意的。”

吉蒂向他表示了感谢，高兴地离开了铁行公司。回家，这是她现在唯一的念头。回家！她给父亲发了电报，说她这一两天启程。在这之前，她已发电报告诉过他沃尔特去世的消息。之后，她回到了唐森夫妇家，把她的决定告诉了多萝西。

“我们都舍不得你走，”这个善良的女人说，“不过，我当然理解你想要见到父母亲的心情。”

自从回到香港，吉蒂一直犹豫着，迟迟没有回过自己的住所。她害怕再次踏进那扇门，怕再勾起那满满的回忆。可现在她没得选择了。唐森已经帮她办好了变卖家具的事，也为她找到了一位房子的续租者，可是她和沃尔特的所有衣服都在他们的住所，还有书籍、照片、各种杂七杂八的零碎物件——他们去湄潭府几乎什么也没带。吉蒂对这些东西毫无留恋，她渴盼着与过去彻底决裂。不过，她想到如果把这些物件送去拍卖，恐怕会刺痛那些殖民地上流人士的神经。它们必须被打包托运回英国。所以，吃过午饭以后，她决定回家一趟。多萝西想一块去帮她做点事，可吉蒂百般推辞。最后，多萝西只好派了两个男仆去帮吉蒂收拾。

房子一直由管家照看着，他为吉蒂打开了房门。很奇怪，回到自己家却有种初次登门的感觉。房间整洁、干净，一切都收拾得井井有条，随时待她使用。但是，尽管外面阳光灿烂，寂静的屋子里却有股冷清凄凉的气息。家具依然刻板地放在原位，本该插上鲜花的花瓶也好好地摆在原来的地方。一本吉蒂不记得何时看过、翻过来扣在桌上的书，仍然扣在那里，就好像主人只是一分钟前刚刚离开这间屋子一样。可这一分钟却预示了永恒，你无法想象这所房子会再度响起欢声笑语。钢琴上打开着的狐步舞曲的乐谱似乎还在等着主人弹奏，然而，你有种感觉，即便你按下琴键，也再不会发出任何声响。沃尔特的屋子像他在时那么整洁，柜子上摆放着两幅吉蒂放大了的照片，一张穿着华美的礼服，另一张是她的婚纱照。

男仆们从储藏室里搬出了行李箱，吉蒂站在一旁，看着他们装箱。男仆的动作麻利得很。吉蒂想在这两天里把一切收拾停当，她一定不能让自己胡思乱想，她没有时间去想。忽然她听到后面有脚步声，一回头看到了查理·唐森。她的心突然感到一阵冰凉。

“你想干什么？”吉蒂问。

“你能到起居室一下吗？我有事跟你说。”

“我很忙。”

“我只占用你五分钟的时间。”

她没再说什么，在叮嘱了男仆几句话之后，吉蒂带着查理进到隔壁的屋子。她并没有坐下，意在告诉他不要多耽误她的时间。她知道自己此刻面色苍白，心跳得厉害，但她仍镇静地面对着他，目光里含着敌意。

“你究竟想要说什么？”

“我刚从多萝西那里听说你后天就要回去了。她告诉我你回来这里整理东西，让我打电话问问你，看看有什么我能帮你的。”

“谢谢你的好意，不过，我自己完全能做好的。”

“我也这样想。但我来不是为这件事。我来是想问你，你突然要离开是不是因为昨天发生的事。”

“你和多萝西一直对我很好。我不希望你们认为我在利用你们的好意，趁机占你们的便宜。”

“你没有直接回答我的问题。”

“对你来说，这重要吗？”

“当然重要了。我可不想是我把你逼走的。”

她站在桌子旁边，眼睛朝下望着。她的目光落在了桌子上的《简报》上，已经是几个月前的旧报了。就是在那个令她痛不欲生的夜晚，沃尔特一直盯着那张报纸看着——如今，沃尔特已经……她抬起了眼睛。

“我觉得自己堕落到家了。你绝不会比我更瞧不起我自己。”

“可我并没有瞧不起你。我昨天说的每一句话都发自内心。你这样匆匆离开有什么好？我不知道我们为什么就不能做好朋友。我不愿意让你认为我对你不好。”

“你为什么就不能放过我呢？”

“噢，我不是根木头，也不是块石头。你看待这件事情的态度让人不可理喻。我以为经过昨天的事，我们会更加亲近。毕竟，我们都是普通人。”

“我不觉得自己是人，我觉得自己像个畜生，一头猪，一只兔子，或是一条狗。噢，我并不怪你，我也一样的坏。我之所以委身于你，是因为我想要你。可那不是真正的我。我不是那个可恶、淫荡、充满兽欲的女人，那不是我。那个丈夫尸骨未寒便躺在床上向你求欢跟你做爱的人，不是我。你的妻子一直对我那么好，好到无法用语言形容。可我体内的动物性，那像邪恶的魔鬼一样可怕和黑暗的动物性，我憎厌它，鄙视它。自那以后，我一想到它，就恶心得要吐了出来。”

他微微蹙了一下眉，露出一丝窃笑。

“哦，我自认为我的心胸还是很开阔的，不过，你有时候说的话的确令我很震惊。”

“那我得跟你说声抱歉了。你最好现在就离开，你是个无足轻重的小人，跟你进行严肃的谈话，简直是对牛弹琴。”

他半晌没有回答，她看到他的蓝色眸子里闪过一道愠怒的阴影。不过，他最后还是要周全、礼貌地到码头给她送行，末了才会如释重负地松上一口气。想到他们会相互客气地握手告别，他会祝她旅途愉快，她会感谢他的热情款待，她就忍不住要笑了出来。这时，她看到他脸上的表情发生了变化。

“多萝西告诉我，你有了身孕。”他说。

她觉得自己的脸红了，但她极力保持着镇静。

“是的。”

“我有没有可能是这孩子的父亲呢？”

“不，绝不可能。这是沃尔特的孩子。”

她忍不住加重了语气，甚至就在她说出口的当儿，她已意识到她的语气不能令人信服。

“你肯定吗？”他现在露出了得意的笑容，“毕竟你和沃尔特结婚两年多了，一直没有孩子。你怀孕的时间与我们俩相好的日期正好吻合。我想，这孩子更有可能是我的，而不是沃尔特的。”

“我宁愿杀死我自己，也不要怀上你的孩子。”

“噢，可别这么说。我会感到非常高兴、非常自豪的。你知道，我想要个女孩，我跟多萝西生的都是男孩。这孩子的父亲是谁，不用多久便会见分晓。你知道，我的三个男孩都长得像我，几乎像是一个模子里刻出来的。”

他的心情又好了起来，她当然知道其中的原因。如果这孩子是他的，即便她这辈子再不见他，也不能完全摆脱他了。他对她的影响会持续下去，他会阴魂不散、潜移默化地影响着她每一天的生活。

“你真是这个世界上最自负最愚蠢的混蛋。我遇到你，算是倒了八辈子霉。”她说。

七十八

当轮船开进马赛港时，站在甲板上眺望映在灿烂阳光下蜿蜒美丽的海岸线的吉蒂，突然瞥见了耸立在圣母玛利亚教堂顶上的那座金灿灿的圣母玛利亚塑像，这是保佑出海的人们平安无恙的象征。她记起了湄潭府的修女们，想到她们在离开故土时一起跪在甲板上，朝着离她们越来越远、渐渐化作了蔚蓝天宇下一团金色火焰的圣母玛利亚塑像祈祷，以减轻她们的离别之苦。此时，吉蒂也把双手交叠在胸前，向着她也不知道的神灵祈愿。

在平静、漫长的旅途中，吉蒂一再地想起发生在她身上的那个噩梦。她也看不懂她自己了。事情来得如此突然，出乎意料。究竟是什么东西攫住了她，使对唐森鄙视透顶的她心甘情愿地依偎进他肮脏的怀抱？她被怒焰灼烧着，心中充满了对自己的厌恶。想到她这辈子也难以忘掉这羞辱，她哭了起来。然而，随着客轮渐渐远离香港，她发现她的怨恨在不知不觉中减弱了，以前发生过的事情仿佛发生在另一个世界。她就像个突然发起癔症、正在恢复中的病人，为她依稀记着的自己身不由己做下的那些荒唐事感到沮丧和羞愧。但是，因为她知道发病的她并不是真正的自己，所以至少在她自己眼里，她是可以得到宽恕的。吉蒂觉得一个宽宏大量的人可能会同情她，而不是指责她。可想到她的自信心受到了多大的摧残，她又不免难过地叹了口气。本以为一条笔直、平坦的大道已展现在她面前，结果现在发现等着她的，仍是一条曲折、充满艰险的路。印度洋宽阔的海域和美丽、悲壮的日落使她的心灵得到休憩。她似乎被带往一个自由的国度，在那里她可以找回她的自信。如果付出艰苦的斗争，她便可以重获自尊，她一定会鼓起勇气去勇敢地面对这斗争。

未来的道路上也许还充满孤独和艰辛。抵达塞得港时，吉蒂收到母亲回复她的一封信。这是一封用大号的华丽字体写成的长信，是她母亲那个时代的许多年轻小姐们都使用的一种字体。信中的文辞华美、工整，却略欠一点儿真诚。贾斯丁太太对沃尔特的去世表达了哀悼，对她女儿的悲伤表示了该有的同情，她担心吉蒂以后的生活会过得艰难，不过，当然啦，殖民地当局一定会给予她一份抚恤金的。得知吉蒂就要回到英格兰，她十分高兴。在孩子出生之前，吉蒂自然要跟父母住在一起。接着，她母亲又告诉了吉蒂许多孕妇应该注意的事项，以及她妹妹多丽丝生孩子的细节。多丽丝生了个胖小子，他的祖父说他从未见过这么好看的男孩。多丽丝现在又怀上了，他们盼望着再添一个男孩，这样就能把准男爵的爵位安然无忧地传下去了。

吉蒂明白这封信的要点是在提醒她可以在家停留的时间。贾斯丁太太绝不想让一个经济拮据的寡妇女儿，来给自己增加负担。吉蒂不由得想起母亲当年是多么地宠爱她，如今对她失望了，便觉得她成了包袱。父母与子女之间的关系多么奇怪啊，孩子小的时候，父母百般疼爱他们，天天提心吊胆，怕他们生病。孩子们对父母也充满爱戴和敬慕。一些年后，孩子长大成人了，对他们的幸福来说，跟他们没有血缘关系的人变得比他们的父母更加重要了。冷漠取代了过去那种盲目和本能的爱，父母亲和子女的相见只会带来厌恶和烦恼。以前想到要分别一个月，他们都会失魂落魄。现在，就是要分别多年，他们也能泰然处之。她的母亲不必担心，一旦情况容许，她会尽快搬出去。她只是需要一点时间，眼下一切都尚不明了，她看不到自己未来的图景：或许她会在分娩中死去，那倒不失为一种一了百了的办法。

当船再度靠岸时，又有两封信递到了吉蒂的手上。她惊讶地认出那是父亲的笔迹，在她的印象中，父亲从来没有给她写过信。信写得很简短，开头是“亲爱的吉蒂”。他告诉她这封信之所以由他而不是她母亲来写，是因为她母亲得了病，不得不住进了疗养院，去接受手术。吉蒂并没有惊慌，而是依照原计划走了海路。一是因为走陆路要花更多的钱，二是因为母亲不在家，吉蒂不方便住进哈林顿花园的房子。另一封信是多丽丝写来的，信的开头写着“吉蒂宝贝”，这倒不是因为多丽丝跟姐姐的感情有多深，而是因为这是她称呼所有她认识的人的口头禅。

吉蒂宝贝：

我猜父亲已经给你写了信。母亲需要做个手术，她的身体从去年开始就大不如从前了。可你也知道她讨厌医生，只是在家里吃各种专利药品。我不知道她到底得了什么病，因为她对自己的病情只字不提，要是你问她，她就会火冒三丈。她的情况很不好，如果我是你，我就会在马赛上岸，以最快的速度赶回来。不过，别让她知道我跟你说了这些，因为她一直装着自己身体很好，不想让你在她之前回到家。她逼着医生答应她，在一周内让她回家。

多丽丝

又附：

我对沃尔特的死感到万分难过。你一定痛苦死了，可怜的宝贝。我多么想马上见到你。真有趣，我们两个差不多同时怀上了孩子。我们很快就能见面了。

吉蒂在甲板上站了一会儿，沉浸在自己的思绪里。她无法想象她的母亲竟会得了重病。母亲在她记忆中总是那么硬朗，充满了活力，对别人生病总是表现出不耐烦的神情。这时，一个船员走上前来，交给她一封电报。

沉痛地告诉你，你的母亲今天早晨已经去世。

父亲

七十九

吉蒂按响了哈林顿花园公寓的门铃。她得知父亲此时正在书房里。走到书房的门前，她轻轻推开了门：父亲正坐在壁炉旁，读着上一期的晚报。吉蒂进来时，他抬起头，放下手中的报纸，有些局促地站了起来。

“哦，吉蒂，我以为你会坐下一趟火车回来呢。”

“我不想麻烦你去车站接我，所以没有告诉你我到达的时间。”

他把脸凑过去让她吻，那动作和留在她记忆中的一模一样。

“我刚刚拿起一份报纸，”他说，“这两天我还没有顾上看报呢。”

她清楚，父亲认为有必要就此刻把时间花费在日常琐事上做出解释。

“嗯，我明白，”她说，“这几天你一定累坏了。母亲的逝世对你的打击太大了。”

父亲比她离开英国时显得更老、更瘦了。他成了一个干瘪、满脸皱纹、行动拘谨的小老头。

“外科医生早就说她的病没有指望了。她这一年多来日子非常难熬，可她拒绝去看医生。医生跟我说她一定常常忍受着痛苦的折磨，她能忍耐这么久，简直是个奇迹。”

“她从来就没有抱怨过吗？”

“她说过觉得不太舒服。可她从来没有喊过疼。”他停下来，看着吉蒂，“坐了一路的轮船火车，你一定累了吧？”

“还不算太累。”

“那你愿意上楼去看看她吗？”

“她在家里？”

“对，我们把她从疗养院接回来了。”

“好的，我现在就上去。”

“你想让我跟你一起吗？”

吉蒂听出父亲的语调有些异常，便迅速看了他一眼。他的脸稍稍转过去了一点儿，他不想让吉蒂看到他的眼睛。吉蒂近来已经能迅速地看透别人的心思，毕竟，她曾日复一日地运用感觉和知觉，从沃尔特一句不经意的话里，或是无意间的一个动作里，揣度出他内心深处的想法。她马上猜出了父亲试图对她隐藏的东西。她父亲现在有了一种莫大的解脱感，这想法连他自己都感到害怕。因为在这三十年里他一直是一个忠诚的好丈夫，他从未说过妻子一句坏话，现在，他理应表现出哀痛的样子。他总是做着妻子和女儿们希望他做的事情。如果他眨了一下眼，或者通过其他小动作，暴露出他未能感觉到失去妻子应该有的悲痛，他会惊恐不已的。

“不用，我自己去就好了。”吉蒂说。

她走上楼梯，进到那个宽大、矫饰、冷清的卧室里，她母亲在这里睡了许多年。吉蒂清楚地记得这些硕大的红木家具和墙上装饰的仿制马库斯·斯通的浮雕。梳妆台上的东西还严格按照贾斯丁太太生前一贯的样子摆放着。唯有屋子里的鲜花放错了地方。贾斯丁太太生前总认为卧室里摆花看起来不但蠢，而且做作、不健康。花的香味没能压住屋子里刺鼻的陈腐味儿，那种刚刚洗过的亚麻布的味道，吉蒂记得这是母亲房间独有的味儿。

贾斯丁太太躺在床上，一双手温顺地叠放在胸前，这是她生前绝不会做的动作。她的面部特征本来就很鲜明，再加上长期病痛的折磨，使得她的面颊凹陷，太阳穴也凹了进去。她看上去不但美丽，甚至还显得威风神气。死神带走了她脸上的刻薄、鄙俗，只留下了富于性格特征的东西。从她现在的样子看，说她生前是个罗马皇后也不为过。令吉蒂感到奇怪的是，在她见过的死人中间，她母亲是唯一一个从尸体中能看出她的身体曾是灵魂的栖所的人。吉蒂并不觉得悲伤，因为在她和母亲之间有太多的过节，她心中不可能再容下对母亲的任何深厚的感情。回想她从一个小女孩成长起来的过程，她知道是母亲造就了她今天的样子。然而，当她看到这个曾经强硬、盛气凌人、野心勃勃的女人现在这样静静地、毫无声息地躺在这里，她所有大大小小的抱负都被死亡所摧毁，她的心里不禁一阵唏嘘感叹。母亲一生机关算尽，所求所想的都是些低级粗俗和毫无价值的东西。吉蒂想，去了天堂的母亲在看自己在尘世的所作所为时，会不会感到惊愕呢？

多丽丝走了进来。

“我猜到你会坐这趟火车回来。我觉得我必须来看看。太可怜了，我们的好妈妈。”

多丽丝哭着扎进吉蒂的怀里。吉蒂亲吻了她。她知道母亲以前是如何地偏袒自己而冷落多丽丝，因为多丽丝长相平平就对她苛责叱骂。吉蒂怀疑多丽丝是否有她表现出来的那么伤心。不过，多丽丝向来都是个多愁善感的人。吉蒂希望自己现在能哭出来，不然，多丽丝会认为她的心肠太冷硬了。只是吉蒂觉得自己已经历了太多的苦难，实在装不出她没有感觉到的悲哀。

“你想去看看父亲吗？”多丽丝悲痛的情绪稍稍平复后，吉蒂问她。

多丽丝擦了擦眼泪。吉蒂注意到妹妹的孕肚已经让她没有了身材，黑色的丧服穿在她身上显得又粗俗又邋遢。

“不，我不去了。那样我又该哭上一场了。可怜的父亲，他挺住了。”

吉蒂送走了妹妹后，便回到父亲那里。父亲正站在壁炉前，那份报纸早已叠好放在一边。他想让她看到他没有再读报纸。

“我还没有换上吃晚饭的衣服，”他说，“我原以为只有我一个人就不必换了。”

八十

父女俩用了晚餐。贾斯丁先生给吉蒂详细地讲述了妻子病死的经过，告诉她许多朋友写来了安慰的信件（桌子上有一堆慰问信，在想到得一一回复这些信件时，他不由得叹了口气），以及他为葬礼所做的安排。之后，他们又回到书房。因为只有这间屋子里生着火。他机械地从壁炉架上取下烟斗，开始装上烟丝，不过，在迟疑地看了一眼女儿后，他又放下了烟斗。

“您是不是想抽烟？”吉蒂问。

“你母亲不喜欢在晚饭后闻到烟味儿，自打战争结束后，我就戒烟了。”

他的回答让吉蒂感到一阵难受。一个六十岁的老人在自己的书房里想要抽烟，还要看别人的脸色，真够可怜的。

“我喜欢闻烟斗的味道。”她笑着说。

他的神情轻松了些，又一次拿起烟斗点着了它。他们面对面坐在壁炉的两边。他觉得他该跟吉蒂谈谈她面临的困难。

“我想，你一定收到你母亲寄给你的信了吧，可怜的沃尔特去世的消息让我们俩都很震惊。我觉得他是个非常不错的年轻人。”

吉蒂不知道该说什么才好。

“你母亲告诉我你怀孕了。”

“是的。”

“什么时候生呢？”

“大概还有四个月吧。”

“这对你会是一个很大的安慰。你该去看看多丽丝生的那个儿子，是一个很可爱的男孩。”

他们俩的谈话甚至比在陌生人之间进行的还要生疏，如果是初次见面，至少会因为陌生而感到新鲜。可父女俩共同的生活反倒成了一堵冷漠的墙，挡在了他们中间。吉蒂心里很清楚，她在家里的这些年没有做过任何能让父亲对她产生好感和爱怜的事情，他在这个家里没有一点地位，他被理所当然地认为是该养活这个家的人，因为他无法给家人提供更奢华的生活而被她们母女看不起。不过，就因为他是她的父亲，她便认为他理当疼爱她。当她发现父亲心里并没有这份感情时，她感到很惊讶。她知道她们都觉得他烦，却从没想到过他也可能会觉得她们烦。尽管他总是一副谦和的样子，可她在磨难中练就的敏锐洞察力却告诉她：虽说他以前从未对自己承认过，将来也不会，但他却是从心底里不喜欢她。

他的烟斗不冒烟了，他起身想找个什么东西捅它一下。或许，他只是想要掩饰一下他的紧张。

“你母亲希望你在这里待到孩子出生，她原打算把你住过的屋子收拾出来。”

“我知道。我保证不会给你添麻烦。”

“噢，我不是这个意思。就你眼下的情况，很显然最合适你待的地方就是这里。但事实上我刚刚接到一个邀请，去巴哈马群岛做那里的首席法官，我接受了这一邀请。”

“噢，太好了，父亲。我衷心地向你表示祝贺。”

“这个任职来得太晚了，我没能来得及告诉你可怜的母亲。她要是知道了，一定会感到欣慰的。”

命运弄人！贾斯丁太太一生费力钻营、受尽耻辱，到死的时候也没能知道：她的抱负虽然经受了一次次的挫折和失望，可最后还是实现了。

“我下个月初就得乘船离开。当然，这房子也将交到代理商的手中，我打算把家具卖掉，很抱歉不能让你住在这里了。不过，如果你喜欢哪件家具，想要以后摆到你的公寓里，我非常愿意把它给你。”

吉蒂的眼睛看着壁炉里的火苗，她的心跳得厉害。很奇怪，突然间她变得如此紧张。临了，她终于逼着自己开了口，她的声音里带着战栗。

“我能跟你一起去吗。父亲？”

“你？噢，我亲爱的吉蒂。”他的脸沉了下来。她常常听说这种表达[1]，以前就只觉得它是个词语，现在，她生平第一次看到了它所描述的那一面部表情的变化。简直可以说是触目惊心。“可你所有的朋友都在这儿，多丽丝也在这儿。我本想你会更愿意在伦敦租上一个公寓。我并不确切地知道你的经济情况，不过，我很乐意为你支付房租。”

“我的钱足够我生活用。”

“我去的是一个完全陌生的地方，对那边的情况我一点也不了解。”

有一会儿，他闭上了眼睛，她想他就要哭出来了。他的脸上是一副极为痛苦的表情，这令她心如刀割。她刚才的想法是对的，妻子的去世对他是一种解脱，现在，与过去彻底决裂将赋予他自由。他看到一种崭新的生活展现在他面前，经过了这么多年，幸福和悠闲的生活对他来说终于不再是海市蜃楼。她仿佛隐约看到这三十年来他所受的苦在怎样吞噬着他的心灵。临了，他睁开了眼睛，叹了口气说：

“当然，如果你想去，我是非常高兴的。”

太可悲了。他内心的斗争只持续了很短的时间，便让位给了责任感。这短短的一句话断送了他所有的希望。吉蒂从她的椅子上站起来，走到他面前跪了下来，握住了他的两只手。

“不，父亲。除非是你想要我去，否则，我是不会去的。你已经付出了太多太多，如果你想自己去，那你就走吧。千万不要考虑我。”

1　指前面的那句话“脸沉了下来”，英文原文是“His face fell.”

他抬起一只手，抚摸着她漂亮的头发。

“我当然需要你，亲爱的。毕竟我是你的父亲，而你是一个孤苦伶仃的寡妇。如果你想要跟我在一起，而我却不要你，那我也太不仁义了。”

“可这正是问题所在，不能因为我是你的女儿，就强迫你答应我，你什么也不欠我的。”

“哦，我亲爱的孩子。”

“什么也不欠，”她激动地重复道，“一想到我们都是靠着你生活，却从未给过你任何回报，我的心里就很内疚。我们甚至连一丁点儿的爱都没有给过你，恐怕你一直过得都不怎么幸福。你愿意让我为我不懂事的过去做些补偿吗？”

他微微地蹙了蹙眉头，她激动的情绪令他有些不安。

“我不知道你在说些什么，我从来没有对你们母女发过牢骚。”

“哦，父亲，我已经经历了不少事情，我一直生活得很不快活。我已经不是那个离开家时的吉蒂了。我现在身心疲惫，但我再也不是从前的那个混蛋吉蒂了。你能给我个机会吗？在这个世界上，我只有你了。让我试着去赢得你的爱吧！噢，父亲，我孤零零的一个人，心里又非常苦闷，我多么盼望着得到你的爱啊。”

她把脸埋在他的怀里痛哭着，好像心被撕碎了一样。

“哦，吉蒂，我的小吉蒂。”他喃喃着。

她抬起头，用双臂抱住了他的脖子。

“噢，父亲，对我好点儿。让我们彼此依赖，互相照顾。”

他亲吻了她，像个恋人似的亲吻了她的嘴唇，脸上沾满了泪水。

“你当然要跟我一块去了。”

“这是你的意愿吗？你真的想让我去吗？”

“是的。”

“太感谢你了。”

“哦，亲爱的，不要对我说这样的话。这让我觉得很愧疚。”

他掏出手绢，帮她擦干了眼泪。他笑了，她以前从来没有见他这么笑过。她又一次用胳膊勾住了他的脖子。

“我们会生活得非常幸福的，亲爱的父亲。你一定不知道我们在一起会有多开心。”

“别忘了，还有个小生命即将诞生呢。”“我很高兴她一出生便能听到大海的涛声，便能看到湛蓝寥廓的天宇。”

“你已经知道是个女儿了？”他小声地说，露出一丝干涩的笑容。

“我想要生个女孩，我会好好地养育她，不会让她再犯我所犯过的错误。在回顾我的青少年时，我恨我自己。但是，时光不能倒流。我要把我的女儿培养成一个自由自主的女孩。我把她带到这个世界上来，爱她、抚养她，不是为了让哪个想跟她睡觉的男人找上她，我愿意为她提供后半生的吃住。”

她感到父亲变得不太自然。他可从来没有说过这样的话，听到这样的话从自己的女儿嘴里说出来，他很惊诧。

“让我讲讲自己的心里话吧，父亲。我曾经是个愚蠢、邪恶、令人憎厌的女人。我已经受到了严厉的惩罚。我一定不能让我的女儿重蹈覆辙。我希望她无所畏惧，真诚坦荡。我想让她成为一个不依附于他人，自立自强，忠实于自己的女孩。我想让她能自由自在地生活，过得比我幸福。”

“你怎么啦，我的宝贝？听你说这话，好像你已经五十岁了。你还有大好的时光在前面，可不能失去信心啊。”

吉蒂摇了摇头，脸上慢慢出现了笑容。

“我没有。我的希望和勇气都还在。”

过去的已经过去，愿过去的长埋于地下。这是不是有点太绝情了？她真诚地希望她已经有了同情和仁爱之心。她不知道前面等着她的是什么，但她感到自己内心充满了力量，能够抱着乐观、轻松的心态，去勇敢地面对将要到来的一切。之后，毫无缘由地，从她的潜意识里突然浮现出一段往事——她和可怜的沃尔特走在去往断送了他性命的那座瘟疫之城的路上。一天凌晨，天还没亮，她和沃尔特便乘着他们的轿子出发了。当拂晓来临时，她似乎看到了一幅美得令她屏息的景象，有那么短暂的一瞬间，她觉得心里的痛苦减轻了许多。它让人世间的一切苦难悲伤都变得无足轻重了。太阳升了起来，渐渐驱散了雾气，她看到一条小路蜿蜒向前，一直延伸至眼睛看不到的地方。它穿过稻田，跨过一条小河，穿过高低不平的原野，这条路正是他们俩要走的那条路。她在想，她犯下的所有错误和她的愚蠢，她所遭受的所有痛苦，也许都不是枉然的。如果她能循着这条她现在依稀辨识出的路径向前，这不是善良、喜欢调侃的韦丁顿所说的那条通不到任何地方去的路，而是修道院里的那些可爱的修女们所躬行的一条通向平和与安宁的路。

图书在版编目（CIP）数据

面纱 /（英）威廉·萨默塞特·毛姆著；王晋华译 .
— 南京：江苏凤凰文艺出版社，2020.8（2025.7 重印）
ISBN 978-7-5594-5007-4

Ⅰ . ①面… Ⅱ . ①威…②王… Ⅲ . ①长篇小说 – 英国 – 现代 Ⅳ . ① I561.45

中国版本图书馆 CIP 数据核字 (2020) 第 116408 号

面纱

（英）威廉·萨默塞特·毛姆 著　王晋华 译

选题策划　栗子文化
策划编辑　钱　丽
责任编辑　白　涵
特约编辑　何　欣
封面设计　刘　军
版式设计　天　缈
出版发行　江苏凤凰文艺出版社
南京市中央路 165 号，邮编：210009
网　　址　http://www.jswenyi.com
印　　刷　北京中科印刷有限公司
开　　本　880 毫米 ×1230 毫米 1/32
字　　数　179 千字
印　　张　8
版　　次　2020 年 8 月第 1 版　2025 年 7 月第 6 次印刷
书　　号　ISBN 978-7-5594-5007-4
定　　价　45.00 元